Marcus Hünnebeck

Schreikind

Thriller

Über den Autor:

Marcus Hünnebeck wurde 1971 in Bochum geboren und lebt inzwischen als freier Autor in Leipzig. Er studierte an der Ruhr-Universität Bochum Wirtschaftswissenschaften.
Im März 2001 erschien mit *Verräterisches Profil* sein erster Thriller, 2003 und 2004 folgten *Wenn jede Minute zählt* und *Im Visier des Stalkers*.
Dank der Möglichkeiten, die das E-Book-Publishing bietet, veröffentlichte er im Jahr 2013 seine alten Thriller als überarbeitete E-Books. *Im Visier des Stalkers* erhielt aus rechtlichen Gründen den Namen *Die Rache des Stalkers* und schaffte im Juli 2013 den Sprung in die Top 10 der Amazon-Bestseller-Charts. Dem Roman *Verräterisches Profil* gelang dies im Dezember 2013. *Wenn jede Minute zählt* erreichte im Juni 2014 die Spitzenposition der Kindle-Charts und gehörte 2014 zu den zehn meist verkauften E-Books bei Amazon. Die Fortsetzung um den Kommissar Peter Stenzel erschien im Juni 2015 (*Stumme Vergeltung*).
Als Erstausgabe erschien im Juni 2014 *Kainsmal* bei Amazon Publishing. Mit *Die Drahtzieherin* führte er die Serie um Oberkommissarin Katharina Rosenberg fort. Die Trilogie schloss der Roman *Tödlicher Komplize* ab.
Im September 2015 veröffentlichte Egmont-Lyx den ersten Band einer neuen Reihe, der den Titel *Im Auge des Mörders* trägt. Im Mittelpunkt dieser Serie stehen die Journalistin Eva Haller und der Leibwächter Stefan Trapp.
Der zweite Band folgte im September 2016 und heißt *Abschaum*.
In *Sommers Tod* taucht zum ersten Mal Oberkommissar Lukas Sommer auf. *Sommers Schuld* ist sein zweiter Solo-Fall.
Die Namen des Todes bildet den Auftakt einer neuen Serie um den BKA-Kriminalkommissar Robert Drosten und sein Team. *Schuld vergibt man nie* ist der Folgeband. Die Romane sind genau wie der dritte Teil *Rudelfänger* und der vierte Teil *Rudeljagd* unabhängig voneinander zu lesen.
In *Die Todestherapie* ermitteln Lukas Sommer und Robet Drosten zum ersten Mal für eine neue Polizeibehörde namens KEG (Kriminalermittlungstaktische Einsatzgruppe). *Der Wundennäher, Der Schädelbrecher, Blut und Zorn, Die TodesApp,* Muttertränen und *Todesschimmer* setzen diese Zusammenarbeit

fort. In Vaters Rache stößt die Oberkommissarin Verena Kraft zum Team hinzu. *Rachekrieger, Der Geisterfahrer, Nesthäkchens Schrei, Bittere Brut, Tödlicher Fake* und Schreikind setzen die Reihe fort. Der Thriller *Der Wundennäher* war 2018 Finalist beim *Kindle Storyteller Award.*
Außerdem hat er mit *So tief der Schmerz* eine Reihe um den Personenfahnder Till Buchinger gestartet.

Über das Buch:

Der Familienvater blickt verzweifelt in die Mündung der Pistole. Vergeblich fleht er um sein Leben. Als letzte Gnade gewährt der Mörder eine schnelle Hinrichtung und jagt ihm eine Kugel in den Körper. Doch der Ehefrau stehen endlose Stunden voller Qualen bevor, bevor auch sie getötet wird.
Das Team um Lukas Sommer und Robert Drosten ermittelt in einer besonders bizarren Mordserie. Der Täter hat es auf Familien abgesehen, die eine Gemeinsamkeit teilen: Ihr jüngstes Kind zerrt als Schreikind an den Nerven der Eltern und Geschwister. Aber wie ist er auf die Familien aufmerksam geworden? Die Polizisten fragen sich außerdem, warum der Mörder den Vater in einem schnellen Akt tötet, während die Mutter leiden muss und nur die Kinder überleben. Als sie endlich eine heiße Spur finden, umkreist der Täter bereits seine nächsten Opfer.

Marcus Hünnebeck

Schreikind

Thriller

Impressum

Schreikind: Thriller

1. Auflage, Mai 2020

Covergestaltung: © Artwize
Im Cover Design wird ein Stock Image von depositphotos.com verwendet.
url: https://depositphotos.com/152489478/stock-photo-mother-in-a-blue-jacket.html

Lektorat: Ruggero Leò
Korrektorat: Kirsten Wendt

Herausgeber:
Marcus Hünnebeck
Hainstr. 26, 04109 Leipzig

ISBN: 979-8645591526

1

Ferdinand spürte den Blick seiner Ehefrau. Er hatte sich nicht zu ihr gesetzt, sondern trank den Kaffee im Stehen. Aus dem Kinderzimmer drang das nervtötende Geschrei ihres vier Monate alten Babys. Es würde sich erst beruhigen, wenn Simona es aus dem Bett heben und herumtragen würde.

So hatten sie sich ihre zweite Elternschaft nicht vorgestellt. Wenn es nach ihm gegangen wäre, hätte sie die Schwangerschaft abgebrochen. Ungeplanter Nachwuchs – in ihrem Alter. Aber Simona hatte den Vorschlag kategorisch abgelehnt.

»Musst du wirklich schon gehen?«, fragte sie.

Ferdinand trank den letzten Schluck und stellte die Tasse in die Spülmaschine. »Tut mir leid. Du weißt ja, was bei uns seit Wochen los ist. Big Boss dreht wegen des neuen Projekts noch komplett durch. Jeden

Morgen diese überflüssigen Meetings, in denen wir über Fortschritte Rede und Antwort stehen müssen. Fast wie früher in der Schule. Ätzend.«

»Ich würde gern mit dir tauschen«, flüsterte Simona. In ihren Augen sammelten sich Tränen. »Ich halte das nicht mehr lange aus. Mit Jonas hatten wir keine Probleme. Ich versteh das einfach nicht.«

»Wir schaffen das.« Er setzte sich zu ihr. »Am Wochenende kann ich dich bestimmt unterstützen.«

»Heute ist Dienstag«, entgegnete sie. »Gestern warst du bis sechs Uhr im Büro.«

»Tut mir leid«, wiederholte er. »Ich mach das wieder gut. Versprochen. Aber du kennst Winkler. Der steht momentan wie auf der Galeere hinter uns, mit der Peitsche in der Hand. Ich kann nicht jeden Tag als Erster nach Hause gehen. Wir brauchen die Beförderung. Kinder kosten Geld, und wir haben damals beim Hauskauf kein zweites Kind eingeplant.«

»Ich weiß.«

Ferdinand streichelte ihr über den Handrücken, bevor er demonstrativ auf die Armbanduhr schaute. »Oh Gott, schon so spät. Ich muss los. Bis heute Abend. Gib Julian einen Kuss von mir.«

Sie lächelte matt. Er stand auf und verließ fast fluchtartig die Küche. In der Diele schnappte er sich die bereitstehende Aktentasche. Das Geschrei aus dem Kinderzimmer steigerte sich. Hätten sie sich nicht vor ein paar Jahren das Eigenheim geleistet, würde das Schreikind seit Wochen ihre Nachbarn terrorisieren, und nicht bloß die eigene Familie. Tag und Nacht.

Ferdinand hatte keine Ahnung, woher der Junge die Kraft nahm.

Er öffnete die Haustür und drückte die Fernbedienung für das Garagentor. Gemächlich schwang es auf. Ferdinand atmete durch. Endlich Ruhe. Ohne zu wissen, ob ihm Simona nachsah, täuschte er Eile vor und ging zügig zum Auto, stieg ein und startete den Motor. Er legte den Rückwärtsgang ein und fuhr vorsichtig aus der Garage. Auch heute würde er nicht vor achtzehn Uhr nach Hause kommen. Aber nicht, weil sein Chef das verlangte. Vielmehr ertrug er nur durch diese Auszeiten sein Familienleben. Es gab gar kein neues Projekt. Ferdinand hatte Simona diese Lüge vor zwei Wochen aufgetischt und ausführlich ausgemalt. Erschöpft von ihrem langen Tag hatte sie bloß mit halbem Ohr zugehört. Seither schmückte er die Geschichte nach jedem Arbeitstag mit weiteren Details aus. Simona wusste, wie dringend sie das Geld gebrauchen konnten, das seine Beförderung ihnen einbrächte. Sein Vorgesetzter hatte ihm bereits schriftlich zugesichert, dass er eine Tarifgruppe aufsteigen würde, doch das musste seine Frau nicht wissen. Das höhere Gehalt würde erst in zwei Monaten fällig. Dann würde er Simona über seinen Karrieresprung informieren. Nach dem vermeintlich erfolgreichen Abschluss des neuen Projekts. Und bis dahin wäre Julian hoffentlich aus der Schreiphase heraus.

Anfangs fuhr Ferdinand den normalen Weg zur Arbeit. Nach zwei Kilometern bog er allerdings in eine Seitenstraße ein. Ein paar Hundert Meter weiter musste er noch einmal abbiegen, dann steuerte er den Wagen auf den Parkstreifen am Straßenrand. Es gab keinen Grund, vor halb zehn im Büro aufzutauchen. Die Geschäftslage war ruhig, und aufgrund seines späten Feierabends hielt er die vorgeschriebene Arbeitszeit spielend ein. Er konnte sich sogar eine ausgedehnte Mittagspause leisten, um im nahegelegenen Park spazieren zu gehen. Kraft für den Abend und eine weitgehend schlaflose Nacht tanken.

Er stieg aus dem Wagen, ließ zwei Fahrzeuge passieren und lief über die Straße. Sein Ziel war die Bäckerei, in der er in den letzten Wochen zum Stammkunden avanciert war. Um allerdings nicht zufällig einen Bekannten zu treffen, würde er sich auch heute nicht in den Laden setzen, sondern die Backwaren im Auto genießen.

Ferdinand betrat die Bäckerei. Vor ihm waren zwei Kunden an der Reihe. Hinter der Theke standen insgesamt drei Verkäuferinnen.

»Guten Morgen«, sagte eine junge Frau. »Was darf's sein?«

»Ich nehme ein Schokocroissant und ein Salami-Käse-Brötchen. Außerdem einen großen Café Crema.«

»Essen Sie hier?«

»Nein. Zum Mitnehmen.«

Die Frau nickte und wandte sich dem Kaffeevollautomaten zu.

Kurz darauf bezahlte Ferdinand die Bestellung und verließ die Bäckerei wieder. Er stieg ins Auto und verstellte den Sitz ein Stück nach hinten. Dann holte er aus der Aktentasche eine Serviette heraus, die er auf seinem Schoss ausbreitete. Er schlürfte den ersten Schluck Kaffee, der viel besser als die Brühe zu Hause schmeckte, und griff zum belegten Brötchen. Genüsslich biss er hinein.

»Lecker«, murmelte er mit vollem Mund.

Warum war er nicht schon früher auf die Idee gekommen, sich diesen morgendlichen Luxus zu leisten?

Eine knappe Viertelstunde später hatte Ferdinand auch das Schokocroissant verzehrt. Er steckte den leeren Kaffeebecher in die Papiertüte und knüllte sie zusammen. Dann öffnete er die Tür und schlug vorsichtig die Serviette aus. Trotz aller Sorgfalt landeten ein paar Krümel im Fußraum. Darum würde er sich später kümmern. Er brachte die Tüte mit Serviette zu einem Abfalleimer, der nur wenige Schritte von seinem Parkplatz entfernt im Boden verankert war. Er warf den Beutel hinein und reckte sich. Langsam wurde es Zeit. Bevor er zur Arbeit fuhr, müsste er jegliche Spuren seines Frühstücks beseitigen. Manchmal nutzte Simona abends oder am Wochenende seinen Wagen – und wie alle Frauen hatte sie einen Blick für ungewohnte Details.

Ferdinand öffnete den Kofferraum. An der Seite hatte er einen Handstaubsauger zusammen mit dem Warndreieck befestigt. Das Fahrzeug war ein Leasingmodell, welches er im perfekten Zustand zurückgeben würde, um keine Nachzahlung leisten zu müssen.

Deswegen gehörte es für ihn zur alltäglichen Routine, Sitze und Fußräume auszusaugen.

Er hockte sich neben der Fahrerseite zu Boden. Das kleine Gerät saugte mit voller Kraft die Krümel auf, da er erst kürzlich die Batterien gewechselt hatte. Um sicherzugehen, reinigte er anschließend noch die Sitzfläche.

Als er wieder am Kofferraum stand, ertönte hinter ihm eine männliche Stimme.

»Wäh, wäh, wäh.«

Offenbar imitierte ein Scherzkeks Babygeschrei.

Genervt drehte sich Ferdinand um ... und erstarrte.

»Nein, bitte ...«

Zwei Schüsse trafen ihn in die Brust.

***

Der Schalldämpfer verschluckte die Geräusche perfekt. Der Mörder steckte die Pistole zurück in seine Jacke. Momentan hatte er Glück. Kein Auto fuhr an der Stelle vorbei. Trotzdem musste er schnell handeln.

Er packte den Toten und bugsierte ihn in den Kofferraum, den er sofort danach schloss. Bis jemand die Leiche finden würde, vergingen bestenfalls Stunden. Zeit genug, um in Ruhe fortzufahren.

***

Simona Lilienthal atmete zum ersten Mal an diesem Vormittag richtig durch. Sie hatte Julian in den

Autokindersitz geschnallt und ihn auf den Küchentisch gestellt. Er sah ihr dabei zu, wie sie Hausarbeit erledigte. Zufrieden saugte er an seinem Schnuller, trotz des fehlenden Nachtschlafs putzmunter. Vielleicht würde sie sich bei den ersten Anzeichen von Müdigkeit gemeinsam mit ihm ins Bett legen. Bis dahin wollte sie die Zeit möglichst gut nutzen.

»Nachher müssen wir einkaufen gehen«, sagte sie. »Aber wir warten, bis Jonas aus der Schule zurück ist. Dann kann er mitkommen und dich unterwegs beschäftigen.«

Sie lächelte ihren Zweitgeborenen an. Trotz der aktuellen Sorgen war sie dankbar über das unerwartete Geschenk. Vor dreizehn Jahren war sie erst nach vielen ärztlichen Untersuchungen, einem nach Kalender exerzierten Sexleben und zahlreichen Verrenkungen im Bett schwanger geworden. Deswegen hätte sie niemals damit gerechnet, ein zweites Kind zu bekommen. Schon seit langer Zeit hatte sie auf Verhütung verzichtet, ohne dass etwas passiert war. Bis sie eines Morgens aufgewacht war und ein seltsames Ziehen in den Brüsten bemerkt hatte, die sich zudem schwerer angefühlt hatten. Genau wie zwölf Jahre zuvor. In den ersten Tagen ignorierte sie die körperlichen Veränderungen, die jedoch anhielten. Ein Schwangerschaftstest brachte die Gewissheit. Sie hatte minutenlang ungläubig auf das kleine Pluszeichen gestarrt, ehe ihr Verstand die Wahrheit akzeptiert hatte. Ferdinand hatte am Abend geradezu entsetzt reagiert. Ein zweites Kind war in ihrem gemeinsamen Lebensplan nicht vorgesehen.

Ein Schreikind noch viel weniger – das stellten sie schnell nach der komplizierten Geburt fest. Wenn Julian zufrieden war, empfand sie für ihn die gleiche Liebe wie für ihren Erstgeborenen Jonas. Alles hatte seinen Sinn im Leben und ...

Ein Klingeln an der Haustür riss sie aus ihren philosophischen Überlegungen. Sie lächelte über sich selbst, denn in letzter Zeit tröstete sie sich oft mit solchen Gedanken. Schlaflosigkeit zerrte an den Nerven.

Sie packte den Griff des Kindersitzes und trug Julian bis zur Durchgangstür. Hätte sie ihn in der Küche gelassen, wäre seine Zufriedenheit Sekunden später dahingewesen.

»Hallo?«, erkundigte sie sich durch die Gegensprechanlage.

»Polizeihauptkommissar Schwarz«, sagte eine ihr unbekannte Stimme. »Sind Sie Frau Simona Lilienthal, die Ehefrau von Ferdinand Lilienthal?«

Die Frage trieb ihren Puls in die Höhe. »Ja, das bin ich. Wieso?«

»Machen Sie mir die Tür auf?«

»Natürlich.«

Sie drückte den Türöffner. Sekunden später sprang die Haustür auf. Ein Mann, der eine Lederjacke und eine Jeanshose trug, trat ein. In der Hand bemerkte sie eine Tasche.

Was hatte das zu bedeuten?

»Frau Lilienthal?«

Sie nickte unsicher. Der Mann schloss die Tür und wandte sich ihr zu.

»Hauptkommissar Schwarz.«

Er streckte ihr einen Ausweis entgegen, den sie nur kurz musterte.

»Das ist bestimmt Julian, richtig?«

Sie nickte erneut. Woher hatte er diese Information?

»Weswegen sind Sie ... Ich meine, was ...«

»Es geht um Ihren Ehemann Ferdinand.«

»Oh mein Gott! Hatte er einen Unfall?«

»Es tut mir sehr leid«, antwortete der Polizist.

»Wie schlimm ist es?«

»Wann kommt Ihr Sohn Jonas nach Hause?«

»Er hat um zwei Schulschluss. Wieso? Was hat das mit Ferdinands Unfall zu tun? Sagen Sie schon! Lebt er noch?«

Der Polizist trat näher. Wollte er sie trösten?

»Ich muss Ihnen etwas zeigen. Sie müssen das als Eigentum Ihres Mannes identifizieren.«

»Identifizieren?« Ihre Stimme brach. »Was ist passiert?«

Der Polizist wandte sich leicht von ihr ab und öffnete die Tasche. Sie erhaschte einen Blick auf den Inhalt. Waren das Seile?

Er drehte sich wieder ihr zu. In der Hand hielt er ein Gerät.

»Was zum Teufel ...«

Plötzlich zuckte sein Arm vor. Es knisterte, und sie spürte einen heftigen Schmerz am Hals.

***

Der Mörder fing sie auf und legte sie sanft zu Boden. Bevor er sich gebührend um die Frau kümmern konnte, musste er letzte Vorbereitungen treffen.

»Hallo, Scheißblag!«, sagte er zu dem Kind, das ihn mit großen Augen anstarrte. Bestimmt würde es in ein paar Sekunden losschreien. »Ich habe schlechte Nachrichten für dich. Dein Vater ist tot. Peng. Peng. Zwei Schüsse in die Brust. Aber er hat eine schöne Henkersmahlzeit genossen. Du musst also nicht traurig sein. Deiner Mutter wird es nicht ganz so gut ergehen. Ob sie nach deiner Geburt überhaupt schon wieder Sex hatte? Ich hoffe nicht. Das wäre ja fast wie eine Entjungferung.« Er kicherte.

Wie erwartet heulte das Kind los.

»Unerträglich!«, zischte er.

Der Mörder packte den Kindersitz am Handgriff und trug den Jungen mit sich, während er sich einen Überblick über die Wohnung verschaffte. Als er das Babyzimmer fand, stellte er den Sitz einfach ins Bett. Er verließ den Raum und schloss die Tür, um weitgehend ungestört zu sein. Er überprüfte, ob sein Opfer nach wie vor bewusstlos war. Wahrscheinlich wäre die Frau noch mehrere Minuten wehrlos. Um kein Risiko einzugehen, holte er eine kleine Flasche Chloroform aus der Tasche, tröpfelte etwas Flüssigkeit auf ein Tuch und presste es ihr auf Mund und Nase.

»Schlaf schön, Prinzessin. Dein Erwachen wird allerdings nicht sehr märchenhaft.«

Er entsorgte das Tuch in der Toilette und betätigte die Spülung. Aus dem Babyzimmer war mittlerweile lautes Gebrüll zu hören, das er jedoch ignorierte. Er stellte sich in die Badewanne und entkleidete sich vollständig. Zuletzt zog er sich die Perücke vom Kopf und riss den angeklebten Bart ab. Er stieg aus der Badewanne und betrachtete sich im Spiegel neben dem Waschbecken. Dabei breitete er die Arme aus.

»Ich bin ein Drache und setze mit meinem Feuer die Welt in Flammen.«

Er bewegte seine Arme und imitierte einen Flügelschlag. Grinsend wandte er sich vom Spiegel ab. Die Zeit war gekommen.

2

Benommen erwachte Simona aus ihrer Bewusstlosigkeit. Sie verspürte Schmerzen und leichte Übelkeit. Sie hatte das Gefühl, einen feuchten Lappen im Mund zu haben. Was war das? Und wieso lag sie im Bett? Ein allzu bekanntes Geräusch drang an ihre Ohren. Julian schrie sich die Seele aus dem Leib. Was steckte in ihrem Mund? Sie versuchte, sich das Objekt herauszuziehen, doch konnte sie die Hände nicht bewegen.

»Hallo, Prinzessin«, erklang rechts von ihr eine Stimme.

Schlagartig kehrten die Erinnerungen zurück. Der Polizist, der Fragen zu Ferdinand gestellt hatte. Sie hatte etwas identifizieren sollen und angenommen, ihr Mann hätte einen schweren Unfall erlitten.

»Sieh mich an!«, befahl er. »Du kannst wegen des Knebels nichts sagen, aber deine Augen habe ich dir nicht verbunden.«

Simona starrte an die Decke. Sein Anblick würde ihr garantiert nicht gefallen.

»Widerstand bringt dich nicht weiter.«

Etwas klickte, und im nächsten Moment spürte sie einen heißen Schmerz am linken Bein, das sie wegen der Fesseln nicht bewegen konnte. Tränen traten ihr in die Augen.

»In dem Feuerzeug ist noch viel Benzin. Du solltest mir besser gehorchen.«

Langsam drehte sie den Kopf und sah ihn an.

»So ist brav.« Er grinste diabolisch.

Der Mann stand nackt neben dem Bett. Seine Erregung war unübersehbar. Er sah anders aus als vorhin an der Tür. Simona riss die Augen auf. Das konnte nicht wahr sein!

»Du erkennst mich. Wunderbar!« Noch einmal ließ er das Feuerzeug aufflammen. »Diesen Schmerz kannst du dir ersparen, indem du mir gehorchst. Andere Schmerzen jedoch nicht.«

Er legte das Feuerzeug beiseite, griff zu einem eingeschweißten Kondom und riss die Packung auf.

Simona schloss die Augen.

»Augen auf!«, schrie er. »Du guckst mich an, bis ich etwas anderes befehle!«

Zögerlich sah sie ihn wieder an. Erst jetzt rollte er das Kondom aus. Dann kletterte er zu ihr aufs Bett und gab ihr ohne Vorwarnung eine Ohrfeige.

»Bestimmt willst du mir vorjammern, dass du dich um den schreienden Julian kümmern musst. Oder du willst mich warnen, dass ausgerechnet heute dein

Mann früher nach Hause kommen wird. Spar es dir! Dein Mann ist tot. Schnell gestorben. Zwei Schüsse in die Brust. Er hat kaum etwas gespürt. Das wird man von dir hinterher nicht sagen können. Denn wer von euch die größere Schuld auf sich geladen hat, steht zweifelsfrei fest, oder siehst du das anders? Eins kann dich trösten: Du musst nie wieder eine schlaflose Nacht ertragen.« Er legte seinen Zeigefinger auf die Lippen und lauschte. »Ganz schön nervig dieses Geschrei. Wie habt ihr das bloß so lange ausgehalten? Ach, warte kurz, jetzt hätte ich es fast vergessen.«

Er stand noch einmal auf und kehrte kurz darauf zurück. In der einen Hand hielt er eine Tube.

»Gleitgel«, erklärte er. »Es soll schließlich für uns beide schön werden. Und das hier sind die besten auf dem Markt erhältlichen Ohrstöpsel.« Er streckte ihr die andere Hand entgegen. »Wenn man sich die richtig in die Ohren steckt, hört man nichts mehr. Dann könnte jemand hereinkommen, und ich würde es nicht mitbekommen. Aber seien wir ehrlich, wie groß ist die Wahrscheinlichkeit dafür?« Er lachte schadenfroh.

Simona beobachtete, wie er sich die orangefarbenen Stöpsel in die Ohren drückte.

»So«, sagte er viel zu laut. »Der Spaß beginnt.«

Er kletterte aufs Bett und kniete sich zwischen ihre Beine.

***

Irene Rieckmann griff zum Telefon und wählte die Nummer ihrer Schwester Simona. In den letzten Wochen hatte die Arme bei ihren täglichen Telefonaten fast immer verzweifelt geklungen. Irene hoffte, dass ihre Schwester heute besser gelaunt wäre. Das Freizeichen erklang. Sie nahm den am Telefon bereitliegenden Kugelschreiber zur Hand und malte einen kleinen Stern ins Notizbuch. Wieso meldete sich Simona nicht? Hielt Julian seine Mutter mal wieder auf Trab?

Nach einer gefühlten Ewigkeit sprang der Anrufbeantworter an. Irene wartete den Ansagetext und das Piepen ab.

»Ich bin's. Hallo! Ich komme jetzt gleich mal rum. Du musst mir noch immer das Dokument unterschreiben, und die Einreichfrist läuft in zwei Wochen ab. Da haben wir beide nicht dran gedacht. Also ich zumindest nicht. Wenn du nicht da bist, nutze ich einfach meinen eigenen Schlüssel. Ach so, falls du das nicht vorher hörst ... Na ja, was ich sagen will: nicht erschrecken. Bis gleich.«

Sie legte auf und stöhnte. Irene hasste es, auf Anrufbeantworter zu sprechen, dabei verlor sie manchmal den roten Faden. Aber ihre zwölf Jahre jüngere Schwester würde bestimmt verstehen, was sie gemeint hatte. Und wenn nicht, ließe sich das im persönlichen Gespräch viel besser klären.

***

»Oh Gott!«, stöhnte er.

Erschöpft nahm er die Hände von ihrer Kehle. Ihre glasigen Augen waren zur Decke gerichtet. Ob sie seine Zuckungen noch miterlebt hatte? Oder hatte er sich am Ende mit einer Leiche amüsiert?

»Das hat Spaß gemacht.«

Vorsichtshalber prüfte er ihren Puls. Sie war eindeutig tot. Kurz überlegte er, die Ohrstöpsel herauszunehmen, doch vermutlich schrie das Kind noch immer. Das Gebrüll würde ihn nur von seinen nächsten Aufgaben ablenken.

Der Mörder hielt den Rand des Kondoms fest und löste sich von der Toten. Er kletterte über ihr Bein hinweg und stieg vom Bett. Aus seiner Tasche zog er eine Plastiktüte mit Verschluss, steckte das Kondom hinein und verstaute die Tüte wieder. Er würde sie in den eigenen vier Wänden entsorgen.

Der Mörder fuhr sich übers Gesicht. Auf dem Nachttisch stand ein Radiowecker. Er hatte vermutlich noch viel Zeit. Bis der Schuljunge nach Hause käme, vergingen mindestens zwei Stunden. Natürlich könnte jemand durch einen unglücklichen Zufall auf Ferdinands Wagen aufmerksam werden und im Haus nach dem Rechten sehen. Trotzdem beeilte sich der Mörder nicht, denn er genoss den Nervenkitzel. Jeden Moment konnte ihn ein unliebsamer Gast überraschen. Das war der Kick nach dem Kick.

Er ging ins Badezimmer und pinkelte. Anschließend stellte er sich wieder in die Wanne und kleidete sich an. Auf dem Badvorleger schnürte er die Schuhe zu, bevor er den Wasserhahn aufdrehte.

Zurück im Schlafzimmer löste er die Fesseln und befreite die Leiche von dem Knebel. Seile und Knebel stopfte er in seine Tasche. Er setzte sich zu der Toten aufs Bett und streichelte ihre Brüste.

»Danke, mein Schatz, für dieses unvergessliche Erlebnis. Ich werde immer an dich denken.«

Er schob seine Arme unter ihren Körper und hob sie hoch. Vorsichtig trug er sie ins Bad, wo er die Leiche in die Wanne gleiten ließ. Danach ging er noch einmal ins Schlafzimmer und zog das Spannbetttuch von der Matratze. Im Bad stopfte er es in die leere Waschmaschine. Bevor er sie anschalten würde, musste er noch etwas erledigen.

***

Irene verließ die Wohnung. Bis zu ihrer Schwester benötigte sie im normalen Berliner Verkehr rund zwanzig Minuten. Hoffentlich geriet sie in keinen Stau, denn nichts hasste sie mehr, als unnötig Zeit vor einer Baustelle oder wegen der Unfähigkeit anderer Autofahrer zu verlieren. Sie lief die zwei Etagen bis zum Erdgeschoss hinunter und trat ins Freie. Gestern Abend hatte sie Glück gehabt und einen Parkplatz direkt vor der Haustür gefunden. Ein seltener Luxus.

Gerade als sie ihren Wagen erreichte, erklang von links eine Stimme.

»Irene! Warte kurz!«

***

Mit einem Waschlappen in der Hand saß er am Wannenrand. Das Wasser bedeckte mittlerweile fast den kompletten Körper. Er schloss den Wasserhahn. Obwohl das Wasser vermutlich die meisten Spuren vernichten würde, strich er in langsamen Bewegungen über die Leiche.

»Ich wollte, ich könnte die Zeit zurückdrehen«, flüsterte er.

Er schloss die Augen und erinnerte sich an die Minuten ihres Beisammenseins. Was für ein Erlebnis! Unvergesslich!

***

»Hallo, Bernhard«, begrüßte Irene den Mann aus dem Nebenhaus.

»Hast du ein paar Minuten Zeit für mich, oder bist du auf dem Sprung?«

»Eigentlich wollte ich zu meiner Schwester.«

Die Enttäuschung stand ihm deutlich ins Gesicht geschrieben.

Da Bernhard und seine Ehefrau Marianne ihr schon oft geholfen hatten, konnte sie ihn jetzt unmöglich stehen lassen. »Worum geht's denn?«

»Marianne kommt morgen endlich wieder aus der Reha zurück, und ich wollte sie mit ein paar frisch eingepflanzten Blumen im Garten überraschen. Aber ich habe keine Ahnung, welche ich im Baumarkt kaufen soll. Du und Marianne habt euch schon so oft über Blumen unterhalten. Könntest du mich begleiten?«

Irene überlegte nur kurz. Sie liebte Blumen über alles und bedauerte es, auf ihrem Balkon kaum Platz für Blumenkästen zu haben. Da hatten es Marianne und Bernhard mit ihrem kleinen Hintergarten deutlich besser. Die Gelegenheit, sich einmal richtig auszuleben, war verlockend. Außerdem wäre Marianne ihr bestimmt äußerst dankbar.

Irene schaute auf ihre Uhr. »Okay«, sagte sie, »aber ich muss eben meiner Schwester absagen. Die erwartet mich.«

»Danke!«, rief Bernhard. »Das ist so lieb von dir.«

»Mache ich gerne. Ich brauche sowieso neue Blumenerde.«

»Die bezahl ich dir.«

Irene angelte das Telefon aus der Handtasche und wählte die Nummer ihrer Schwester.

***

Er nahm die Stöpsel aus den Ohren und schob sie in seine Hosentasche. Das Baby schrie. Hatte es ununterbrochen geschrien oder sich zumindest zwischendurch eine Auszeit gegönnt?

Mit der Tasche in der Hand verließ er das Schlafzimmer. Aus dem Bad drangen die Geräusche der laufenden Waschmaschine. Plötzlich klingelte das Festnetztelefon. Der Mörder warf einen Blick aufs Display, in dem eine ihm unbekannte Handynummer stand. Der

Anrufbeantworter sprang an, und die Stimme des toten Hausherren erklang. Kurz darauf ertönte ein Piepton.

»Hallo, Simona. Ich bin's noch mal. Du, mir ist ein Nachbar dazwischengekommen.« Die Anruferin kicherte. »Das klang jetzt komisch, stimmt's? Er braucht meine Hilfe bei der Blumenauswahl für seine Frau. Na ja, also, was ich sagen will, ich komme erst später oder morgen zu euch. Bis dann, Schwesterherz. Wir telefonieren.«

Der Mörder lächelte. Wäre ihm fast eine unerwartete Besucherin begegnet? Das Schicksal stand auf seiner Seite.

Bevor er die Haustür öffnete, atmete er tief durch. Nun kam der kritischste Moment. Inzwischen trug er weder den falschen Bart noch die Perücke. Jemand, der jetzt auf ihn aufmerksam würde, könnte den Bullen später wichtige Hinweise liefern. Mit dem Ellenbogen drückte er die Klinke der Haustür hinunter. Sein Fuß glitt in den Spalt und schob die Tür weiter auf. Er schaute nach draußen. Niemand zu sehen. Rasch schlüpfte er hinaus, zog sich den Ärmel der Lederjacke über die Finger und schloss die Tür.

Mit gesenktem Blick lief er zu seinem Auto, das eine Straße entfernt parkte. Auf dem Weg dorthin kam ihm kein Passant entgegen.

***

Jonas öffnete das Kettenschloss und schob sein Fahrrad vorsichtig nach hinten. Die Lehrer drehten mal wieder alle durch. Sie hatten den Schülern in jedem einzelnen Fach Unmengen an Hausaufgaben aufgegeben. Damit wäre er heute Nachmittag bestimmt zwei Stunden beschäftigt.

Mit Schrecken dachte er an seinen schreienden Bruder. Papa und Mama behaupteten zwar schon seit Wochen, das wäre nur eine vorübergehende Phase, doch ein Ende war für ihn nicht in Sicht.

Er schwang sich auf den Sattel und trat in die Pedale. Vor der Geburt seines Bruders war alles besser gewesen. Papa und Mama hatten mehr Zeit gehabt und waren nicht wegen jeder Kleinigkeit an die Decke gegangen. Aber in einer Woche feierte Jonas seinen dreizehnten Geburtstag. Erst vorgestern hatte Papa ihm versprochen, dass an diesem Tag nur Jonas im Mittelpunkt stehen und mit Geschenken überhäuft werden würde. Hoffentlich hielt er sein Versprechen.

Jonas dachte an die Spielkonsole, die auf seiner Wunschliste ganz oben stand. Würde er sie bekommen? Am besten mit mindestens drei Spielen. Dann könnte er sich gut ablenken, sobald sein Bruder mal wieder jede Aufmerksamkeit bekam.

Zehn Minuten später erreichte Jonas sein Zuhause. Mamas Wagen stand vor der Haustür. Ob sie das Essen fertig hatte? Sein Magen knurrte bereits. Er schob das Fahrrad in die Garage, wo er es ganz an den Rand stellte, damit sein Vater nicht mit ihm schimpfte. Aus der Jackentasche zog er seinen Haustürschlüssel. Seit Julians Geburt durfte er mittags nicht mehr klingeln, obwohl das Baby ohnehin nie schlief.

Jonas schloss die Tür auf. Lautes Kindergeschrei empfing ihn. Es klang schlimmer als sonst.

»Mama?«, rief Jonas.

Er verdrehte die Augen. Wieso war sein kleiner Bruder bloß ein Schreikind? Statt im Babyzimmer nach ihm zu sehen, suchte er zunächst seine Mutter. Er fand sie weder in der Küche noch im Schlafzimmer. Gleichwohl bemerkte er das abgezogene Betttuch. Ob seine Mutter mit der Wäsche beschäftigt war? Er ging zum Bad.

»Mam...«

Seine Mutter lag in der Badewanne. Mit offenen Augen starrte sie ins Leere.

»Mama?«, flüsterte er.

Entsetzt drehte er sich um und lief zum Telefon. Er hob den Hörer ab und drückte die »2«. Die wichtigsten Telefonnummern hatte sein Vater eingespeichert. Mamas Handynummer auf der »1«, Papas auf der »2«. Tante Irenes Nummer auf der »3«. Und so weiter. Nach ein paar Sekunden Freizeichen sprang jedoch bloß die Mailbox an.

»Papa, wo bist du? Mit Mama stimmt was nicht. Sie liegt in der Badewanne und ... Komm bitte ganz schnell her.«

Er beendete die Verbindung und drückte als Nächstes die »3«. Hoffentlich erreichte er wenigstens seine Tante.

»Hallo, Simona«, erklang Sekunden später Tante Irenes Stimme.

»Ich bin's«, schrie Jonas. Er stand kurz davor, die Fassung zu verlieren.

»Jonas. Beruhig dich. Was ist los?«

»Mama!«, kreischte er. »Sie liegt in der Badewanne und bewegt sich nicht.«

»Was heißt, sie bewegt sich nicht?«

»Keine Ahnung. Sie hat nicht auf mich reagiert.«

»Oh Gott. Wo ist Julian? Ich höre ihn im Hintergrund schreien.«

»In seinem Zimmer. Papa geht nicht ans Telefon. Tante Irene, was soll ich machen?«

»Geh zu Julian und beruhige ihn. Ich bin in zwanzig Minuten bei euch. Von unterwegs versuche ich, deinen Vater zu erreichen.«

»Beeil dich bitte.« Jonas beendete das Telefonat. Sein Blick glitt zum Badezimmer. »Mama? «

Sie antwortete nicht. Langsam ging er zum Babyzimmer und öffnete die Tür. Sein Bruder schrie sich die Seele aus dem Leib. Aber wieso war er in seinem Autositz angeschnallt, der zu allem Überfluss im Bett stand? Das ergab keinen Sinn! Vorsichtig näherte er sich dem Bett. Die spärlichen Haare des Kleinen waren feucht. Auf der Stirn glitzerten Schweißperlen. Er hatte die Augen geschlossen und schrie unentwegt. Jonas hob seinen Bruder hoch und drückte ihn an seine Brust. Die Kleidung war ebenfalls nassgeschwitzt. Was hatte das alles zu bedeuten?

»Julian, ich bin's. Alles ist gut.«

3

Im Display von Eva Hallers Telefon stand der Name Jakob Anhalt. Von dem Kollegen hatte die Journalistin seit mehreren Monaten nichts gehört – insofern überraschte sie der unangekündigte Anruf. Ob er Hilfe bei einer Recherche benötigte?

»Hallo, Jakob«, begrüßte sie ihn.

»Eva, schön dich zu erreichen. Wie geht's dir? Hast du das Wochenende gut überstanden?«

Der Gesprächseinstieg war eindeutig. Anhalt war normalerweise kein Mann, der Smalltalk praktizierte. Schon gar nicht fragte er montagmorgens jemanden, den er seit Ewigkeiten nicht gesprochen hatte, wie das vergangene Wochenende gewesen sei. Also würde er sich wohl im Laufe des Telefonats mit einer ungewöhnlichen Bitte an sie wenden. Zunächst plauderten sie ein wenig und brachten sich gegenseitig auf den neuesten Stand. Anhalt erzählte von seiner mittlerweile vierzehnjährigen Tochter, die momentan einen heftigen Pubertätsschub durchmachte. Haller berichtete ihrerseits von ihren Erfolgen bei Bogensportturnieren und ihrem Hausumbau im vergangenen Jahr. Das Thema des enthüllten Fälschungsskandals, der ein renommiertes Verlagshaus zutiefst erschüttert hatte, sparte sie aus. Sie vermutete, Anhalt rief genau deswegen an.

Ohne Vorwarnung kam er auf den Journalisten zu sprechen, der mit erfundenen Storys für einen großen Skandal gesorgt hatte. »Du warst doch auch an der Geschichte rund um Florian Degen beteiligt.«

»Erinnere mich lieber nicht daran. Das hat viele Nerven gekostet.«

»Was ist denn damals eigentlich genau passiert? Du und ein paar andere sind Degen auf die Spur gekommen. Dimare war der Bootsführer, oder? Und dann wird ausgerechnet Dimare ermordet und ...«

»Jakob, sorry, dass ich dich unterbreche, aber ich denke nicht so gerne an die Geschichte zurück. Wenn du gut recherchiert hast, weißt du ...«

»... dass dich der Mörder ebenfalls im Visier hatte. Natürlich habe ich meine Hausaufgaben gemacht, bevor ich mich bei dir melde. Du kennst mich. Falls es dich beruhigt, es geht mir in meiner geplanten Story nicht um dich oder die anderen Toten. Darüber ist schon so viel geschrieben worden.«

»Sondern?«, fragte sie misstrauisch.

»An der Ermittlung war eine bundesweit tätige Polizeibehörde beteiligt. Die Kriminalermittlungstaktische Einsatzgruppe, kurz KEG. Du hattest mit ihnen zu tun, oder?«

»Wieso willst du das wissen?«

»Das ist eine hochbrisante Geschichte. Hast du dich mal mit dieser KEG näher beschäftigt? Die waren schon an zahlreichen spektakulären Verhaftungen beteiligt. Nicht zuletzt hatten die zweimal mit Leander Hell zu tun. Trotzdem findet man so gut wie keine Artikel über die involvierten Polizisten, obwohl sie Aussicht darauf hätten, Kultstatus wie die GSG 9 zu erlangen und ...«

»Jakob, entschuldige bitte, aber wir müssen an dieser Stelle aufhören.«

»Wieso?«, fragte er überrascht.

»Das kann ich dir nicht sagen.«

»Oh nein«, entfuhr es ihm. »Das ist nicht dein Ernst, Eva!«

»Was meinst du?«

»Tu nicht so scheinheilig. Du arbeitest selbst an einer Story über die KEG. Scheiße! Ich habe da schon eine Woche Zeit reingesteckt.«

»Sorry, Jakob. Nichts für ungut. War schön von dir zu hören.« Haller beendete das Gespräch. »Verdammt!«, fluchte sie.

Ihr Partner Stefan Trapp kam zu ihr ins Arbeitszimmer und schaute sie besorgt an. »Schlechte Nachrichten?«

»Ein befreundeter Journalist hat mich gerade über die KEG ausgequetscht. Das wird Drosten nicht gefallen.«

»Du hast ihn schon vor Monaten davor gewarnt. Kannst dich also bestätigt fühlen.«

»In dem Fall hätte ich lieber nicht recht behalten.«

Nach der spektakulären Auflösung der Mordserie im Journalistenmilieu hatte Eva Haller über die KEG recherchiert und interessante Informationen über Hauptkommissar Lukas Sommer herausgefunden. Der hatte wegen einer jahrelangen Undercovertätigkeit bei einer Rockergang ein nachvollziehbares Interesse daran, dass sein Name nicht im Licht der Öffentlichkeit auftauchte. Haller hatte Drosten und Sommer gewarnt. In ihren Augen war es unvermeidlich, dass eines Tages jemand über die KEG und besonders über Lukas Sommer berichten würde. Nun schien es bald so weit zu sein. Genau zu diesem Zweck hatte sie sich mehrfach mit Sommer und seinen Kollegen getroffen. Wenn eine Veröffentlichung unvermeidbar war, sollte dies unter kontrollierten Bedingungen geschehen.

»Ich ruf Drosten an.« Sie suchte in den Kontakten die Nummer des Wiesbadener Hauptkommissars und drückte das Anrufsymbol.

»Frau Haller«, meldete sich der Mann nur Sekunden später.

»Störe ich gerade?«, fragte sie.

»Sie klingen besorgt. Nein, Sie stören nicht. Was ist passiert?«

»Vorhin hat mich ein Kollege angerufen. Nach ein bisschen Geplänkel kam er auf den eigentlichen Grund des Telefonats zu sprechen. Er will etwas über die KEG schreiben.«

»Wie heißt der Mann?«

»Jakob Anhalt.«

»Ich informiere mich bei der Pressestelle, ob der sich direkt an uns gewandt hat. Dauert keine fünf Minuten. Bis gleich.«

Drosten benötigte für den Rückruf sogar nur drei Minuten. »Ende letzter Woche hat dieser Anhalt um ein Interview mit Verantwortlichen unserer Behörde gebeten. Wir haben abgelehnt.«

»Seitdem ist er an dem Fall dran. Wahrscheinlich hat ihn die Abfuhr angestachelt. Heute wollte er von mir Hintergrundmaterial.«

»Also hatten Sie recht mit Ihrer Vermutung. Respekt für Ihr Bauchgefühl!«

»Danke, aber diesmal hätte ich gern darauf verzichtet. Jetzt muss unser Notfallplan greifen.«

Haller hatte vor einigen Wochen die Wiesbadener davon überzeugt, dass man die anstehende Veröffentlichung eines anderen Journalisten nur auf eine Weise verhindern konnte: Indem man selbst mit der Geschichte an die Öffentlichkeit ging. Da das vor allem dem Zweck diente, Sommers damalige Undercovertätigkeit geheim zu halten, würde der Artikel ihn bloß am Rande erwähnen und Drosten in den Mittelpunkt stellen.

»Die Süddeutsche Zeitung ist sehr an der Story interessiert. Der Spiegel wahrscheinlich ebenso. Ich muss sie ihnen nur präsentieren, dann würde sie in kurzer Zeit veröffentlicht. Aber dazu brauche ich Ihr grünes

Licht. Außerdem hätte ich nichts dagegen, wenn wir uns zuvor noch ein letztes Mal zu einem Interview treffen würden.«

»Ich bespreche das mit Lukas, Verena und Polizeirat Karlsen und melde mich wieder.«

***

Sommer saß an seinem Schreibtisch und starrte auf den Bildschirm. Er warf Drosten lediglich einen kurzen Blick zu.

»Du siehst konzentriert aus«, sagte Drosten.

»Das liegt entweder daran, dass ich mich gerade durch unsere Datenbank der ungelösten Mordfälle wühle oder Solitaire spiele.«

Die KEG hatte bundesweit eine Datenbank aktiviert, in der alle Kriminalkommissariate Deutschlands unaufgeklärte Mordfälle eintrugen, spätestens zehn Tage, nachdem sich die Taten ereignet hatten. So verschafften sich die Polizisten einen Überblick, ob sich an zwei unterschiedlichen Orten vergleichbare Verbrechen zugetragen hatten.

»Haller hat mich gerade angerufen. Der Worst Case scheint einzutreffen. Ein Journalist interessiert sich auffällig für uns.«

Schlagartig verlor Sommer das Interesse an der Datenbank. »Und jetzt?«

»Sie schlägt vor, dass wir uns noch einmal treffen, ehe sie den Artikel in der Süddeutschen Zeitung oder im Spiegel veröffentlicht.«

»Das wird Jenny nicht gefallen.«

Drosten wusste von den Befürchtungen, die Lukas' Frau hegte. Sie ängstigte sich darum, eines Tages könnte jemand aus der Rockergang Rache an ihrem Ehemann oder dem Rest der Familie nehmen. »Mir gefällt es auch nicht.«

Sommer wandte den Blick wieder zum Bildschirm. »Eine E-Mail vom Chef. Weiß Karlsen schon Bescheid?«

»Ich vermute nicht.«

»Warum will er uns dann sofort in seinem Büro sehen?«

***

Verena Kraft wartete bereits in Karlsens Büro auf ihre Kollegen und lächelte ihnen zu.

»Es gibt eine besorgniserregende Entwicklung in Berlin«, eröffnete Karlsen ohne Umschweife die Besprechung. »Ein totes Ehepaar. Der Mann wurde auf dem Weg zur Arbeit erschossen, seine Leiche einfach im Kofferraum des Familienwagens platziert. Die Ehefrau ist vermutlich direkt danach im eigenen Zuhause überfallen, vergewaltigt und erwürgt worden. Spuren fanden sich an beiden Tatorten so gut wie keine.«

»Moment«, unterbrach Sommer. »Gab es vor wenigen Wochen nicht einen ähnlichen Tathergang in Cottbus?«

Karlsen nickte. »Leider existieren weitere Parallelen. Beide Familien haben zwei Kinder. Söhne. Der

Erstgeborene schon fast in der Pubertät, der Zweitgeborene noch kein Jahr alt und in einer ausgeprägten Schreiphase.«

»Da kann man kaum von Zufall ausgehen«, sagte Kraft.

»Das Berliner LKA ist zuständig. In Cottbus das Kriminalkommissariat. Beide sind über unsere Beteiligung an den Ermittlungen informiert. Sie können also theoretisch direkt nach unserem Gespräch aufbrechen. Spätestens morgen früh.«

»Wann sind die Morde in Berlin passiert?«, fragte Drosten.

»Letzten Dienstag.«

»Also fast genau eine Woche her. Das geht ja noch. Wer ist in Berlin zuständig?«

Karlsen schaute in seine Unterlagen. »Hauptkommissar Brendel und seine Partnerin Kinkel.«

Die Namen sagten Drosten nichts. Seine Hoffnung, mit jemandem zusammenzuarbeiten, der die Arbeit der KEG bereits kannte, zerschlug sich. »Ich habe noch einen anderen Punkt, über den wir eine Entscheidung treffen sollten.« Drosten berichtete von Hallers Anruf. Dabei bemerkte er, wie Kraft Sommer besorgt musterte.

»Die Ermittlungen in Berlin und Cottbus haben absoluten Vorrang«, legte Karlsen fest. »Zwei tote Mütter und Väter mit jeweils zwei überlebenden Söhnen. Das hat das Potenzial für eine verheerende Berichterstattung. Sie haben mich ja schon vor Wochen von Ihrem Schlachtplan überzeugt, was einen Artikel über uns betrifft. Insofern habe ich nichts dagegen, wenn Sie das realisieren.«

»Frau Haller möchte sich noch einmal mit dem gesamten Team treffen. Geben Sie dafür grünes Licht?«

»Solange die aktuellen Ermittlungen nicht darunter leiden, soll es mir recht sein. Und dass sie nichts über die Doppelmorde schreiben darf, versteht sich von wohl selbst.«

»Natürlich«, bestätigte Drosten. Er erhob sich zuerst, die anderen folgten seinem Beispiel.

4

Die LKA-Hauptkommissare Brendel und Kinkel begrüßten sie am nächsten Morgen in ihrem geräumigen Berliner Büro. Akten und einzelne Ausdrucke stapelten sich auf dem hinteren Schreibtisch, an dem Marc Brendel saß. Katja Kinkel hingegen mochte ihren Arbeitsplatz offenbar aufgeräumter, denn sie hatte lediglich einige wenige Zettel verteilt. Auf jedem klebte eine gelbe Haftnotiz. Nach einer kurzen Vorstellungsrunde führten die Berliner ihre Gäste in einen Konferenzraum. Brendel schleppte zwei Aktenordner mit.

»Wir gehen davon aus, dass der Ehemann zuerst gestorben ist. Nachdem er seine Wohnung gegen sieben Uhr dreißig morgens verlassen hat, ist er zu einer mehrere Kilometer entfernten Bäckerei aufgebrochen«, erklärte Kinkel. »Dort hat er den Wagen am Straßenrand abgestellt. Eine junge Verkäuferin konnte bestätigen, ihn am Mordtag bedient zu haben. Sie wusste sogar noch, was er gekauft hat, weil er seit Wochen jeden

Morgen dieselbe Bestellung aufgab. Nach Einschätzung der Bedienung habe er zwar übermüdet, jedoch nicht verängstigt ausgesehen. Über den Rest des Ablaufs müssen wir spekulieren. Er hat seine Sachen mitgenommen, und wir haben die Brötchentüte und den Kaffeebecher in einem Abfalleimer ganz in der Nähe seines Parkplatzes gefunden. Also gehen wir davon aus, dass er im Wagen gefrühstückt hat. Im Magen fanden wir ein unverdautes Schokocroissant und ein Brötchen.«

»Er hat es gegessen und wurde unmittelbar danach erschossen«, fügte Brendel hinzu. »Ob er zuvor die Tüte selbst entsorgt hat oder sein Mörder das übernommen hat, wissen wir nicht. Viel spricht dafür, dass die Hinrichtung nicht im Wagen stattfand, denn es gab weder Blutspritzer noch Schmauchspuren im Inneren des Fahrzeugs.«

»Ist die Straße, an der er geparkt hat, im Berufsverkehr stark befahren?«, fragte Sommer.

»Es handelt sich um eine Nebenstraße mit gelegentlichem Verkehr, der morgens Richtung Zentrum fließt. In den letzten Tagen hat sich leider kein Berufspendler gemeldet, der etwas beobachtet hätte«, führte Brendel aus. »Trotz unserer öffentlichen Aufrufe.«

Die Kommissare wechselten sich weiter ab und erzählten in aller Ausführlichkeit, was sie herausgefunden hatten. Danach schlugen sie vor, beide Tatorte aufzusuchen.

***

Drosten stieg aus dem Wagen. Ihr Wiesbadener Dienstfahrzeug stand nur wenige Meter hinter der Stelle, an der Ferdinand Lilienthal gestorben war. Bevor sich Drosten zu den Kollegen gesellte, schaute er sich um. Der Verkehr auf der Straße war, wie angekündigt, ziemlich ruhig. Die Bäckerei lag schräg gegenüber auf der anderen Straßenseite. Wären am Eingang Überwachungskameras angebracht gewesen, hätten sie den Mord vielleicht eingefangen. Leider gab es weder an dem Gebäude noch an einem der übrigen Häuser Überwachungsvorrichtungen.

»Wann hätte Lilienthal seinen Dienst angetreten?«, fragte Drosten.

»Er hatte flexible Arbeitszeiten, kam aber in den letzten Wochen oft erst nach neun Uhr ins Büro«, sagte Kinkel.

Drosten rief sich eine Aussage der Kollegen ins Gedächtnis. Lilienthal hatte das Haus um halb acht verlassen. Nachbarn hatten bestätigt, dass es sich dabei um seine übliche Zeit handelte.

»Der Mörder hat die Familie zuvor ausspioniert«, sprach er einen naheliegenden Gedanken laut aus.

»Und ist dem Familienvater gefolgt«, ergänzte Brendel. »Das ist auch unsere Vermutung. In der Nachbarschaft hat niemand einen Wagen bemerkt, der nicht dorthin gehört.«

»Die Haustürschlüssel des Mannes haben wir in seiner Aktentasche gefunden«, sagte Kinkel.

»Der Mörder hätte ihn an sich nehmen können, um sich Zutritt zum Haus zu verschaffen. Wieso verzichtet er darauf?«, fragte Kraft.

Brendel nickte. »Darüber haben wir mit einem Fallanalytiker besprochen. Er vermutet, der Mörder wählt bewusst den schwereren Weg und verschafft sich Zugang über einen Trick. Er unterstellt dem Täter einen manipulativen Charakter, der sich zum Beispiel als Polizist oder als sonstige Vertrauensperson ausgegeben hat, damit Frau Lilienthal freiwillig öffnet.«

Eine halbe Stunde später kamen sie am Haus der Familie Lilienthal an. Brendel hob das Absperrband hoch und verschaffte ihnen Zutritt ins Innere. Nacheinander gingen sie die Räume ab, die der Mörder vermutlich allesamt betreten hatte.

»In der Waschmaschine lagen ein Spannbetttuch und ein Waschlappen«, sagte Kinkel.

»Ein kluger Schachzug«, bedauerte Sommer. »Haben Sie überhaupt verwertbare Spuren gefunden?«

»Wenige Fasern, die wir keinem Kleidungsstück der Familie zuordnen können. Falls er DNA an seinem Opfer hinterlassen hat, wurde sie beim Waschen vernichtet«, antwortete Brendel. »Er wäre übrigens beinahe gestört worden.«

Der Hauptkommissar trat an einen Anrufbeantworter und spielte ihnen die beiden letzten Nachrichten vor. Zuerst kündigte die Schwester der Toten einen spontanen Besuch an, dann verschob sie ihn wieder auf einen späteren Zeitpunkt.

»Die Anrufe erfolgten innerhalb von gut zehn Minuten«, sagte Kinkel. »Ob das den Mörder in seinem Handeln unterbrochen oder gestört hat, können wir nur mutmaßen.«

»Zumindest scheint ihn Lärm nicht sonderlich zu irritieren. Ein konsultierter Kinderarzt vermutet, der kleine Julian habe mehrere Stunden am Stück gebrüllt. Also auch während der Tortur seiner Mutter. Im Schlafzimmer hört man selbst bei geschlossener Tür solche Geräusche. Das haben wir geprüft.«

Drosten malte sich anhand der Informationen den Tatablauf aus. Der Mörder verschaffte sich Zutritt, überwältigte das Opfer und fesselte es ans Bett. Dann vergewaltigte er die Frau brutal und erwürgte sie. Anschließend legte er sie in die mit Wasser gefüllte Badewanne und wusch Spuren von ihrem Körper. Er zog das Betttuch ab und beförderte es zusammen mit dem benutzten Waschlappen in die Waschmaschine, an der er ein 95-Grad-Programm startete. Das sprach alles für einen Täter, der den Ablauf genau geplant hatte. Vermutlich hatte er sich alles vor der ersten Tat hundertfach ausgemalt. Sie mussten ihn schnellstmöglich aus dem Verkehr ziehen, bevor er erneut zuschlug.

***

Die Schwester der Toten empfing sie in ihrer Dreizimmerwohnung. Auf dem Arm trug sie den kleinen Julian, der die Neuankömmlinge mit wachen Augen musterte.

Der Kleine hatte vermutlich den Mörder gesehen und würde ihn trotzdem nicht identifizieren können.

»Seien Sie bitte leise«, flüsterte Irene Rieckmann. »Julian hat bis vor einer Viertelstunde wie verrückt geschrien. Ich halte das nicht mehr lange aus.«

Die Frau wirkte tatsächlich völlig aufgelöst. Sie hatte nicht nur ihre Schwester verloren, sondern musste sich nun unverhofft um zwei Kinder kümmern, von denen eins offenbar sehr häufig schrie.

»Ist Jonas da?«, fragte Kraft.

»Er liegt in seinem provisorischen Zimmer«, antwortete Rieckmann und zeigte zur entsprechenden Tür. »Irgendwann werde ich das alles kindgerechter gestalten.«

»Sie übernehmen die Vormundschaft?«, folgerte Sommer.

»Ich versuche es zumindest, auch wenn das in meiner Lage schwierig ist. Wie sollen wir zu dritt in dieser kleinen Wohnung leben?« Sie seufzte.

»Ich finde es fantastisch, dass Sie es überhaupt probieren«, lobte Drosten sie.

»Ich befrage Jonas allein«, schlug Kraft vor.

Die anderen Polizisten nickten. Kraft ging zu dem Raum und klopfte vorsichtig an. Von innen erklang ein schwaches »Herein«.

Sie öffnete die Tür. Der Junge lag auf einem schmalen Bett und starrte an die Decke. Von den Berliner Kollegen wussten sie, dass Jonas seine tote Mutter gefunden hatte. In den ersten Tagen war er in einem Krankenhaus betreut worden. Am Wochenende hatte der zuständige Kinderpsychologe die Empfehlung ausgesprochen, ihn in die Obhut einer vertrauten Person zu geben. Irene Rieckmann hatte sofort zugestimmt, ihre Neffen aufzunehmen.

»Hallo, Jonas. Ich bin Verena und arbeite für die Polizei.«

»Hallo«, sagte er leise, ohne sie anzusehen.

»Darf ich mich zu dir auf die Bettkante setzen?«

Er rutschte ein Stück zur Seite, und sie setzte sich zu ihm.

»Du bist ein sehr tapferer Junge«, lobte sie ihn. »Du warst der Einzige, der letzte Woche deinen Bruder beruhigen konnte. Das hast du großartig gemacht.«

»Danke.«

»Kannst du dich daran erinnern, seit wie vielen Wochen er schreit?« Ihr ging die ungewöhnliche Opferauswahl des Täters nicht aus dem Kopf. Beide Familien hatten ein Schreikind. Woher wusste der Mörder davon? Wie war er darauf aufmerksam geworden?

»Seit Mama aus dem Krankenhaus gekommen ist.«

Also von Geburt an, folgerte sie. Wie hatte der Mörder das erfahren? Kannte er die beiden getöteten Familien?

***

Im Wohnzimmer befragten Sommer und Drosten Irene Rieckmann mit gesenkter Stimme.

»Hat Ihre Schwester je von einem unheimlichen Erlebnis berichtet? Jemand, der ihr gefolgt ist, sie vielleicht angesprochen hat? Oder sich auf andere Weise seltsam verhalten hat?«

Die Berliner Polizisten hatten ihr schon ähnliche Fragen gestellt, allerdings waren seitdem ein paar Tage vergangen.

»Nein«, antwortete sie. »Also, es sei denn, Sie meinen, aber nein ...«

»Wir meinen was?«, hakte Sommer nach.

»Simona hat mir von einem Erlebnis berichtet. Sie hat eine bevorzugte Buchhandlung in der Innenstadt und sich dort gern Fachliteratur besorgt. Schon vor Julians Geburt. Zum Beispiel war sie wahnsinnig interessiert daran, Bücher zu finden, die sich um Geschwister mit großem Altersunterschied drehten. Und als Julian dann auf der Welt war, hat sie nach Büchern über Schreikinder gesucht. Beziehungsweise nach Ratgebern, wie man Babys am besten beruhigt, wenn sie fast den ganzen Tag schreien.«

»Warum haben Sie uns davon nichts erzählt?«, fragte Kinkel.

»Entschuldigen Sie. Das war keine böse Absicht. Ich hab's einfach vergessen. Na ja, jedenfalls war sie eines Tages in der Buchhandlung, als Julian wieder einmal einen Schreianfall bekommt. Daraufhin hat ein Buchhändler sie wohl unfreundlich aufgefordert, den Laden zu verlassen, weil sie die anderen Kunden stören würde. Simona hatte zu dem Zeitpunkt ein schwaches Nervenkostüm und ist ausgerastet. Sie hat sich sofort über den Mitarbeiter beschwert.«

Drosten fragte sich, ob das als Mordmotiv ausreichte. Zumindest wäre es sinnvoll, den Mitarbeiter in der Buchhandlung zu befragen. »Wie lange ist das her?«

»Vielleicht drei Monate?« Sie klang unsicher.

»Wissen Sie, wie die Buchhandlung heißt?«

»Nein, leider nicht. Sie liegt in der Innenstadt. Und meine Schwester hat fast nie Bargeld dabei, sondern alles mit Kreditkarten bezahlt. Sie war besessen davon, Punkte zu sammeln. Ich wette, Sie finden in Simonas Kreditkartenabrechnung mehrere Belege der Buchhandlung.«

***

Rieckmanns Prophezeiung erwies sich als zutreffend. Tatsächlich fanden die Polizisten in den Kreditkartenabrechnungen diverse Abbuchungen von zwei verschiedenen Buchhandlungen. Beide lagen in der Innenstadt. Im ersten Geschäft hatte Simona Lilienthal bis vor vier Monaten regelmäßig eingekauft, ehe sie ihrer Stammbuchhandlung offenbar den Rücken gekehrt hatte. War die unfreundliche Art des Verkäufers der Grund dafür? Oder hatte sich die Schwester mit dem Datum vertan, und der Vorfall war im zweiten Geschäft passiert? Sie würden am nächsten Tag beide Läden aufsuchen, um nähere Informationen zu erhalten.

5

Vor vielen Jahren.

Mit seinem eigenen Schlüssel in der Hand kehrte er nach Hause zurück. Der Schultag war ihm zwar lang vorgekommen, doch zumindest hatte er in der Schule die nötige Ruhe, die ihm sein Bruder momentan nicht schenkte. Dessen Geschrei war sogar durch die geschlossene Wohnungstür zu hören

Ob er heute wieder den ganzen Tag so anstrengend sein würde?

Zögerlich führte er den Schlüssel ins Schloss ein. Unvermittelt hörte er über sich im Treppenhaus Schritte. Er hielt kurz inne und schaute über die Schulter. Der große Mann aus der Wohnung über ihnen kam herunter. Wütend blickte er ihn an.

»Ich wollte, ihr würdet ausziehen«, zischte er.

Der Junge antwortete nicht. Was sollte er darauf sagen? Seine Eltern trösteten ihn damit, dass die

Schreiphase vorbeigehen würde. Mit jedem Tag fiel es ihm schwerer, das zu glauben. Was, wenn das noch Jahre anhielt? Aber dem Nachbarn konnte er solche Sorgen nicht anvertrauen. Niemandem.

»Sagst du gar nichts dazu?«, fragte der Mann. Er kam bedrohlich näher und baute sich nur zwei Schritte entfernt von ihm auf.

»Ich kann nichts dafür«, murmelte der Junge.

»Tolle Ausrede!«

»Es tut mir leid.«

Der Mann öffnete den Mund, schien es sich aber im letzten Moment anders zu überlegen. Er drehte sich um und setzte seinen Weg nach unten fort.

Der Junge wartete, bis er die Haustür zufallen hörte. Erst dann traute er sich, die Wohnung aufzuschließen. Sofort vernahm er das Geschrei seines kleinen Bruders deutlich lauter. Rasch schlüpfte er in die Wohnung und schloss die Tür.

»Kannst du nicht einfach still sein?«, flüsterte er wütend.

Er brachte den Schulranzen in sein Zimmer und ging in die Küche, wo seine Mutter am Tisch saß und gedankenverloren an einem Kaffeebecher nippte. Sie zuckte zusammen, als sie ihn bemerkte.

»Hab dich gar nicht gehört«, murmelte sie. »Hallo, mein Hase. Wie war's in der Schule?«

»Wir haben die Mathearbeit wiederbekommen. Ich habe eine Eins. Kein einziger Fehler«, erzählte er aufgeregt.

Seine Mutter lächelte. »Ich bin so stolz auf dich.« Dabei glitt ihr Blick an ihm vorbei zur Diele. »Anton schreit schon wieder seit einer Stunde.«

»Liegt er im Bett?«

»Ja, aber ich hatte ihn auch hier in der Küche, weil ich etwas Leckeres kochen wollte. Hat nichts geholfen.« Sie gähnte. »Bald hört das bestimmt auf.« Der Versuch eines aufmunternden Lächelns misslang ihr. »Ich musste einfach ein paar Minuten für mich allein haben. Deswegen habe ich ihn wieder ins Bett gelegt. Manchmal beneide ich Papa und dich. Ihr könnt in die Schule oder zur Arbeit. Ich bin immer hier. Na ja.« Sie trank den Becher leer. »Wenn du ein lieber Bruder sein willst, dann kümmere dich ein bisschen um ihn. Vielleicht bekommst du ihn beruhigt. Ich mache dir dein Essen warm.«

»Okay, Mama.«

Der Junge verließ die Küche. Bevor er in das Zimmer seines Bruders ging, lief er zunächst ins Bad. Er wusch sich die Hände, dann griff er in den großen Beutel Watte, der an der Heizung hing. Er zupfte sich ein Stück ab und teilte es in zwei Einzelstücke, die er sich in die Ohren drückte. So würde er das Geschrei seines Bruders besser ertragen.

Anschließend ging er ohne weiteren Umweg in Antons Zimmer. Das Baby lag auf dem Rücken und brüllte aus Leibeskräften. Seine wenigen Härchen waren verschwitzt.

»Ich hasse dich«, flüsterte der Junge.

Er musterte seinen Bruder kaltherzig und dachte an die Zeit zurück, als er mit Mama und Papa allein gewesen war. Das war schön gewesen!

Mama hatte die dünne Decke auf den Bettrahmen des Babybetts gelegt. Der Junge nahm sie in die Hand und legte sie seinem Bruder über den Kopf. Sofort wurde das Geschrei leiser. Er sah, wie der Kleine versuchte, sich unter der Bettdecke freizustrampeln. Nach ein paar Sekunden zog er die Decke wieder weg. Mama würde das bestimmt nicht gerne sehen.

Obwohl das fast unmöglich war, schrie Anton nun noch lauter als zuvor. Sein Gesicht war rot angelaufen. Der Junge packte seinen Bruder an den Achselhöhlen und hob ihn aus dem Bett.

»Ist doch alles gut, du kleiner Scheißer«, flüsterte er ihm ins Ohr.

Wie es ihm seine Eltern beigebracht hatten, streichelte er ihm beruhigend über den Hinterkopf und stütze dabei Antons Hals auf seiner Schulter. Er lief durch den Raum und sang sogar das Lied von den Entchen. Das war so peinlich! Gut, dass ihn keiner seiner Klassenkameraden sah. Sie hätten ihn ausgelacht.

Anton ließ sich einfach nicht beruhigen. Trotz der Watte in den Ohren tat dem Jungen das Geschrei seines Bruders körperlich weh.

»Jetzt gib endlich Ruhe!«, zischte er wütend.

Er legte seinen Bruder zurück ins Bett. Noch einmal packte er die Decke auf den Kopf, um das Schreien wenigstens ein bisschen zu dämpfen. Am liebsten hätte er den Kleinen geschüttelt, bis er still sein würde.

Er nahm die Decke wieder weg. Nur einen Sekundenbruchteil später kam seine Mutter ins Zimmer.

»Du willst ihn nicht zudecken, oder?«, fragte sie.

»Nein. Die Decke lag im Bett. Ich glaube, ich habe sie versehentlich berührt. Da ist sie reingefallen.«

»Er beruhigt sich einfach nicht. Du kannst in die Küche. Dein Essen ist fertig.«

»Ich habe ihn rumgetragen und gesungen. Hat alles nichts geholfen.«

»Du bist ein toller Bruder.« Sie streichelte ihm über den Kopf. »Wenn er erst mal laufen und rennen kann, habt ihr bestimmt viel Spaß miteinander.«

»Ich bringe ihm Mathe bei«, sagte der Junge.

Seine Mutter lächelte. »Dann haben wir ja zwei Genies in der Familie. Und jetzt los! Sonst wird dein Essen kalt!«

Der Junge verließ das Zimmer seines Bruders. Ob seine Mutter etwas Leckeres gekocht hatte? Doch schon in der Diele zerschlug sich die Hoffnung. Es roch eindeutig nach Dosenravioli. Wieder einmal.

Früher hatte es die Ravioli höchstens einmal in der Woche gegeben. Damals hatte er sie gern gegessen. Seit Anton auf der Welt war, gab es das Dosengericht fast an jedem dritten Tag. Aber er mochte seiner Mutter nicht sagen, dass sie ihm nicht mehr schmeckten.

»Kann ich Limo haben?«, rief er.

»Nur ein Glas«, ertönte ihre Antwort.

Er trat an den Kühlschrank und holte die Zitronenlimonade heraus. Bevor er sich das Getränk einschüttete, nahm er einen Schluck aus der Plastikflasche.

Dann füllte er das Glas bis zum Rand, trank ein bisschen ab und schüttete nach. Vorsichtig trug er die Limonade zum Tisch und setzte sich.

Die ersten Stücke Ravioli aß er noch mit Genuss wegen seines großen Hungers. Doch schon nach der Hälfte des Tellers fühlte er sich satt. Aber Mama mochte es nicht, wenn er nicht aufaß. Maximal durfte er zwei oder drei Ravioli übriglassen. Lustlos stocherte er mit der Gabel im Essen und verteilte die Tomatensauce auf dem Teller. Wehmütig erinnerte er sich an die Zeit vor der Geburt. Seine Mutter machte die beste Pizza der Welt und hatte ihn früher damit mindestens einmal in der Woche überrascht. Er hatte auch noch weitere Lieblingsgerichte, die er schon ewig nicht mehr bekommen hatte.

Seit Anton sie alle nachts vom Schlafen abhielt, gab es fast immer Fertiggerichte. Für ihn war es mittlerweile ein Jubeltag, wenn Mama ihm Pommes im Backofen zubereitete.

Das alles lag an seinem blöden, kleinen Bruder.

»Ich wollte, du wärst weg.«

Leider würde dieser Wunsch niemals in Erfüllung gehen.

»Hase?«, erklang es aus Antons Zimmer.

»Was gibt's, Mama?«

»Ich lege mich zusammen mit Anton hin. Ich glaube, dein Bruder muss schlafen. Räumst du nach dem Essen deinen Teller weg?«

»Mach ich.«

»Du bist ein Schatz. Wenn du bei den Hausaufgaben Hilfe brauchst, kann dir Papa nachher helfen.«

»Das schaffe ich alleine.«

Seine Mutter ging ins Schlafzimmer und schloss dort die Tür. Tatsächlich dauerte es nicht lange, bis endlich Ruhe einkehrte. Leider würde die nicht für immer anhalten.

6

Er saß nackt auf einem Stuhl und betrachtete die Frau. Ihre Hände hatte er mit Handschellen ans Metallbettgestell gefesselt. Ihre Füße hingegen waren nicht zusammengebunden, und er hatte ihr auch keinen Knebel in den Mund gesteckt. So konnte er sich am besten an ihr vergehen.

Er nahm die Kondomverpackung in die Hand und riss sie auf. Vorsichtig zog er sich das Kondom über.

»Du kannst dir gar nicht vorstellen, wie sehr ich mich darauf freue.«

Er vermied den Blickkontakt und konzentrierte sich lieber auf ihren nackten, perfekten Körper. Sie war so erstaunlich durchtrainiert, nicht ein Gramm Fett hatte sich an den Beinen oder Hüften gesammelt.

Langsam stand er auf, griff nach den Ohrstöpseln und ging zum Bett. Er setzte sich an den Rand und streichelte ihre Füße. Noch immer vermied er den Blick in ihre Augen.

»Du kannst gleich so laut schreien und stöhnen, wie du willst. Ich bin in meiner eigenen Welt versunken.«

Er drückte sich den Hörschutz in die Ohren. Erst jetzt sah er ihr ins Gesicht. Ihre Lippen bewegten sich, doch er verstand nicht ein Wort.

Vorsichtig hockte er sich zwischen ihre Beine. Er küsste ihren Bauch. Mit der Zunge umspielte er ihren Bauchnabel. Die Erinnerungen ans erste Mal kehrten zurück.

***

Zu fünft saßen sie in der gut besuchten Bar des Berliner Hotels. Neben den Polizisten waren noch Eva Haller und Stefan Trapp angereist. Da die Ermittler nicht wussten, wann sie das nächste Mal Zeit für eine solche Zusammenkunft in Köln oder Wiesbaden hätten, war ihnen die Journalistin hinterhergereist. Der Kellner hatte ihnen zum Glück einen ruhigen Tisch ganz am Rand zugewiesen.

»Ich habe den Artikel schon verkauft. Er wird in der Wochenendausgabe der Süddeutschen Zeitung erscheinen.« Eva Haller wirkte zufrieden über ihren schnellen Coup.

»Dieses Wochenende?«, fragte Sommer wenig begeistert.

»In der Woche danach«, erwiderte Haller. »Ich muss die druckreife Fassung allerdings bis Freitagmorgen abgeben und habe mir ein paar abschließende Fragen notiert.«

Sommer stöhnte. »Das wird meiner Frau nicht gefallen.«

»Ganz im Gegenteil. Hoffe ich zumindest. Ich richte den Fokus des Artikels nämlich wie versprochen auf Ihre Kollegen Drosten und Kraft. Sie tauchen nur in zwei etwas längeren Absätzen auf.«

»Wann bekommen wir Ihre Arbeit zu sehen?«, erkundigte sich Drosten.

»Ich schicke Ihnen das spätestens morgen Abend zu.« Sie öffnete ihre hellrote Handtasche und holte ein Notizbuch heraus, das sie ziemlich am Ende aufschlug. »Eigentlich sind es bloß Kleinigkeiten, die in der Rohfassung bislang nicht stimmig sind. Herr Drosten, erzählen Sie mir noch ein bisschen von den Beweggründen, die damals zur Gründung der KEG geführt haben. Haben Ihre Vorgesetzten dafür nicht heftige Kämpfe austragen müssen?«

»Oh ja«, erwiderte Drosten. »Vielen Innenministern war es nicht recht, dass wir befugt sind, kriminalpolizeiliche Ermittlungen an uns zu reißen. Deswegen haben wir im ersten Jahr quasi wie in Probezeit gearbeitet. Aber die Ermittlungserfolge haben uns recht gegeben.«

Drosten dachte an all die Mörder, die sie mittlerweile überführt und aus dem Verkehr gezogen hatten. Niemand konnte genau beziffern, wie viele Morde sie in den letzten Jahren verhindert hatten. Aber selbst, wenn es nur ein einziger war, hatte sich all die Mühe gelohnt.

***

Ihre Beine lagen mittlerweile auf seinen Schultern. Er umklammerte ihren Hals mit den Händen. Immer fester stieß er zu. Bis zum Höhepunkt. Dann ließ er von ihr ab und sackte auf ihrem Körper zusammen. Er tastete nach den Handschellen und drückte den Knopf, der die Schelle öffnete. Im nächsten Moment streichelte sie ihm über den Kopf.

Nun schaute er sie an und zog sich den Hörschutz aus den Ohren.

»Das war wundervoll«, gurrte sie. »Ich hoffe, du hast ein bisschen gehört, wie sehr ich es genossen habe.«

»Nein«, sagte er. »Der Hörschutz ist perfekt. So wie ich es haben will.«

Ganz im Gegensatz zu unserem Sex, dachte er.

Die zweihundertfünfzig Euro teure Stunde hatte ihm zwar gefallen, und es war auch nicht das erste Mal, dass er sich mit Rubina amüsierte. Doch mit einer erzwungenen Vereinigung konnte das Erlebnis nicht mithalten.

»Machst du die andere Hand frei?«

Er entriegelte die zweite Schelle. Dann hielt er das Kondom mit zwei Fingern fest und löste sich von ihr.

Rubina schwang die Beine artistisch über ihn hinweg. »Ich bin gleich wieder da.« Sie verließ den Raum und betrat das benachbarte Badezimmer.

Ob er ihre Treffen in Zukunft noch genießen könnte? Oder würde er sich von nun an wünschen, ihr das Leben herauszupressen, ohne diese Begierde je befriedigen zu können?

Im Nebenraum ertönte die Toilettenspülung. Kurz darauf kehrte sie zu ihm zurück. Sie hatte sich ein verführerisches Negligé übergezogen.

»Willst du etwas trinken?«, fragte sie.

»Nein. Ich muss jetzt gleich los.«

Unvermittelt überkam ihn ein unerklärliches Engegefühl. Er bekam kaum Luft. Aber er wollte sich das nicht anmerken lassen. Rubina durfte nicht misstrauisch werden.

Er stand auf und lief ins Badezimmer. Im Spiegel über dem Waschbecken musterte er sein Gesicht.

Das Erlebnis war nicht intensiv genug! Er konnte einer Nutte nicht so weh tun wie einer Frau, die ohnehin bald starb. Aber was bedeutete das für seine Zukunft? Termine mit Rubina oder den anderen Prostituierten hatten ihm stets geholfen, den Druck kontrolliert entweichen zu lassen. War das jetzt nicht mehr möglich? Oder benötigte er Professionelle, die mehr ertrugen als Rubina?

Er spritzte sich Wasser ins Gesicht.

»Ruhig Blut«, wisperte er. »Fahr nach Hause. Mach keinen überstürzten Fehler. Sei nicht dumm!«

Er verließ das Bad wieder. Rubina saß auf der Bettkante und schaute ihn an.

»Alles in Ordnung mit dir?«

»Ganz wunderbar.« Er zwang sich zu einem Lächeln und trat zum Stuhl, auf dem er seine Kleidung ordentlich abgelegt hatte. Rasch zog er sich an. Dabei wandte er ihr den Rücken zu.

»Weißt du schon, wann du das nächste Mal kommst? Dann reserviere ich dir einen Termin.«

»Kann ich noch nicht genau sagen. Aber lange wird's nicht dauern, dafür tust du mir zu gut.«

Er drehte sich um und lächelte sie an. Hoffentlich sah sie ihm seine Mordlust nicht an.

***

Nach einem langen Abend in der Hotelbar zog sich Lukas Sommer in sein Hotelzimmer zurück. Er setzte sich aufs Bett und prüfte Jennifers Online-Status. Sie war noch wach.

Magst du telefonieren?

Es dauerte nur Sekunden, bis sie die Nachricht las und ihn anrief.

»Du klingst so, als würde es unangenehme Neuigkeiten geben.«

Sommer fragte sich, wie es ihr gelang, ihn so spielend leicht zu durchschauen. Selbst bei einer kurzen Textnachricht. »Eva Haller ist uns extra nach Berlin nachgereist, um ihrem Artikel den letzten Schliff zu verpassen. Er soll schon in gut einer Woche erscheinen.«

»Scheiße! So früh?«

»Ich bekomme zügig ihre Rohfassung, die ich sofort an dich weiterleite. Angeblich erwähnt sie mich nur in zwei etwas längeren Passagen. Verena und Robert stehen im Mittelpunkt. Meine ehemaligen Gangbrüder lesen vermutlich keine Zeitung. Es gibt weder ein Foto noch eine Erwähnung meines Decknamens. Eigentlich müssen wir uns keine Sorgen machen.«

»Dafür klingst du reichlich bedrückt.«

»Weil ich weiß, dass es dir nicht gefällt.«

Jenny brummte zustimmend. »Ich hoffe einfach, du behältst recht. Aber vielleicht male ich zu schwarz.«

»Was hat Jeremias von der Klassenarbeit erzählt?«, wechselte Sommer das Thema. Sein Sohn hatte heute eine wichtige Prüfung gehabt und war deswegen seit Tagen nervös.

»Scheint alles geklappt zu haben. Zumindest war er gut gelaunt, als er von der Schule kam.«

Sie redeten noch ein paar Minuten über Alltäglichkeiten, bevor sie sich voneinander verabschiedeten und gegenseitig eine gute Nacht wünschten. Nach dem Telefonat betrachtete Sommer Jennys Profilbild. Selbst nach all den Jahren schaffte sie es immer, dass er sich nach einem Gespräch mit ihr besser fühlte als vorher. Umso mehr musste er darauf achten, dass sie niemals wieder seinetwegen in Gefahr geriet. Das würde er sich nicht verzeihen.

***

Pünktlich zur Geschäftsöffnung um zehn Uhr betrat Verena Kraft die erste der beiden infrage kommenden Buchhandlungen. An ihrer Seite war Hauptkommissarin Kinkel. Drosten, Sommer und Brendel besuchten zur gleichen Zeit das andere Geschäft.

Ein Mann mittleren Alters öffnete ihnen die Tür. »So frühe Kundschaft bin ich gar nicht gewohnt«, sagte er fröhlich. »Treten Sie ein.«

»Wir sind in einer dienstlichen Angelegenheit hier«, erwiderte Kraft.

Beide Frauen zeigten dem Mann ihren Dienstausweis.

»Wäre auch zu schön gewesen.« Der Buchhändler seufzte. Langsam ging er zur Kassentheke. »Wie kann ich Ihnen helfen?«

Kraft erzählte, welcher Vorfall sie herführte.

»Shit«, flüsterte der Buchhändler. »Auch das noch!«

»Wie meinen Sie das?«, fragte Kinkel. »Gab es weitere Vorfälle dieser Art?«

***

Zur gleichen Zeit unterhielt sich Drosten mit der Inhaberin der zweiten Buchhandlung in einem Hinterzimmer des Geschäfts, in dem die Mitarbeiter die Buchbestellungen sortierten. Er zeigte ihr die Kartenabrechnungen, die sie in Lilienthals Unterlagen gefunden hatten. Anhand der Transaktionsnummern, die bei den Abrechnungen aufgeführt waren, konnte die Inhaberin die Bestellungen nachvollziehen.

»Oh je«, sagte sie wenig begeistert. »Die Kundin wurde von Herrn Wärter bedient. Mehrfach. Also quasi jedes Mal, wenn sie einen Kauf getätigt hat.«

»Sie klingen deswegen besorgt«, stellte Drosten fest.

»Herr Wärter hat ... Nein, ich fange anders an. Er ist nicht mehr bei uns, obwohl er ein sehr fähiger Buchhändler war. Ich habe ihn kurz vor Ende seiner Probezeit entlassen.«

»Wie kam es dazu?«

»Herr Wärter kennt sich grandios im Sachbuchsektor aus. Er hat mal erzählt, dass er Sachbücher liebt und ihn beinahe jedes Thema interessiert. Als er sich vor einem halben Jahr bei mir beworben hat, war er mit einem Probearbeitstag einverstanden. Er hat damals sieben Sachbücher in sechs Stunden verkauft. Normalerweise bin ich froh, ein oder zwei am Tag loszuwerden. Wir wurden uns wegen seines Gehalts schnell handelseinig, er hat nicht versucht zu pokern. Für ihn war es bloß entscheidend, Teilzeit zu arbeiten. Eine 25-Stunden-Woche. Geld schien ihm nicht wichtig zu sein. Trotzdem trug er meist Markenklamotten aus dem höherpreisigen Sortiment. In den ersten Monaten gratulierte ich mir mehrfach, eine solche Arbeitskraft gewonnen zu haben. Er war wirklich super, konnte Kunden und vor allem *Kundinnen* tolle Tipps geben.« Sie verzog den Mund.

»Lag in seinem Verhalten zu *Kundinnen* der Kündigungsgrund?«, spekulierte Drosten.

»Sie müssen eins bedenken. Wenn sich jemand wegen eines speziellen Themas hilfesuchend an uns wendet, gibt er oder sie recht intime Details preis. Eine Frau, die mehrere Beziehungsratgeber kauft, scheint keine glückliche Beziehung zu führen. Ein Mann, der Diätbücher erwirbt, ist unzufrieden mit seinem

Gewicht. Severin, also ich meine Herrn Wärter, nahm sich besonders Kundinnen gegenüber viel Zeit und fragte sie behutsam aus. Angeblich, um den bestmöglichen Tipp zu geben. Aber vor ungefähr zwei Monaten beschwerte sich eine Kundin vertraulich über ihn. Herr Wärter sei mehrmals bei ihr zu Hause aufgetaucht. Anfangs scheinbar zufällig, bis ihr klar geworden ist, dass er sie stalken würde.«

»Wie sah die Frau aus?« Drosten suchte nach Parallelen zu ihrer Mordermittlung.

»Durchschnitt. Niemand, bei dem die Hormone der Männer durchdrehen. Sie hat Bücher für Alleinerziehende gesucht.«

»Also eine Mutter. Wissen Sie etwas über die Kinder?«

»Ich glaube, sie sind im Grundschulalter.«

»Machen die Kinder der Mutter Schwierigkeiten?«

»Deswegen hat sie sich nach passenden Ratgebern erkundigt. Die Kinder gaben ihr wohl die Schuld, weil sie ihren Vater gar nicht mehr zu Gesicht bekommen.«

Zumindest ansatzweise passte das in ihre Ermittlungen. Auch wenn sich Schreikinder und bockige Grundschulkinder sehr voneinander unterschieden. »Haben Sie ihn darauf angesprochen?«, fragte Drosten.

»Natürlich. Und seine Reaktion hat mich in meinem Entschluss gestärkt, ihn noch in der Probezeit zu entlassen. Er hat sofort alle Schuld von sich gewiesen und ist richtig wütend auf die Kundin geworden. Hat gesagt, dass er sich solche Vorwürfe nicht gefallen lässt. Sein ganzes Gesicht war zornverzerrt. Ich meine, hätte er zugegeben, sich für die Frau zu interessieren und vielleicht etwas übereifrig geworden zu sein, hätte ich das verstanden. Wo die Liebe hinfällt, weiß keiner so genau. Aber Herr Wärter fühlte sich sofort ungerechtfertigt angegriffen. Wie ein verletztes Tier. Mir hat das gar nicht gefallen, weshalb ich die Notbremse gezogen habe.«

»Wie hat er darauf reagiert?«

»Erstaunlich gelassen. Er bat lediglich um ein gutes Zeugnis. Und ich sollte darin erwähnen, dass er auf eigenen Wunsch und zu meinem Bedauern das Arbeitsverhältnis nicht weiter fortsetzt. Um Ärger zu verhindern, habe ich mich darauf eingelassen.«

»Wann genau haben Sie ihm gekündigt?«

»Das muss ich nachsehen.«

Die Inhaberin nannte ihm kurz darauf einen Zeitpunkt, der nach den ersten Morden in Cottbus, aber vor den Morden in Berlin lag.

»Können Sie seine Arbeitszeiten noch nachverfolgen?« Drosten nannte ihr das Datum des ersten Mordes.

»In der ganzen Woche hatte er Spätschicht. Von vierzehn bis zwanzig Uhr.«

»Haben Sie die Adresse der Kundin?«

»Leider nicht«, erwiderte die Inhaberin bedauernd. »Sie kauft zwar öfter hier ein, bestellt aber nie etwas, sondern interessiert sich nur für vorrätige Titel. Ich habe sie also nicht in meiner Kundendatei.«

***

Im Berliner LKA besprachen sie am frühen Mittag die Erkenntnisse des Tages. Severin Wärter war ein interessanter Kandidat.

»Unser Buchhändler ist aus dem Schneider«, bedauerte Kinkel. »Simona Lilienthal ist mit dem Sohn des Buchhändlers aneinandergeraten. Der hat wohl öfter im Beisein von Kunden die Nerven verloren. Vor drei Monaten hat der Vater die Reißleine gezogen und ihn für ein halbes Jahr nach Australien geschickt. Er hat uns am Handy Fotos der letzten Wochen gezeigt. Wir haben keinen Zweifel an seiner Geschichte.«

»Zumindest haben wir Severin Wärter«, erwiderte Brendel. »Wie gehen wir damit um? Besuchen wir ihn zu Hause, oder laden wir ihn zur Vernehmung ins Präsidium?«

»Ich würde gern warten«, schlug Drosten vor. »Wir fahren nach Cottbus, sammeln dort Informationen. Vielleicht gibt es auch im ersten Mordfall Indizien, die auf ihn hindeuten. Zeitlich hätte er die Morde begehen und rechtzeitig seine Schicht antreten können.«

»Einverstanden«, sagte Brendel. »Wir nutzen Ihre Abwesenheit, um Hintergrundmaterial über ihn zusammenzutragen. So haben wir hinterher mehr Munition gegen ihn in der Hand.«

7

Viele Jahre zuvor.

Der Junge hatte sich zu seinem Vater ins Wohnzimmer gesetzt, um ein bisschen Ruhe vor dem wieder einmal schreienden Bruder zu haben. Der war vor zehn Minuten aufgewacht und lag seither im Bett, ohne dass ihn jemand beachtete. Ein Zustand, der ihm offenbar gar nicht gefiel. Doch die Familie brauchte eine Pause von dem Quälgeist. Sein Vater blätterte am Esstisch Unterlagen durch und wirkte konzentriert. Dann schaute er auf, und ihre Blicke trafen sich. Der Vater lächelte.

»Was liest du da?«, fragte der Junge.

»Geschäftsberichte. Die Quartalszahlen. Du weißt, was ein Quartal ist, oder?«

»Ein Viertel von einem Ganzen«, sagte der Junge.

»Aus dir wird bestimmt mal ein erfolgreicher Geschäftsmann.«

In der Diele klingelte das Telefon.

»Ich geh ran«, rief die Mutter. »Das ist Gloria. Hoffentlich verspätet sie sich nicht.«

Da seine Eltern heute Abend zu einer wichtigen Feier eingeladen waren, hatten sie eine Babysitterin engagiert. Gloria war eine gute Freundin seiner Mutter. Sie würde kommen und Anton beaufsichtigen.

»Hallo, Gloria«, sagte die Mutter. Sie trat mit dem Telefon in der Hand ins Wohnzimmer.

Der Junge bemerkte sofort, wie sie die Stirn runzelte.

»Gloria, das kannst du uns nicht antun. Wir haben dich fest eingeplant.«

Auch sein Vater wirkte nun besorgt. Und zu allem Überfluss steigerte sich aus dem Kinderzimmer das Geschrei.

»Es macht nichts, wenn sich Anton bei dir ansteckt«, flehte Mama sie an. »Aber wir brauchen heute Abend einen Babysitter.« Wieder hörte sie zu. »Natürlich versteh ich dich. Fast vierzig Grad Fieber. Das ist übel. Kannst du vielleicht deine Tochter schicken?« Erneut eine kurze Pause. »Auch krank? Verdammt. Und bei dir geht's wirklich nicht?« Mama schloss die Augen. »Na dann«, sagte sie leise. »Gute Besserung für euch.« Sie beendete das Gespräch.

»Was machen wir jetzt?« Sie sah verzweifelt den Vater an.

»Fällt dir sonst jemand ein?«, fragte er.

»So kurzfristig? Wenn wir noch in Hessen wohnen würden, hätte ich meine Eltern in der Hinterhand.«

»Die sind nicht hier. Sonst irgendwer?«

»Ich rufe Marion an.« Sie lief aus dem Wohnzimmer. Das folgende Telefonat fiel allerdings nur kurz aus.

»Sie ist gleich auf einer Party eingeladen. Stefan, es hilft nichts, ich muss hierbleiben. So kurzfristig gibt es keinen Ersatz für Gloria.«

»Nein!«, widersprach der Vater. »Das geht nicht.«

»Was bleibt uns anderes übrig?«

»Wir müssen eine Lösung finden. Dass ich alleine bei der Gartenparty meines Chefs auftauche, ist keine.«

»Er wird das verstehen. Immerhin ist Anton noch ein Baby. Mütter von Kleinkindern fallen bestimmt auch in eurer Firma mal kurzfristig aus.«

»Gerhard ist vom alten Schlag. Wenn ich da heute allein erscheine, kann ich die Beförderung vergessen. Dann hat Jochen die in der Tasche. Das würde Gerhard machen, um mir eins auszuwischen. Mir zu verdeutlichen, falsche Prioritäten zu setzen.«

»Stefan, wir müssen ...«

Sein Vater stöhnte genervt. »Hendrik, kannst du dich mal bitte um Anton kümmern? Mama und ich müssen das besprechen.«

»Okay, Papa.«

Der Junge stand langsam auf und schlurfte ins Kinderzimmer. Er hob seinen Bruder aus dem Bett. »Sei bitte leise«, flüsterte er ihm ins Ohr. »Sonst streiten sich Mama und Papa.«

Als hätte er einen Zauberspruch aufgesagt, beruhigte sich Anton ein wenig. Zur Belohnung streichelte der Junge seinem Bruder über den Kopf. Er fühlte sich *stolz, immerhin hatte er geschafft, worum sein Vater ihn gebeten hatte.*

Während er mit seinem Bruder am Fenster stand und hinausschaute, kamen seine Eltern zu ihnen ins Kinderzimmer.

»Siehst du, wie gut das geht«, sagte Papa. »Hendrik schafft das.«

»Das können wir nicht von ihm verlangen.«

Die Mutter trat zu ihm. Anton streckte ihr seine Ärmchen entgegen. Sie nahm ihm den Kleinen ab.

»Was könnt ihr nicht von mir verlangen?«

»Papa hat die Idee, dass du dich für ein paar Stunden um Anton kümmerst.«

»Wenn ihr nicht da seid?«, fragte der Junge ängstlich. Sie hatten ihn noch nie mit dem Schreihals allein gelassen.

»Das macht dir nichts aus, oder?«, vergewisserte sich Papa.

Der Junge fühlte sich hin- und hergerissen. Einerseits wollte er seinen Vater stolz machen, andererseits fürchtete er sich davor, stundenlang mit seinem schreienden Bruder allein zu sein. »Ich weiß nicht«, flüsterte er leise.

»Stefan, vergiss es«, sagte die Mutter. »Ich füttere Anton im Schlafzimmer. Wir können nicht zusammen zur Party. Tut mir leid.«

Sie verließ das Zimmer.

Der Vater schaute seinen Sohn ernst an. »Du weißt, wie hart ich für uns alle arbeite, Hendrik.«

»Klar.«

»Vor ein paar Wochen hat mir mein Chef eine Beförderung in Aussicht gestellt. Das heißt mehr Verantwortung, aber vor allem mehr Geld. Wenn das klappt, können wir bald zweimal im Jahr in Urlaub fahren. Im Sommer an den Strand, im Winter in den Schnee.«

»Das wäre toll.«

»Vielleicht ziehen wir sogar in ein Haus. Leider legt mein Chef auf komische Sachen Wert. Er findet zum Beispiel, dass Ehefrauen ihre Männer unterstützen müssen. Also Mama mich. Verstehst du das?«

Der Junge nickte unsicher.

»Wenn ich jetzt ohne Mama bei der Feier auftauche, findet mein Chef das falsch. Und dann bekommt die Beförderung ziemlich sicher mein Kollege. Obwohl der schlechter arbeitet als ich.«

»Das ist gemein.«

»Finde ich auch. Ich weiß, wie anstrengend Anton sein kann. Manchmal bekommt nur Mama ihn beruhigt, aber manchmal schaffst du das so gut wie sie. Das habe ich ja vorhin gesehen.« Papa griff in seine hintere Hosentasche und zog das Portemonnaie heraus. Er öffnete es und präsentierte ihm im nächsten Augenblick einen Zwanzigeuroschein. »Hendrik, wenn du dich um Anton kümmerst, ist das dein Lohn.«

»So viel?«, fragte der Junge überrascht.

»Das hättest du dir verdient. Und wenn nichts passiert, während wir weg sind, lege ich zehn Euro aufs nächste Taschengeld obendrauf.«

Der Junge zögerte.

»Gib dir einen Ruck. Ich weiß, du schaffst das.«

Der Junge machte einen Schritt auf seinen Vater zu. Der streckte ihm das Geld entgegen. Der Junge griff zu.

»Du bist der beste Sohn, den ich mir wünschen kann.« Er streichelte seinem Jungen über den Kopf.

Kurz bevor sie aufbrachen, kam seine Mutter zu ihm ins Zimmer. Sie hielt einen Zettel in der Hand.

»Mein Hase, wir müssen jetzt gleich los. Papa ist mit Anton im Wohnzimmer. Er liegt unter dem Spielcenter. Du kannst dich ja zu ihm legen.«

»Mach ich.«

»Ich habe dir meine Handynummer aufgeschrieben. Du darfst jederzeit anrufen. Egal, um was es geht.«

Sie gab ihm den Zettel.

»Okay.« Er steckte den Zettel in die Hosentasche.

»Wir sind so stolz auf dich. Du bist ein toller Bruder. Wenn du willst, kannst du dich nachher mit Anton in unser Bett legen. Da gibt er ja meistens Ruhe.«

»Und wo schlaft ihr?«

»Das Bett ist ausnahmsweise groß genug für uns Vier.«

Im Wohnzimmer löste er seinen Vater ab und legte sich zu Anton. Der starrte auf die Disney-Figuren, die über seinem Gesicht baumelten, und gluckste glücklich.

»Mama hat dir bestimmt ihre Handynummer gegeben?«, fragte der Vater leise.

»Ja. Ich rufe sie an, wenn ...«

»Das machst du nicht! Mama ist viel zu ängstlich. Du schaffst das, okay?«

Der Junge nickte unsicher.

»Ich verlasse mich auf dich.«

Sein Vater stand auf und verließ das Wohnzimmer. Anton war so in sein Spiel vertieft, dass er das nicht mitbekam.

»Nein, bitte nicht weinen«, flüsterte der Junge seinem Bruder ins Ohr. »Was hast du denn? Gerade war doch noch alles gut.«

Anton interessierte sich gar nicht mehr für das Spielzeug. Seine Mutter hatte garantiert, dass er in den nächsten Stunden keine Milch benötigen würde. Sie hatte ihn kurz vor ihrem Aufbruch gefüttert, und er wäre erst nach Mitternacht wieder hungrig.

»Ist deine Windel voll?«

Manchmal sah er beim Wickeln zu, und ein paar Mal hatte er das schon selbst erledigt. Für ihn war es kein Problem, Anton sauber zu bekommen. Er berührte die Windel, die sich leer anfühlte. Zur Sicherheit roch er daran, nahm jedoch keinen üblen Geruch wahr.

Anton steigerte sich in das Geschrei hinein.

»Bitte nicht heute«, flehte der Junge.

Er hob seinen Bruder hoch und streichelte ihm über den Kopf. Leider half es diesmal gar nicht.

»Du musst dich beruhigen. Mama und Papa kommen erst nachts wieder.«

Anton spuckte den Schnuller aus und schrie noch lauter. Verzweifelt hob der Junge den Schnuller auf und mühte sich, ihn seinem Bruder in den Mund zu stecken, doch das Baby versteifte sich und spuckte ihn gleich wieder aus.

»Was hast du bloß?«

Er ging mit seinem Bruder ins Kinderzimmer und versuchte, ihn mit Spielzeug abzulenken. Leider ohne Wirkung. Der Junge erwog, seine Mutter anzurufen. Bestimmt käme sie schnell wieder nach Hause. Aber sein Vater hatte ihn gebeten, das zu unterlassen. Falls der Junge sich nicht daran hielt, müsste er gewiss das Geld zurückgeben. Dabei hatte er sich schon ausgemalt, welche Actionfigur er von der Belohnung kaufen würde.

»Was soll ich bloß tun?«, jammerte der Junge hilflos.

Am liebsten hätte er Anton einfach ins Babybett gelegt, zugedeckt und die Tür geschlossen. Aber das war keine Lösung.

Dann dachte er an Mamas Vorschlag, sich mit Anton ins Elternbett zu legen. Zwar war es dafür zu früh, und er hatte sich noch nicht die Zähne geputzt, trotzdem könnte er es ausprobieren. Mit dem Bruder auf dem Arm lief er in sein eigenes Zimmer. Er legte ihn aufs Bett und zog sich schnell seinen Schlafanzug an.

»Wir schlafen jetzt, Anton. Du bist bestimmt müde.«

Leider klang sein schreiender Bruder überhaupt nicht schläfrig.

Nachdem er sich umgezogen hatte, nahm er das Schreikind wieder auf den Arm und ging mit ihm ins Schlafzimmer. Die Jalousien waren zwar heruntergelassen, trotzdem fiel noch Tageslicht ins Zimmer.

»Hier machen wir es uns richtig schön.«

Er legte seinen Bruder ins Bett und krabbelte zu ihm. Der Junge schrie unaufhörlich.

»Soll ich dir von dem Film erzählen, den ich mit Papa letzte Woche im Kino gesehen habe?«

Er plapperte schnell drauflos und erzählte von dem Abenteuer, in dem Dinosaurier eine wichtige Rolle spielten. In den ersten Minuten schien sich sein Bruder tatsächlich zu beruhigen. Zeigte die Umgebung in Kombination mit seinem Erzählfluss Wirkung?

Der Junge erinnerte sich an den Schnuller, den er vergessen hatte. Ärgerlich! Konnte er aufstehen und ihn holen? Das Risiko wollte er lieber nicht eingehen. Er redete weiter. Als sein Bruder wieder lauter wurde, ignorierte der Junge das.

»Du bist müde, Anton. Bestimmt schläfst du gleich ein.«

Leider machte das Baby nicht den Eindruck.

»Bitte nicht. Es war doch schon fast wieder alles gut.«

Das Krakeelen steigerte sich weiter. Woher nahm Anton bloß die Energie?

Der Junge wusste keinen Rat mehr. Ob der Schnuller helfen würde?

»Ich bin gleich wieder bei dir.«

Schnell stand er auf und lief ins Kinderzimmer. Wo war das verdammte Ding? Dann erinnerte er sich daran, wo Anton ihn ausgespuckt hatte. Er rannte ins Wohnzimmer. Der Schnuller lag direkt neben dem Spielcenter. Der Junge hob ihn auf. Seine Mutter wusch den Nuckel immer unter Wasser ab, wenn er am Boden gelegen hatte.

»Ich bin gleich wieder da«, rief er vom Badezimmer aus. Er hielt den Schnuller unter warmes Wasser.

In diesem Moment klingelte es an der Wohnungstür.

Erschrocken blickte er hin.

Wer stand im Flur?

Jemand hämmerte gegen die Tür.

8

Im Cottbuser Polizeipräsidium mussten sie zehn Minuten im Empfangsbereich warten, ehe der zuständige Hauptkommissar Mirko Lappöhn Zeit für sie hatte.

»Entschuldigen Sie meine Verspätung«, begrüßte er sie. »Seit Sie sich angekündigt haben, rotiert mein Chef im Kreis.« Lappöhn verdrehte die Augen. »Er ist mit mir gerade noch einmal alle Fakten durchgegangen, um sich zu vergewissern, dass wir nichts falsch gemacht haben.« Nacheinander schüttelte der groß gewachsene Mann ihnen mit angenehmen Druck die Hände. »Haben Sie gut hergefunden? Kommen Sie! Ich bringe Sie in unseren Besprechungsraum. Da haben wir alles vorbereitet.« Ihm schien seine Verspätung so unangenehm zu sein, dass er durch sein besonders schnelles Redetempo zumindest einige Sekunden gutmachen wollte. »Wir müssen hier lang!« Mit großen Schritten ging er voran und führte sie übers Treppenhaus in die erste Etage des Gebäudes.

In dem Besprechungsraum hingen diverse Notizen, Fotos und Ausdrucke aus den Ermittlungsakten an den Wänden.

»Dürfen wir?« Drosten deutete zur Wand.

»Nur zu! Ich besorge uns in der Zwischenzeit Kaffee und Wasser. Bis gleich. Außerdem hole ich meine Partnerin dazu.« Eilig verließ er den Raum.

Drosten und seine Kollegen prüften die Unterlagen. Das zuständige Ermittlerteam hatte in den neun Wochen, die seit der Ermordung des Ehepaars vergangen waren, diverse Spuren verfolgt und die meisten wieder verworfen. Bei den Toten handelte es sich um Ferry Schweiger, einen 38-jährigen Industriekaufmann, und seine Ehefrau Tanja, die als Erzieherin in einem Kinderheim arbeitete. Zur Tatzeit hatte sie sich in Elternzeit befunden, während der Vater normal zur Arbeit gegangen war. Ihr gemeinsamer Sohn Benedikt war acht Monate alt und seit den Vorfällen Vollwaise. Aus einer ersten Ehe hatte Tanja noch den 13-jährigen Timo mit in die Beziehung gebracht. Wer die Kinder derzeit betreute, ging aus den Unterlagen nicht hervor.

Lappöhn kam zu ihnen zurück. In den Händen trug er eine Thermoskanne und ein Sechserpack Wasser. Ihm folgte eine junge Frau mit einem Tablett voller Kaffeebecher und Gläser.

»Das ist meine Kollegin, Kriminalkommissarin Greta Tremel. Die Ermordung der Schweigers ist ihr erster großer Fall.«

»Sie können sich entsprechend vorstellen, wie frustrierend es ist, keine Fortschritte zu machen. Frisch von der Hochschule hat man mich Mirko als Partnerin zugewiesen, und nur drei Tage später ist das alles passiert.« Auch sie schüttelte den Gästen die Hände.

»Wie genau sind die Morde abgelaufen?«, fragte Sommer.

»Der Ehemann fuhr an jenem Mittwochmorgen zur normalen Uhrzeit zur Arbeit. Bevor er in seinen Wagen gestiegen ist, hat er kurz mit einem Nachbarn aus dem gegenüberliegenden Haus gesprochen. Daher wissen wir, wann er losgefahren ist. Allerdings kam er nie beim Arbeitgeber an. Man fand die Leiche im Kofferraum des Autos.«

»Wo hat der Wagen gestanden?«, fragte Kraft.

»In der Nähe von Glascontainern«, antwortete Tremel. »Schweiger hatte wohl vor Beginn der Arbeit Altglas entsorgt.«

»Auch da gibt es einen Zeugen aus der Nachbarschaft der Schweigers. Der hatte am Vorabend gesehen, wie Schweiger die Box mit dem Altglas in seinen Kofferraum gepackt hatte«, ergänzte Lappöhn. »Bei der Entsorgung selbst hat niemand den Mann beobachtet. Die Glascontainer liegen an einer abgelegenen Straße, außerhalb eines Wohngebiets. Wir vermuten, der Mörder konnte sich Schweiger im eigenen Fahrzeug nähern, ohne Misstrauen zu wecken.«

»Haben Zeugen jemanden bemerkt, der die Schweigers beobachtet hat oder dem Ehemann vielleicht sogar hinterhergefahren ist?«, erkundigte sich Drosten.

»Leider nicht. Trotzdem liegt die Vermutung nahe, dass der Täter am Vorabend gesehen hat, wie

Schweiger das Altglas ins Auto gestellt hat. Der Tote hatte nämlich die Angewohnheit, an jedem Mittwochmorgen Glas zu entsorgen. Da fing sein Job immer eine halbe Stunde später als üblich an. Die Eheleute waren leidenschaftliche Weintrinker. Frau Schweiger ist seit der Schwangerschaft allerdings auf Traubensaft umgestiegen. Wir haben in der Abstellkammer Vorräte von Rotwein und Saft in Glasflaschen gefunden.«

»Der Täter schoss dem Ehemann zweimal in die Brust, fuhr dann zu Frau Schweiger und verschaffte sich Zutritt zum Haus. Er hat nicht Herrn Schweigers Schlüssel benutzt, den fanden wir nämlich bei der Leiche. Timo war zu dem Zeitpunkt in der Schule, die Mutter mit ihrem Zweitgeborenen allein. Er hat sie überwältigt und ans Bett gefesselt, wo sie barbarische Qualen erlitten hat. Der Mörder hat sie nicht nur vergewaltigt, sondern ihr auch Brandwunden zugefügt.« Tremel schluckte. »Nach der Tat hat der Mörder den leblosen Körper in die gefüllte Badewanne gelegt und die Bettwäsche in der Waschmaschine bei fünfundneunzig Grad gekocht.«

»Todesursache Erwürgen?«, vergewisserte sich Sommer.

»Ja«, bestätigte Tremel.

»Wie in Berlin«, sagte Drosten. »Gab es trotz der Vorkehrungen des Mörders verwertbare Spuren?«

»Nein«, erwiderte Lappöhn bedauernd. »Wir haben unseren Fokus in den ersten Wochen der Ermittlungen auf das soziale Umfeld des Ehepaars gelegt. Weitergekommen sind wir dabei nicht. Nichts weist darauf hin, dass jemand eine Drohung gegen sie ausgesprochen hat oder dass ein Streit eskaliert wäre. In der Nachbarschaft war die Familie, die das Haus übrigens angemietet hat, sehr beliebt. Sie waren Mitglied in verschiedenen Vereinen, gerade Ferry Schweiger wird als hilfsbereit bezeichnet. Er hatte einen kleinen Handwerkertick, den seine Nachbarn gern in Anspruch genommen haben. Auch über Tanja Schweiger haben wir nichts Negatives gehört. Sie arbeitet seit zwei Jahren in einem Cottbuser Kinderheim. Ihre Vorgesetzten sind voll des Lobes. Die betreuten Kinder konnten es ebenfalls nicht glauben, dass jemand ihre Bezugsperson getötet hat. Das hat einige zutiefst schockiert.«

»Tja, und dann hören wir durch Ihre Behörde von den Vorfällen in Berlin«, fügte Tremel hinzu. »Das hat natürlich alles geändert. Besonders interessant finden wir die Bezüge der Familie in die Hauptstadt. Frau Schweiger ist dort geboren und hat bis vor drei Jahren in Berlin gelebt und gearbeitet. Von ihrem ersten Mann hat sie sich sieben Jahre zuvor getrennt. Er wohnt noch immer in Berlin und hat zum Glück Timo aufgenommen. Benedikt ist bei einer Pflegefamilie untergebracht, seine Schreiphasen bringt sie allerdings schon jetzt an den Rand ihrer Belastbarkeit. Selbst wenn die Ausführungen der Taten nicht so deckungsgleich gewesen wären, würden wir uns seit dem zweiten Mordvormittag für Schweigers vorheriges Leben in Berlin interessieren. Ich hoffe, Sie können uns mit entsprechenden Informationen füttern.«

»Noch nicht«, antwortete Drosten. »Aber nach unserer Rückkehr in die Hauptstadt legen wir den Fokus der Ermittlungen darauf. Hat Schweigers Ex-Ehemann ein bestätigtes Alibi?«

»Er hat zur Tatzeit gearbeitet«, sagte Lappöhn.

Vom Polizeipräsidium fuhren sie zu den Tatorten. Zuerst nahmen Drosten und seine Kollegen die Umgebung des Glascontainers in Augenschein. Sie teilten die Einschätzung der Cottbuser. Hier hätte sich jederzeit eine Person Schweiger annähern können, ohne dass der Mann misstrauisch geworden wäre.

Von den Containern fuhren sie weiter zu dem leer stehenden Haus. Die Polizei hatte das Gebäude vorläufig beschlagnahmt, daher fanden sie den Tatort unverändert vor. Die Polizisten der KEG fühlten sich stark an den Mordschauplatz in Berlin erinnert. Ein einstöckiges Einfamilienhaus mit zwei Kinderzimmern. Waren die Parallelen Zufall? Oder hatte der Täter so lange gesucht, bis er ähnliche Wohnsituationen bei potenziellen Opfern gefunden hatte?

Im Wohnzimmer stand ein weißer Einbauschrank, in dem viele Bücher unsortiert nebeneinander thronten. Drosten ging die Werke durch. Neben belletristischen Titeln der Genres Krimi und Science-Fiction fand er zahlreiche Biografien berühmter Persönlichkeiten. Außerdem einige Ratgeber zur Kindererziehung, allerdings keinen einzigen Titel, der sich mit Schreibabys beschäftigte. Drosten klappte viele

Bücher auf und überprüfte das Erscheinungsjahr der Werke.

»In Berlin interessieren wir uns derzeit für einen Buchhändler, der sich vor der Tat auffällig verhalten hat. Daher schau ich mir die Bücher hier näher an«, erklärte Drosten. Er gab ein paar Hintergründe zu dem Mann preis. »Er berät Kunden wohl besonders gut, wenn es um Ratgeberthemen geht. Insofern finde ich die Bücherauswahl der Schweigers sehr interessant. Viele Werke sind schon mehrere Jahre alt.«

»Also könnten sie in Berlin gekauft worden sein«, sagte Tremel, die die richtigen Rückschlüsse zog.

Drosten nickte. Als er sich genug im Wohnzimmer umgesehen hatte, führte Lappöhn sie noch einmal ins Schlafzimmer.

»Im Nachttischschrank von Frau Schweiger haben wir in der untersten Schublade Erotikspielzeug gefunden«, sagte er. Er zog das entsprechende Fach auf. »Das Ehepaar Schweiger schien ein reges Sexleben gehabt zu haben. Wir vermuten, der Mörder wusste von den Utensilien nichts. Zumindest hat er nichts davon eingesetzt, um sein Opfer zu quälen.«

Beim Anblick der verschieden großen Dildos stimmte Drosten der Einschätzung des Hauptkommissars zu. Für einen Vergewaltiger, der sie entdeckt hätte, wären das Folterwerkzeuge gewesen.

***

Im Kinderheim empfing Erhard Kiefer die Polizisten in seinem Büro.

»Das ist so ein schrecklicher Verlust für uns«, klagte der Endfünfziger. »Tanja war sehr beliebt. Sowohl die Kinder als auch wir Erwachsenen haben sie sehr geschätzt. Oh Gott, wer tut so etwas? Haben Sie eine Spur?«

»Wir gehen derzeit verschiedenen Ansätzen nach«, erwiderte Drosten.

»Hoffentlich finden Sie den Mistkerl. Die Kinder hat das wahnsinnig beschäftigt. Vor allem die Mädchen. Für die war Tanja eine absolute Vertrauensperson. Als sie damals in Mutterschutz ging, waren viele unserer Kinder traurig. Tanja hatte eine einjährige Auszeit eingeplant. Manchmal kam sie mit Benedikt zu Besuch vorbei. Aber ... na ja.«

»Sprechen Sie den Gedanken bitte aus«, sagte Drosten.

»Benedikt war anstrengend. Sobald er losschrie, war er kaum zu bändigen. Tanja hat das belastet. Sie war ein absoluter Vollprofi in ihrem Job. Umso schwerer fiel es ihr, sich einzugestehen, Benedikts Geschrei nicht unter Kontrolle zu bekommen. Sie hat regelmäßig die Ärzte konsultiert, die unsere Kinder untersuchen. Niemand hat eine körperliche Ursache herausgefunden. Im Prinzip haben die Ärzte und wir Kollegen sie in ihrer Verzweiflung immer um Geduld gebeten. Bei den sogenannten Schreikindern hört diese Phase irgendwann auch wieder auf. So belastend das sein mag, es geht vorbei. Aber Tanja ...« Er zuckte die

Achseln. »Für sie war das wie eine persönliche Niederlage.«

Sie unterhielten sich über verschiedene Aspekte des Jobs. Hauptsächlich führte Drosten das Gespräch, der sich dank seines eigenen Pflegekindes gut in die Abläufe eines Kinderheims hineinversetzen konnte.

»Haben Sie in den Monaten vor den Morden Heimkinder entlassen? Entweder, weil sie die Altersgrenze erreicht hatten oder aus pädagogischen Gründen?«

»Nein«, sagte Kiefer. »Unser Heim besteht erst seit vier Jahren. Die ältesten Kinder sind derzeit vierzehn und waren von Anfang an dabei.«

»Wie sieht's mit den Eltern Ihrer Schutzbefohlenen aus?«, hakte Drosten nach. »Haben Sie Eltern, die sich gegen die Heimunterbringung wehren? Vielleicht sogar mit Frau Schweiger aneinandergeraten sind?«

»Natürlich treten immer wieder Differenzen auf. Manche der Erzeuger sind nicht mit der Unterbringung einverstanden, andere haben abweichende Erziehungsvorstellungen. Aber meistens tragen die Betroffenen ihre Kämpfe mit dem Jugendamt aus, nicht mit uns.«

»Meistens?«, wiederholte Sommer.

»Mir fällt spontan niemand ein, der sich mit Tanja offen gestritten hätte. Ich erkundige mich bei den Kollegen, ob ich etwas verpasst habe. Vorstellen kann ich es mir nicht.«

***

Am frühen Abend machten sich Drosten und seine Kollegen auf den Rückweg nach Berlin. Die Cottbuser würden ab sofort zeitnah über jeden Ermittlungserfolg informiert. Vorläufig gab es in der Stadt nichts zu tun.

Drosten saß wie so oft auf dem Rücksitz. Auf der Autobahn wählte er die Nummer von Peter Dellbrügge an, dem ersten Ehemann der ermordeten Erzieherin. Er erreichte ihn nicht und hinterließ auf der Mailbox einen Rückrufwunsch. Zehn Minuten später klingelte sein Handy.

»Dellbrügge. Guten Tag. Sie haben angerufen.«

»Hauptkommissar Drosten. Danke für Ihren Rückruf. Wir ermitteln zusammen mit den Cottbusern Kollegen wegen der Ermordung Ihrer Ex-Ehefrau und würden gern ...«

»Ich bin froh, dass Sie sich melden. Unfassbar, was heute passiert ist.«

»Erzählen Sie!«

»Im Briefkasten lag ein Brief an Timo. Mir kam das komisch vor, weil er keinen Absender hatte. Ich habe ihn geöffnet. Darin lag ein Zettel, auf dem nur eine Frage stand. *Warum kümmerst du dich nicht um deinen Bruder?* Ich meine, wer verschickt so etwas? Wer quält ein Kind, das sich bloß langsam davon erholt, seine Mutter ermordet aufgefunden zu haben?«

9

Vor vielen Jahren.

Erneut hämmerte es an der Tür. Kurz darauf erklang die Klingel.

Was sollte der Junge bloß tun?

Das Schreien seines Bruders steigerte sich. Weil er allein im Schlafzimmer war? Oder wegen des aggressiven Türhämmerns? Unsicher ging er zur Tür. Um durch den Spion zu schauen, war er allerdings zu klein. »Hallo?«, rief er.

»Mach sofort auf!«, erklang eine wütende männliche Stimme.

»Wer ist da?«

»Die Polizei! Was glaubst du denn?«

Oh nein! Tränen traten ihm in die Augen. Was wollte die Polizei hier? Ob seine Eltern rechtzeitig zurückkämen, wenn er sie jetzt anrufen würde? Durfte er die Polizei so lange warten lassen?

Er wischte sich die Tränen weg. Vor einem Polizisten wollte er nicht wie eine Heulsuse wirken. Dann öffnete er die Tür und starrte dem Nachbarn aus der oberen Etage ins Gesicht.

»Sie sind nicht die Polizei«, sagte der Junge. Er verspürte eine Mischung aus Erleichterung und Angst. Hätte er dem Mann öffnen dürfen?

»Was soll dieser Krach?«, schimpfte der Nachbar. »Ich muss morgen sehr früh aufstehen und will schlafen. Wo sind deine Eltern? Wieso kümmert sich niemand um das Baby?«

»Ich kümmere mich ...«

»Wo sind deine Eltern?«

»Auf ... zu ... bei einem Fest.«

»Sie haben dich und deinen Bruder alleingelassen?«, schrie der Mann.

»Ich bin groß genug.«

»Offensichtlich nicht. Wie alt bist du?«

»Fast dreizehn.«

»Also zwölf. Unfassbar! Ich rufe das Jugendamt!«

»Nein«, flehte der Junge. »Bitte nicht!«

»Wenn hier nicht in spätestens fünf Minuten Ruhe einkehrt, benachrichtige ich das Jugendamt. Dann kommt ihr beide ins Heim und deine Eltern ins Gefängnis. Stopf ihm das Maul, verdammt noch mal.«

Der Mann wandte sich ab und ging die Stufen zur nächsten Etage hoch. Auf halber Strecke blieb er stehen und warf dem Jungen einen finsteren Blick zu. »Fünf Minuten!«

Wieder schossen ihm Tränen in die Augen.

Verzweifelt drückte er die Tür zu. Was sollte er tun? Seine Eltern würden niemals so schnell zurückkehren, selbst wenn er sie jetzt anrief. Außerdem wäre sein Vater dann wütend auf ihn. Er musste sich etwas anderes einfallen lassen.

Der Junge kehrte ins Badezimmer zurück und nahm den Schnuller, den er zuvor aufs Waschbecken gelegt hatte. Vielleicht war das ja seine Rettung. Er ging ins Schlafzimmer. Antons Gesicht hatte sich schon rot gefärbt.

»Du nimmst jetzt den Schnuller und bist endlich leise«, sagte der Junge.

Er versuchte, dem zappelnden Baby den Schnuller in den Mund zu drücken. Weil es sich dagegen sträubte, traf der Junge zweimal bloß die Wangen. Erst beim dritten Versuch gelang es ihm. Nur Sekunden später spuckte Anton den Nuckel wieder aus.

»Mach das nicht«, flehte der Junge. »Du musst leise sein.«

Von oberhalb der Decke erklang ein Klopfen. Erschrocken zuckte der Junge zusammen. Er musste sich entscheiden. Entweder die Eltern anrufen oder die Schreie zumindest ein bisschen dämpfen, damit der Nachbar nicht das Jugendamt oder die Polizei alarmierte.

»Alles war besser, als du noch nicht geboren warst«, zischte er. »Mama und Papa hatten viel mehr Zeit für mich. Wir waren glücklich.«

In dieser Sekunde hasste er seinen Bruder von ganzem Herzen.

Sein Blick blieb an Mamas Kissen hängen. Er hob es hoch und roch daran. Der Geruch ihres Shampoos strömte ihm in die Nase. Der Nachbar durfte nicht das Jugendamt anrufen. Der Junge wollte nicht ins Heim, und seine Eltern sollten nicht ins Gefängnis. Niemand von ihnen hatte etwas Schlimmes getan. Es war alles Antons Schuld. Aber vielleicht würde ihn Mamas Geruch beruhigen.

Von oben klopfte es erneut.

Er nahm das breite, flauschige Kissen und drückte es seinem Bruder aufs Gesicht. Sofort klang sein Gebrüll gedämpft. Dafür zappelte er nun noch wilder herum.

Der Junge kletterte aufs Bett. Für einen Moment verrutschte das Kissen und Anton schrie wieder lauter. Der Junge rückte es zurecht und setzte sich auf die kleinen Beinchen des Bruders.

»Sei leise!«, flehte er.

Um den Dämpfeffekt zu vergrößern, drückte er etwas stärker zu.

Und das Wunder geschah.

Sein Bruder beruhigte sich. Das Schreien erstarb, und auch das Zappeln stoppte. Selbst von der oberen Wohnung klopfte niemand mehr.

Vorsichtshalber verharrte der Junge noch eine Weile in seiner Position, bis er hinunterkletterte und das Kissen wegnahm.

Sein Bruder schlief friedlich.

»Endlich«, flüsterte der Junge.

Wenn er Papa davon erzählte, wäre der wahnsinnig

stolz auf ihn.

Er legte sich neben seinen Bruder hin und zog sich die Decke bis zum Hals. Doch wegen der ganzen Aufregung war er noch gar nicht müde. Außerdem hatte er sich noch nicht die Zähne geputzt.

Vorsichtig kletterte der Junge aus dem Bett. An der Tür blieb er stehen und schaute zu seinem Bruder. Der war nicht aufgewacht.

»Schlaf weiter«, flüsterte er.

Leise schloss er die Tür und atmete durch. Er fühlte sich seltsam. Am liebsten hätte er Mama angerufen und sich von ihr trösten lassen. Wieso war der Nachbar bloß so gemein zu ihm?

Statt ins Bad ging er ins Wohnzimmer und schaltete den Fernseher ein. Mit einer Sendung im Kinderkanal lenkte er sich von den Ereignissen der letzten Minuten ab. Als der Nachspann startete, drückte er auf der Fernbedienung den Ausschaltknopf. Er lauschte nach dem Bruder, der noch immer nicht schrie.

Ob er nach ihm schauen sollte? Aber dadurch könnte Anton aufwachen. Es wäre wohl besser, wenn er ihn allein in dem großen Bett schlafen lassen würde.

Der Junge ging auf die Toilette und putzte sich die Zähne. Am Schlafzimmer drückte er sein Ohr an die Tür. Es war nichts zu hören. Also schlich er in sein eigenes Zimmer und legte sich ins Bett, wo er sich unruhig herumwälzte. Ob er besser Mama angerufen hätte?

Es dauerte lange, bis er endlich einschlief.

***

Um Viertel nach elf stiegen Stefan und seine Frau Brigitte aus dem Wagen. Sie gehörten zu den ersten Gästen, die von der Party aufgebrochen waren – allerdings erst nach Stefans Kollegen Jochen, der unter einem Migräneanfall gelitten hatte.

Stefan hatte seinem Chef genau angesehen, was der davon hielt. Einen Migräneanfall konnte eine Frau als Ausrede anführen, aber niemals ein Mann. Er grinste bei der Erinnerung. Die Beförderung hatte er in der Tasche. Gerhard hatte nach Jochens Abgang eindeutige Kommentare von sich gegeben.

Ein rundum erfolgreicher Abend.

Brigitte schaute zu den Fenstern hoch. »Nirgendwo brennt Licht«, sagte sie.

»Hendrik hatte das bestimmt im Griff. Wir sollten mal wieder öfter ausgehen. Das hat Spaß gemacht.«

Sie nahmen sich an die Hand.

»Ich weiß nicht«, antwortete Brigitte. »Hendrik ist erst zwölf.«

»Hat es dir nicht gefallen?«

»Doch! Sehr gut sogar!«

»Siehst du.« Stefan schloss die Haustür auf.

»Zumindest hört man kein Geschrei bis zum Flur«, sagte Brigitte kurz vor der Wohnungstür. »Erstaunlich.«

»Mich wundert das gar nicht. Manchmal trauen wir Hendrik zu wenig zu.«

Er schloss die Tür vorsichtig auf, und sie schlüpften in die Wohnung.

»Gibt's ja nicht«, sagte Brigitte. »Die schlafen.«

Stefan schaltete das Licht in der Diele ein. Die Schlafzimmertür war geschlossen, die beiden Kinderzimmertüren leicht geöffnet.

Brigitte schaute zunächst in Antons Zimmer nach. »Hier liegt er nicht«, flüsterte sie. Sie ging weiter zu Hendriks Zimmer und schob die Tür auf. »Oh.«

»Was ist?«, fragte Stefan.

»Das verstehe ich nicht. Hendrik ist allein in seinem Bett.«

Stefan trat an ihre Seite. »Wo ist Anton?« Er spürte einen Stich im Magen und drehte sich um.

Brigitte folgte ihm. Sie öffneten das Elternschlafzimmer und sahen ihr Baby im Ehebett liegen. Instinktiv atmeten sie beide erleichtert aus.

»Er hätte Anton hier nicht alleinlassen dürfen«, sagte Brigitte.

»Wusste er wahrscheinlich nicht.«

»Eigentlich schon.«

»Ist ja zum Glück nichts passiert. Ich erklär's ihm morgen früh.«

Brigitte trat ans Bett und ging zu ihrem Baby. Stefan setzte sich auf einen Stuhl neben der Tür und öffnete seine Schnürriemen.

»Stefan!«, kreischte Brigitte plötzlich.

Alarmiert schaute er auf. »Was ist los?«

»Anton atmet nicht. Er ist ganz kalt.«

Panisch sprang Stefan zu ihnen und stolperte dabei fast wegen seiner halb ausgezogenen Schuhe. Seine Frau hatte recht.

»Ruf einen Krankenwagen!«, schrie er.

Wieso war sein Sohn so kalt? Wieso atmete er nicht?

Brigitte rannte zum Telefon. Sekunden später hörte er ihre panische Stimme. Stefan übte unterdessen eine Herzdruckmassage aus. Er und seine Frau hatten vor der Geburt einen Erste-Hilfe-Kurs für junge Eltern besucht. Nach der Massage pustete er dem Baby Luft in den Mund. So wie er es in dem Kurs gelernt hatte.

»Hendrik!«, erklang Brigittes Stimme.

»Was ist denn los?«, fragte der Junge. Er klang schläfrig.

»Anton! Er atmet nicht mehr!«

Während sich Stefan auf die Wiederbelebung konzentrierte, versuchte er, dem Gespräch von Mutter und Sohn zu folgen.

»Ich versteh das nicht«, sagte der Junge. »Wieso weckt ihr ihn nicht?«

»Ist etwas passiert?«

Zögernd berichtete der Junge von dem Abend und dem wütenden Besuch des Nachbarn. »Anton ließ sich überhaupt nicht beruhigen.« Mittlerweile weinte Hendrik.

»Was hast du dann gemacht?«

»Ich wollte nicht anrufen. Papa hat mir das verboten.«

»Hab ich nicht!«, schrie Stefan.

»Was hast du getan, um Anton zu beruhigen?«

»Ich hab ein Kissen genommen und es ihm aufs Gesicht gelegt. War das falsch?«

Brigitte brüllte auf wie ein verwundetes Tier. Aus

der Diele drang ein Poltern.

»Mama?«, fragte Hendrik. Er schluchzte. »Hab ich was Schlimmes gemacht?«

10

Wie vereinbart schickte Drosten Dellbrügge eine Nachricht, als sie vor der Haustür des Mehrfamilienhauses standen. Die Antwort erfolgte rasch.

Sie müssen nicht leise sein. Mein Sohn ist noch wach. Aber erwähnen Sie nicht den Brief. Er weiß nichts davon.

Nachdem Drosten die Nachricht gelesen hatte, erklang der Türöffner. Vater und Sohn wohnten in der zweiten Etage. Sie standen beide an der geöffneten Tür. Die Ähnlichkeit zwischen ihnen war unübersehbar. Sie hatten die gleichen Gesichtszüge und vor allem dieselbe, leicht hakenförmige Nase.

»Guten Abend«, sagte Dellbrügge. »Das ist mein Sohn Timo.«

Drosten stellte sich und seine Kollegen vor. Um dem Jungen eine Freude zu bereiten, gab er ihm seinen Dienstausweis, den er ausgiebig musterte.

»Scheint in Ordnung zu sein.« Timo grinste breit.

»Kommen Sie rein«, bat Dellbrügge. »Aber entschuldigen Sie das Chaos. Wir sind schon auf der Suche nach einer größeren Wohnung. Leider ist das in Berlin nicht ganz so einfach.«

Er führte sie ins Wohnzimmer, und Drosten sah sofort, was der Mann meinte. In der Mitte des Raumes war eine Ledercouch ausgezogen und mit Bettwäsche ausstaffiert. Auf einigen Stühlen lagen Kleidungsstücke verstreut. Freie Sitzflächen gab es nur noch am Esstisch.

»Seit Timo bei mir wohnt, haben wir das Schlafzimmer zum Jugendzimmer umgestaltet. Hier ist jetzt Wohnzimmer und mein Schlafbereich in einem.« Er deutete zur Essecke. »Setzen wir uns dorthin. Fünf Personen passen da gerade eben hin.«

Auf dem Tisch standen zwei Flaschen mit Wasser und eine mit Limonade. Außerdem ausreichend viele Gläser.

Timo schaute seinen Vater fragend an. »Darf ich noch Limo?«

»Ausnahmsweise.«

»Hammer!«

Der Junge schüttete sich die Orangenlimo ein, während Dellbrügge seine Gäste mit Wasser versorgte.

»Wie geht's dir?«, fragte Kraft schließlich an Timo gewandt.

Der Junge trank einen Schluck und musterte sie dabei unverhohlen über den Glasrand hinweg. »Manchmal bin ich richtig traurig. Dann seh ich Mama in der Badewanne und ...« Er hielt inne und wich Krafts Blick aus.

»Timo schläft derzeit ziemlich schlecht«, erklärte sein Vater.

»Aber die bösen Träume werden seltener«, ergänzte der Junge.

»Das stimmt.« Dellbrügge streichelte ihm übers Haar.

Kraft schnitt zunächst unverfängliche Themen an und fragte ihn, ob er sich schon gut in der neuen Schule eingelebt hätte. Timo berichtete von zwei neuen Freunden und einer Klassenarbeit in Deutsch, die er kürzlich mit einer »2« wiederbekommen hatte. Kraft lobte ihn dafür, und der Junge lächelte dankbar.

»Ist dir in den letzten Wochen in Cottbus irgendetwas aufgefallen? Hat dich zum Beispiel eine unbekannte Person angesprochen? Oder hast du jemanden bemerkt, der in der Nähe eures Hauses saß und euch beobachtet hat?«

»Nein«, sagte der Junge sofort.

»Haben deine Mutter und dein Stiefvater etwas in diese Richtung erwähnt?«

Timo schüttelte den Kopf. Er trank das Glas aus und schaute seinen Vater an. »Kann ich in mein Zimmer?«

»Putz dir aber erst die Zähne. Ich komm gleich zu dir.«

Zehn Minuten später schloss Dellbrügge die Wohnzimmertür. »Hui. Hoffentlich schläft Timo heute gut und ohne böse Träume.«

»Das tut mir leid«, sagte Kraft. »Wir wollten keine alten Wunden ...«

»Nein! Nein! Sie können nichts dafür. Das ist dieser verdammte ...« Er presste die Lippen zusammen und atmete tief durch, um kein Schimpfwort zu benutzen. »Wie Sie sich vorstellen können, hatten Tanja und ich unsere Schwierigkeiten. Sonst hätten wir uns ja nicht scheiden lassen. Aber das hatte sie nicht ... Oh Gott! Niemand hat das verdient.«

»Wir wissen von den Kollegen aus Cottbus, dass Sie zur Tatzeit bei der Arbeit waren. Daher betrachten wir Sie selbstverständlich nicht als Verdächtigen«, sagte Drosten. »Ich denke, wir können offen miteinander reden.«

Dellbrügge nickte. »Ganz in meinem Interesse. Können wir wegen des Briefs noch ein bisschen warten? Ich will nicht, dass Timo gleich ins Zimmer platzt und ihn sieht. Er reagiert derzeit auf viele Sachen sehr sensibel. Ihn weinen zu sehen bricht mir jedes Mal das Herz.«

»Einverstanden«, sagte Sommer. »Ihren Sohn bei sich aufzunehmen war wahrscheinlich eine große Belastung.«

Dellbrügge nickte. »Momentan vor allem räumlich. Wir können nicht mehr lange zu zweit hier hausen. Dafür ist es einfach zu klein. Sobald wir umziehen, wird es wohl eher zu einer finanziellen Belastung. Ich hoffe, ich kriege sie gestemmt. Das Jugendamt in Cottbus hat mich gefragt, ob ich auch Benedikt aufnehmen könnte. Um die brüderliche Verbindung zu wahren. Das war unmöglich. Ging räumlich nicht, aber natürlich kann ich mich wegen meiner beruflichen Verpflichtungen und dann auch noch bei der Schreiproblematik nicht um ein Kleinkind kümmern. Na ja, und wenn ich ganz ehrlich bin, war ich nie ein Vollblutvater. Tanjas Wegzug nach Cottbus hat mich nie sonderlich erschüttert, obwohl ich Timo dadurch seltener bei mir hatte.«

»Woher wussten Sie von Benedikts Schreiproblemen?«

»Timo hat das immer mal wieder erwähnt. Seit seinem Wegzug nach Cottbus ist er einmal im Monat für ein Wochenende bei mir gewesen. Und wenn ich ihn in den letzten Monaten nach Hause gebracht habe, war Benedikt nicht zu überhören. Das hat stark an Tanjas Nerven gezerrt. Ob Sie es glauben oder nicht: Sie hat mir leidgetan.« Er trank einen Schluck Wasser.

»Erkundigt sich Timo oft nach seinem Bruder?«

»Anfangs sehr häufig. Seit zwei oder drei Wochen wird das weniger. Das letzte Mal vor Ihrem Besuch hat er am Sonntag Benedikt erwähnt. Genau deshalb will ich ihm den Brief nicht zeigen. Wie soll er sich um seinen Bruder kümmern?« Dellbrügge schaute zur Tür. »Wahrscheinlich können wir es riskieren.«

Er stand auf und trat an ein Highboard. Bevor er die Schublade aufzog, blickte er über die Schulter. Dann holte er einen Umschlag in Plastikfolie aus dem Regal und brachte ihn zum Tisch.

»Ich habe ihn angefasst und nichtsahnend geöffnet. Sie werden also meine Fingerabdrücke darauf finden.«

Drosten nahm den Umschlag in Augenschein. Er war an Timo adressiert, aber ohne Absender. Der Entwertungsstreifen stammte aus Berlin.

»Den haben viele Menschen angefasst«, vermutete Sommer. »Wahrscheinlich war der Absender der Einzige, der ihn bloß mit Handschuhen berührt hat.«

»Trotzdem bin ich lieber vorsichtig.«

Drosten hatte seine Tatorthandschuhe in die Jackentasche gesteckt und zog sie nun über. Dann angelte er den Umschlag aus der Plastikfolie. Im Inneren steckte ein einziger Zettel. Drosten faltete ihn auseinander. In schwarzen Buchstaben stand dort:

Warum kümmerst du dich nicht um deinen Bruder?

»Wie krank muss man sein, um das zu verschicken?«, fragte Dellbrügge aufgebracht. »Ist das bloß ein Streich unter Jugendlichen?«

Drosten wollte nicht voreilig antworten. »Wissen seine Schulkameraden von den Vorfällen in Cottbus? Kennt er in der Schule Leute von früher?«

»Nein. Ich bin nach der Trennung in einen anderen Bezirk gezogen. Die Lehrer wissen darüber Bescheid. Ob auch Schüler das mitbekommen haben, kann ich nicht einschätzen. Aber Timo hat sich noch nie beklagt, deswegen gehänselt zu werden.«

»Ist das ein Warnhinweis?«, fragte Drosten seine Kollegen.

Dellbrügge schaute betroffen auf den Tisch. »Den gleichen Gedanken hatte ich leider auch. Ich hoffe nicht.«

Drosten kam eine beunruhigende Idee. Wenn der Brief vom Täter stammte, ergab sich möglicherweise ein ganz anderes Motiv. Stellte er mit den Morden die großen Brüder vor eine schier unlösbare Aufgabe? Ein solcher Ansatz würde besser erklären, warum in beiden Fällen die Eltern von Schreikindern ermordet worden waren. Zwar wäre die sexuelle Komponente noch immer vorhanden, aber sie wäre vielleicht nur ein Nebenprodukt einer krankhaften Fantasie. Große Brüder, die sich ganz allein um ihre anstrengenden Geschwister kümmern müssten. Bloß wieso?

»Wir besprechen mit den Berliner Kollegen, ob wir darauf reagieren müssen. Eventuell hat das LKA Wohnungen zur Verfügung, die man Ihnen für eine gewisse Zeit überlassen kann.«

Dellbrügge schaute wieder auf. »Das wäre fantastisch. Aber schützt das Timo? Er geht jeden Tag zur Schule. Am Schulgelände könnte ihn der Mörder abfangen.«

»Auch das müssen wir besprechen. Wann fangen hier die Sommerferien an?«

»In gut einem Monat.« Dellbrügge räusperte sich. »Da wäre noch etwas. Ich habe schon einmal einen anonymen Brief bekommen.«

»Wann?«, fragte Sommer.

»Vor ungefähr acht Jahren.«

Mit dieser Zeitangabe hatte Drosten nicht gerechnet. »Was stand in dem Schreiben?«

»Vorwürfe gegen Tanja. Sie würde im Heim minderjährige Jungen missbrauchen, und ich solle aufpassen, dass sie nicht mit Timo dasselbe anstellt.«

Drosten konnte kaum glauben, was er hörte. »Haben Sie den Brief noch?«

»Ich hab ihn irgendwann verbrannt. Tut mir leid. Aber das war eh Quatsch. Ich vermute, ein Heimkind, das mit Tanja aneinandergeraten war, wollte sich an ihr rächen. Tanja war eine gute, engagierte Erzieherin. Das sage ich nicht nur, weil sie jetzt tot ist.«

»Wie hat sie auf den Vorwurf reagiert?«, fragte Sommer.

»Ich hab es ihr nie gezeigt. Wir hatten damals so viele andere Probleme, und sie hätte mir vorgeworfen, der Brief wäre von mir. Auf eine solche Auseinandersetzung hatte ich keine Lust.«

»Erinnern Sie sich eventuell noch an die Namen ihres alten Arbeitgebers?«

Nun lächelte Dellbrügge. »Da habe ich wahrscheinlich sogar etwas Besseres für Sie.« Er deutete zu einer kleinen Computerecke. »Den Rechner da nutze ich seit zehn Jahren. Damals war das unser gemeinsamer PC. Tanja hat darauf ihre Bewerbungsunterlagen gespeichert.«

»Sie haben die nie gelöscht?«, vergewisserte sich Sommer.

»Dazu gab es keinen Grund.« Dellbrügge stand auf und trat an den Schreibtisch. Er startete den Computer und betätigte den Einschaltknopf des angeschlossenen Druckers. »Ist halt alles ein bisschen langsamer. Fürs schnelle Surfen benutze ich einen Laptop.«

Tatsächlich dauerte es fast zehn Minuten, bis er die gesuchte Datei gefunden und ausgedruckt hatte.

»Wunderbar!«, sagte Drosten bei einem Blick auf den Lebenslauf der ermordeten Erzieherin. Nun konnten sie zumindest ihre Arbeitsstationen bis 2012 nachvollziehen.

»Sie hat damals immer in die Stellenanzeigen geschaut, ob sie etwas Lukrativeres als ihre aktuelle Anstellung findet. Deswegen hat sie den Lebenslauf auf dem neuesten Stand gehalten.«

***

Im Auto diskutierten sie die neuen Erkenntnisse, die sie durch das Gespräch gewonnen hatten.

»Könnte sich ein ehemaliges Heimkind an Tanja Schweiger gerächt haben?«, fragte Kraft. »Jemand, den sie missbraucht hat?«

Drosten nickte nachdenklich. »Sie war das erste weibliche Opfer. Das könnte auf eine besondere Beziehung zu dem Mörder hinweisen. Die Männer tötet er schnell und schmerzlos. Er räumt sie als Gefahrenquelle lediglich aus dem Weg.«

»Die Frauen hingegen erleiden lange Qualen. Aber wo ist dann der Zusammenhang zu Simona Lilienthal?«, führte Sommer den Gedanken fort. »Hat sie auch Jungen missbraucht?«

»Und der Brief an Timo? Wie passt der ins Bild?«

Kraft klang so ratlos, wie sich Drosten fühlte. Der Termin hatte viele neue Fragen aufgeworfen.

»Vielleicht ist er so auf den Geschmack gekommen und sucht seitdem nach passenden Familien mit Schreikindern und großen Brüdern«, sagte Sommer.

»Wir müssen herausfinden, ob Severin Wärter eine Heimkindvergangenheit hat. Außerdem Tanja Schweigers alte Arbeitsstellen aufsuchen und fragen, ob jemals auch nur der leiseste Verdacht gegen sie aufgekommen ist«, gab Drosten die Marschrichtung der nächsten Tage vor. »Dellbrügge und sein Sohn brauchen eine Schutzwohnung, der Junge zudem unauffälligen Personenschutz. Ich fürchte nämlich sehr wohl, dass der Brief eine Drohung ist. *Warum kümmerst du dich nicht um deinen Bruder?* Was soll die Zeile, wenn sie nicht zu Konsequenzen führt? Wir besprechen das morgen früh mit Brendel und Kinkel.«

11

Vor vielen Jahren.

Der Junge spielte in seinem Zimmer. Er hatte sich von Papas Geld die Actionfigur gekauft, die er nun ein gefährliches Abenteuer bestehen ließ. In Gedanken war er allerdings nur halbherzig beim Spiel. Die Zimmertür war geschlossen, trotzdem hörte er durch die Wände die Stimmen seiner Eltern.

Wenn sie sprachen, war für ihn alles in Ordnung. Schlimmer fand er es, seine Mutter weinen zu hören.

So wie in diesem Moment.

Ihr verzweifeltes Schluchzen war nicht zu überhören. Am liebsten wäre der Junge aufgesprungen und zu ihr gelaufen, um sie in den Arm zu nehmen. Er hätte sie gern getröstet, denn das konnte umgekehrt niemand so gut wie sie. Leider hatte sie ihn in den letzten Tagen kein einziges Mal umarmt. Im Gegenteil. Einmal war er überraschend hinter ihr aufgetaucht. Sie hatte ihn im

Spiegel gesehen, war zusammengezuckt, hatte sich blitzartig umgedreht und ihn angeschrien, weil er sich angeschlichen habe. Der Junge war daraufhin wortlos in sein Zimmer gegangen und hatte die Tür offen stehen lassen. Normalerweise entschuldigte sie sich rasch, wenn sie ihn ungerechtfertigt anmeckerte. An jenem Tag war das nicht passiert. Weder sie noch Papa kamen abends zu ihm und wünschten ihm eine gute Nacht oder süße Träume. Seit Anton nicht mehr bei ihnen war, hatte sich nichts zum Besseren verändert.

Er legte die Spielfigur beiseite und stand auf. Lautlos drückte er die Türklinke hinunter. Die Tür ging einen Spaltbreit auf.

Seine Eltern schienen in der Küche zu sitzen.

»Wir können das nicht tun«, sagte der Vater. »Er ist unser Kind.«

Ob sie von Anton sprachen?

»Ich halte seine Nähe nicht mehr aus. Erschrecke mich, wenn er plötzlich hinter mir steht. Ich hab Angst vor meinem 12-jährigen Sohn.«

Traurig schloss er die Augen. Am liebsten hätte er auch die Tür geschlossen, denn nun wusste er ja, über wen sie redeten. Trotzdem riet ihm sein Bauchgefühl, weiter zuzuhören.

»Ich sehe ihn mit dem Kissen in der Hand, wie er es meinem Schatz aufs Gesicht drückt.« Sie schluchzte hemmungslos.

»Das ist alles die Schuld von Schulze!«, erboste sich der Vater über den Nachbarn. »Hätte er Hendrik nicht unter Druck gesetzt, wäre das alles nicht passiert.«

»Machen wir uns nichts vor. Die Polizei findet bloß, dass sich Schulze nicht sehr nachbarschaftlich verhalten hat. Schuld geben sie ihm keine.«

»Sie machen es sich zu leicht.«

»Nein! Wenn wir uns auf Schulze versteifen, machen wir es uns zu einfach. Es tut mir leid. Ich weiß, er ist unser Sohn, aber ich ertrage seine Nähe nicht mehr.«

»Was würde sich denn ändern, wenn er weg wäre?«, fragte der Vater. »Wir wohnen danach noch immer in derselben Wohnung und kämpfen gegen dieselben Erinnerungen.«

»Darüber habe ich nachgedacht. Deine Firma hat eine Niederlassung in Luxemburg. Früher hast du davon geträumt, dort zu arbeiten. Kannst du nicht mit deinem Chef sprechen?«

»Ich bin bei ihm untendurch. Er hat Jochen die Beförderung gegeben.«

»Vielleicht ist das sogar eine Chance. Entlassen wird er dich nicht. Aber er will dich bestimmt loswerden.«

»Brigitte, meinst du, wir können mit Hendrik einfach von vorn ...«

»Nicht mit Hendrik! Nur wir zwei.«

»Brigitte!«

»Sie nehmen ihn uns sowieso weg. Wir haben die Aufsichtspflicht verletzt. Er kommt ins Heim und ...«

Nun schloss Hendrik leise die Kinderzimmertür. Er hatte zwar nicht alles kapiert, aber die Informationen reichten ihm. Tränen liefen ihm über die Wangen. Er wollte nicht zurück ins Kinderheim. Dort war er schon einmal für eine ganze Woche untergekommen. Wieso wollten sie ihn für eine weitere Woche dorthin bringen?

Zwei Tage nach der Sache mit Anton waren ein Mann und eine Frau zu ihnen in die Wohnung gekommen. Sie hatten zuerst lange mit Mama und Papa gesprochen und sich danach zu ihm gesetzt. Ihm erklärt, dass er eine Weile woanders schlafen müsste. Aus ihrem Munde hatte sich das wie eine Ferienwoche in einer Jugendherberge angehört. So war es allerdings nicht gewesen. Er hatte dort sein eigenes Zimmer bekommen und neue Kinder kennengelernt. Die meisten von ihnen waren nett gewesen. Aber hauptsächlich hatten während der Woche bloß Erwachsene mit ihm gesprochen. Sie hatten wissen wollen, ob seine Eltern ihn häufiger allein ließen, in seiner Gegenwart Alkohol tranken oder rauchten. Der Junge hatte den Sinn einiger Fragen nicht verstanden. Trotzdem hatte er immer ehrlich geantwortet. Andere Erwachsene, mit denen er ebenfalls gesprochen hatte, wollten wissen, wie er sich wegen Anton fühlte. Ob er schlecht schlief und viel im Dunkeln an den Bruder dachte. Auch bei diesen Fragen hatte er nicht gelogen. Obwohl ihm manche Antworten peinlich waren. Zum Beispiel war er eines Morgens mit nasser Schlafanzughose aufgewacht.

Nach genau einer Woche hatte er nach Hause zurückkehren dürfen. Von der Schule war er bis zu den Sommerferien befreit. Er kam also zurück und glaubte, seine Eltern würden sich wahnsinnig freuen – aber Fehlanzeige. Im Gegenteil. Es schien fast so, als hätten die beiden zu wenig Zeit für sich selbst gehabt.

Er erfuhr von der Beerdigung seines Bruders, die am Freitag vor seiner Rückkehr stattgefunden hatte. Schockiert fragte er, warum er nicht dabei gewesen war – und erhielt keine Antwort. Papa hatte ihn einfach aufs Zimmer geschickt.

Aber wieso sollte er jetzt erneut ins Heim? Würden ihn die Erwachsenen wieder ausquetschen? Wie sollte er das bloß aushalten? Wenn man ihn wenigstens in die Schule gehen lassen würde. Dann könnte er allen beweisen, dass er ein braver Junge war.

Das war eine gute Idee! Zwar durfte er erst nach den Sommerferien zurück zum Unterricht, doch könnte er ja bis dahin den Unterrichtsstoff allein nachholen.

Der Junge öffnete den Schrank mit den Schulsachen. Sein Lieblingsfach war Mathe. Bestimmt war es am einfachsten, damit anzufangen.

Er holte das Mathebuch heraus und schlug die Seite auf, die sie vor Wochen durchgenommen hatten. Bis zum Ende des Buchs fehlten noch drei Abschnitte. Ob er das ohne Hilfe eines Lehrers schaffen würde?

Er trug das Lehrbuch und sein Matheheft zum Schreibtisch, wo das Etui lag. Sorgfältig spitzte er einen Bleistift an. Dann wandte er sich der ersten Aufgabe zu.

***

»Hallo, Papa.«

Der Junge blickte über die Schulter. Seit er vor einer Woche begonnen hatte, den Lehrstoff eigenständig *nachzuarbeiten, war er jeden Tag mindestens fünf oder sechs Stunden beschäftigt. Momentan quälte er sich mit einer Englisch-Aufgabe herum. Insofern kam ihm die Ablenkung durch seinen Vater sehr gelegen. Vielleicht konnte der ihm sogar helfen.*

»Lernst du wieder?«

Papas Stimme klang komisch. In der Hand trug er eine Tasche, die er nun aufs Bett stellte.

»Ich mache Englisch. Das ist voll schwer.«

»Brav.« Er zog den Reißverschluss auf und wandte sich dem Kleiderschrank zu.

Der Junge beobachtete seinen Vater mit pochendem Herzen, traute sich allerdings nicht, ihn zu fragen, wieso er Kleidungsstücke in die Tasche steckte. Ihm fiel auf, dass die Schultern seines Vaters bebten.

»Warum weinst du?«

»Ich weine nicht.«

Eine glatte Lüge. Was hatte das zu bedeuten?

»Wieso steckst du meine Sachen in die Tasche? Fahren wir weg?«

Sein Vater hielt inne und straffte die Schultern. Er drehte sich zu ihm um. »Ach, Hendrik. Das tut mir alles so leid.«

»Was denn?«

Sein Vater setzte sich ans Kopfende des Bettes. Der Junge rollte mit dem Stuhl näher zu ihm heran. Wie erhofft, legte ihm sein Vater eine Hand aufs Bein.

»Ich hätte das nicht von dir erwarten dürfen. Es tut mir so unendlich leid. Ich hätte dir nicht verbieten dürfen, bei Mama anzurufen, wenn du ...«

Er wandte den Blick ab und schaute zum Fenster. Tränen liefen ihm die Wangen hinab. Nun konnte auch der Junge seine Traurigkeit nicht zurückhalten, die ihn seit Wochen im Klammergriff hielt. Beide weinten eine Weile, ohne etwas zu sagen.

»Mama liegt so viel im Bett und heult ganz doll«, brach der Junge schließlich das Schweigen. »Was ist mit ihr?«

»Sie ist so traurig.«

»Weil Anton weg ist?«

»Weil er tot ist, Hendrik. Tot!«

Das Wort klang so schrecklich. Der Junge wollte es nicht hören und presste sich die Hände auf die Ohren. Papa warf ihm einen traurigen Blick zu.

»Ich hab das nicht gewollt«, sagte der Junge. Er senkte die Hände wieder.

»Das weiß ich.«

»Ich kann dir das Geld wiedergeben.«

»Ach, Hendrik.« Papa erhob sich vom Bett und wandte sich dem Schrank zu. Schneller als zuvor zog er Sachen heraus und stopfte sie in die Tasche. Ein hellgrünes T-Shirt fiel dabei zu Boden. Der Junge bückte sich danach und drückte es an seine Brust. »Warum machst du das?«, fragte er seinen Vater.

»Da führt kein Weg dran vorbei.«

»Woran?«

Es klingelte an der Wohnungstür.

»Wer ist das?«, erkundigte sich der Junge.

»Es tut mir leid.« Ohne weitere Erklärungen verließ der Vater das Zimmer und schloss die Tür.

Zunächst verharrte der Junge wie in Schockstarre auf seinem Stuhl. Dann hörte er Stimmen. Er rannte zur Tür und presste sein Ohr dagegen. Die Stimmen kamen erst ganz nah, dann entfernten sie sich wieder. Papa hatte den Besuch an seinem Zimmer vorbeigeführt. Also waren die Leute vielleicht gar nicht seinetwegen gekommen.

Der Junge schaute zur Tasche. Seine Sachen durften nicht darin bleiben. Sie mussten in den Schrank. Dann kam ihm eine noch bessere Idee. So leise wie möglich drehte er den Schlüssel im Schloss herum. Jetzt konnte niemand mehr ins Zimmer.

Hastig räumte er die Sachen zurück. Leider kam er nicht an die beiden obersten Regale heran, in die seine Mutter immer die Hosen und Pullover einsortierte.

Der Junge schob den Drehstuhl vom Schreibtisch an den Schrank. Mit drei Pullovern in der Hand kletterte er auf die wacklige Sitzfläche. Für einen Augenblick befürchtete er, das Gleichgewicht zu verlieren, doch zum Glück ging alles gut. Der Junge räumte die Pullover zurück ins oberste Regal.

In diesem Moment drückte jemand von außen gegen die Tür.

»Hendrik?«, rief Papa. »Wieso hast du abgeschlossen? Mach auf!«

Der Junge erschreckte sich so sehr, dass er das Gleichgewicht verlor. Die Sitzfläche wackelte und er fiel zu Boden. Kurz bevor er aufschlug, stieß er einen Schreckensschrei aus.

12

Die Hauptkommissare Brendel und Kinkel begrüßten sie am nächsten Morgen in einem Konferenzraum, in dem Kaffee, Säfte, Wasser und Kekse für die Wiesbadener bereitstanden.

»Ich denke, wir haben heute viel zu besprechen«, erklärte Kinkel. »Greifen Sie also beherzt zu!«

»Beginnen Sie mit dem, was Sie in Erfahrung gebracht haben«, schlug Drosten vor, ehe er sich Kaffee einschüttete und zu einem mit Schokolade überzogenen Butterkeks griff.

»Wie Sie wissen, haben wir uns um Severin Wärter gekümmert und dabei interessante Details herausgefunden, angefangen bei der Inhaberin des Buchladens. Sie hatte zunächst gesagt, Wärter habe in der Woche des ersten Mordes jeden Tag von vierzehn bis zwanzig Uhr gearbeitet.«

»Ich erinnere mich«, sagte Drosten.

»Ihr war das peinlich, aber sie hatte im Nachhinein ein ungutes Gefühl und ist die Arbeitszeitunterlagen noch einmal durchgegangen. Die erste Auskunft hatte sie anhand der Schichteinteilung getroffen, auf die sie rasch am PC zugreifen konnte, weil sie die Liste immer weiter fortführt, ohne alte Daten zu löschen. Allerdings trägt sie dort keine Fehltage ein.«

»Er hat am Tag des ersten Mords gefehlt?«, schlussfolgerte Drosten.

»So ist es. Am Tag des ersten Mordes und am Vortag hatte sich Wärter telefonisch krankgemeldet.«

»Wow!«, stieß Kraft aus. »Am Montag war er also noch da gewesen?«

»Ja«, bestätigte Brendel. »Das war sein normaler Arbeitstag. Aber Dienstag und Mittwoch war er angeblich krank. Allerdings meinte die Inhaberin, er habe von sich aus angeboten, die Fehlstunden nachzuarbeiten. Das hat sie damals wohlwollend registriert. Er war ja in der Probezeit.«

Drosten stellte sich Wärter als Täter vor. Er hatte sich Dienstag krankgemeldet, weil er vielleicht schon auf der Lauer lag. Mittwochmorgen schlug er zu, und Donnerstag stand er wieder hinter dem Tresen. »Was hat sein Arbeitsvertrag vorgeschrieben? Ab wann musste er eine Krankschreibung vorlegen?«

»Ab dem dritten Tag«, sagte Kinkel.

»Also hatte er am Tag nach dem Mord die Wahl, zur Arbeit oder zum Arzt zu gehen. Erinnert sich seine Chefin, ob er am Donnerstag noch krank gewirkt hat?« Drosten griff zum nächsten Keks.

»Nein. Dazu konnte sie nichts sagen. Wärter hat aber einen Teil der verlorenen Stunden schon an dem Donnerstag nachgeholt. Spricht nicht dafür, dass er stark erkrankt war.«

»Wir haben den gestrigen Tag genutzt, um uns ein bisschen in Wärters Wohnumfeld umzusehen. Er lebt in einem Berliner Viertel mit gehobener Wohnqualität. Hauptsächlich Eigentumswohnungen, das Gebiet ist erst vor fünf Jahren aus dem Boden gestampft worden. Über das Grundbuchamt haben wir herausgefunden, dass er dort seit 2016 Eigentümer ist.«

»Seine ehemalige Chefin hat sein Faible für Markenkleidung erwähnt«, erinnerte sich Kraft.

»Daran mussten wir auch denken«, sagte Kinkel. »Er hat ganz offensichtlich Geld, ohne dafür Überstunden einlegen zu müssen. Ich würde gern seine eingereichten Steuererklärungen einsehen, aber zu diesem Zeitpunkt der Ermittlungen finden wir wohl keinen Richter, der einen solchen Beschluss ausstellt.«

»Auch seine Automarkenwahl ist interessant«, ergänzte Brendel. »Er fährt einen Tesla.«

»Ist das der einzige auf ihn angemeldete Wagen?«, hakte Drosten nach.

»Ja«, bestätigte der Hauptkommissar.

»Mit einem solchen Fahrzeug stelle ich mir unauffällige Observationen schwierig vor«, sagte Drosten. »Das spricht dann eher gegen seine Beteiligung.«

»Oder es lohnt sich, Verleihfirmen und Carsharing-Angebote zu kontaktieren, ob Wärter in letzter Zeit häufiger Wagen geliehen hat«, merkte Sommer an.

»Haben Sie etwas über seine Kindheit herausgefunden?«

Brendel schüttelte den Kopf. »Was meinen Sie konkret?«

Die Wiesbadener berichteten, was sie in Cottbus und von Dellbrügge erfahren hatten.

»Jetzt fragen wir uns, ob der Mörder ein ehemaliges Heimkind sein könnte – falls an den anonymen Missbrauchsvorwürfen etwas dran ist. Unsere nächsten Wege führen uns folglich zu den Heimen, für die Tanja Schweiger in Berlin gearbeitet hat. Vielleicht haben wir ja Glück und jemand erinnert sich an den Namen Severin Wärter.«

»Oder wir finden auf andere Weise heraus, ob er in einem Heim untergebracht war«, murmelte Brendel. »Ich habe eine Idee.«

Er griff zu seinem Telefon, scrollte zu einer Nummer und stellte den Lautsprecher ein.

»Wen rufen Sie an?«, fragte Drosten.

Brendel hob einen Zeigefinger, denn es meldete sich schon seine Gesprächspartnerin.

»Buchhandlung Lehmauer. Lehmauer am Apparat.«

»Hallo, Frau Lehmauer, hier ist mal wieder Hauptkommissar Brendel. Und in Hörweite befinden sich einige Kollegen.«

»Hallo zusammen«, sagte die Ladeninhaberin. »Wie kann ich Ihnen helfen, Herr Brendel?«

»Ich habe eine etwas ungewöhnliche Bitte. Außerdem will ich von Anfang an mit offenen Karten spielen. Für die Unterlagen, die ich gern von Ihnen hätte, würde ich einen Gerichtsbeschluss benötigen, den ich beim jetzigen Stand der Ermittlungen niemals bekomme.«

»Sie machen mich neugierig. Was soll ich Ihnen schicken?«

»Haben Sie Herrn Wärters Bewerbungsunterlagen gespeichert?«

»Oh«, sagte sie verblüfft.

»Wenn Sie uns die Unterlagen zur Verfügung stellen und Wärter das jemals herausfindet, könnten Sie wegen Verstoßes gegen Datenschutzbestimmungen ziemlichen Ärger bekommen. Dementsprechend vertraulich würden wir das behandeln.«

»Ich habe die Bewerbung tatsächlich noch auf meinem PC gespeichert.«

Gespannt legte Drosten seine gefalteten Hände vor den Mund. Wie würde sich Lehmauer entscheiden?

»Verdammt!«, brummte sie. »Ich habe gestern mitbekommen, wie Sie auf meine korrigierten Angaben bezüglich Herrn Wärters Arbeitszeit reagiert haben. Sie halten ihn für verdächtig.«

»Bei ihm passt vieles zusammen«, sagte Brendel. »Allerdings noch lange nicht genug für einen Gerichtsbeschluss. Derzeit handeln wir aus einem Bauchgefühl heraus.«

»Auf das man meiner Meinung nach immer hören sollte. Vermutlich ganz besonders in Ihrem Job.«

»Das ist zumindest sehr oft hilfreich.«

»Würden Sie ein gutes Wort für mich einlegen, falls ich deswegen Ärger bekomme?«

»Hundertprozentig!«, versprach Brendel.

Die Inhaberin zögerte. Ließ sie sich das Für und Wider durch den Kopf gehen?

»Sagen Sie mir Ihre E-Mail-Adresse. Ich schicke Ihnen seinen Lebenslauf zu.«

»Haben Sie tausend Dank, Frau Lehmauer.« Brendel grinste triumphierend. »Und seien Sie unbesorgt, wahrscheinlich wird das nie jemand herausfinden.«

»Aber nicht wundern, bis ich die E-Mail verschicke, dauert es vermutlich eine halbe Stunde. Ich muss den Lebenslauf heraussuchen und bin gerade allein im Laden.«

Brendel bedankte sich noch einmal, dann trennte er die Verbindung.

»Großartig!«, sagte Drosten. »Die Wartezeit sollten wir nutzen, um über die Situation von Dellbrügge und seinem Sohn zu sprechen. Wie gehen wir damit um, wenn der anonyme Brief tatsächlich eine Drohung ist?«

»Was schwebt Ihnen vor?«, fragte Kinkel.

»Haben Sie eine Schutzwohnung, in der Sie Vater und Sohn zeitnah unterbringen könnten? Idealerweise mit mindestens drei Zimmern?«, erkundigte sich Kraft.

»Außerdem wäre es gut, Timo einen unauffälligen Beschatter zuzuweisen«, fügte Sommer hinzu. »Vielleicht beobachtet der Mörder den Jungen und geht uns auf diese Weise ins Netz.«

»Keine Ahnung, was wir da organisieren können. Das muss ich mit unserem Vorgesetzten besprechen. Der ist allerdings erst am Nachmittag im Büro.«

Als Lehmauers E-Mail mit Wärters Lebenslauf eintraf, druckte Brendel sofort fünf Exemplare der zweiseitigen Auflistung aus und verteilte die Kopien. Danach warf er die E-Mail über den im Laptop integrierten Projektor an die weiße Wand.

»Eine vierjährige Grundschulzeit und eine neunjährige Gymnasialzeit«, sagte Kinkel. »Würde so die Vita eines Heimkindes aussehen?«

»Da würden wir auf Brüche stoßen«, vermutete Drosten. »Aber ...« Er hielt inne. »Gibt's ja gar nicht!«

»Wow«, flüsterte Kraft. Offenbar hatte sie die Info im gleichen Moment entdeckt.

»Schaut euch seinen Zivildienst an«, sagte Drosten. »Er hat nach dem Abitur 2006 ein knappes Jahr Zivildienst geleistet. Im Kinderheim Sonnenstrahl.«

Brendel runzelte die Stirn. »Und das bedeutet für uns was?«

Aus seinen Unterlagen suchte Drosten den Lebenslauf der ermordeten Erzieherin heraus. »Tanja Dellbrügge, spätere Schweiger, hat bis Sommer 2004 im selben Kinderheim gearbeitet. Danach hat sie die Stelle gewechselt.«

»Also sind Wärter und Schweiger nicht in Kontakt gekommen«, sagte Kinkel. »Zwei Jahre sind zu lang.«

»Aber Wärter könnte während des Zivildienstes Jungen kennengelernt haben, die von der Erzieherin missbraucht worden sind«, erklärte Kraft.

Drosten nickte ihr zu. Genau der Gedanke war ihm auch durch den Kopf gegangen.

»Wie finden wir das heraus?«, fragte Brendel.

Drosten musste nicht lange überlegen. »Wir fahren zum Kinderheim Sonnenstrahl. Aufhänger unseres Besuchs ist die Ermordung von Frau Schweiger. Je nach Gesprächsverlauf erwähnen wir die anonym eingegangene Bezichtigung. Und dann bringen wir den Namen des Zivildienstleistenden ins Spiel. Vielleicht erinnert sich jemand an ihn.«

Sie überprüften auch den Rest des Lebenslaufs. Nach dem Zivildienst hatte Wärter eine dreijährige Ausbildung zum Buchhandelskaufmann angetreten und erfolgreich abgeschlossen. Anschließend in verschiedenen Berlinern Buchhandlungen gearbeitet.

Sommer war der erste von ihnen, der ein interessantes Detail bemerkte. »Seht mal! Bis 2015 hat er immer Vollzeitstellen angetreten. Danach ist er auf Teilzeit umgestiegen. Und die neuen Stellen wechselt er viel schneller.«

»Ist er 2015 zu Geld gekommen und arbeitet seitdem nur nach dem Lustprinzip?«, fragte Kinkel.

»Gut möglich«, sagte Drosten. »Würde auch zu dem Erwerb der Eigentumswohnung 2016 passen, von dem Sie eben berichtet haben.«

»Wie sollen wir Ihrer Meinung nach mit ihm umgehen?«, erkundigte sich Brendel. »Ihn ins Präsidium zu einem Gespräch einladen? Oder lieber bei ihm vorbeifahren?«

»Momentan würden wir auf beide Varianten verzichten«, erwiderte Sommer. »Sonst schrecken wir ihn zu früh auf. Geben Sie uns die Gelegenheit, mehr über ihn in Erfahrung zu bringen. Danach können wir noch immer bei ihm anklopfen oder ihn vielleicht sogar vorladen.«

»Einverstanden«, sagte Brendel. »Dann warten wir ab, was Sie in den verschiedenen Kinderheimen herausfinden.«

Brendels Telefon klingelte. Der Hauptkommissar warf einen Blick aufs Display. »Das ist Frau Lehmauer«, informierte er die Anwesenden. »Bestimmt will sie wissen, ob die Mail angekommen ist.«

»Oder sie hat deswegen ein schlechtes Gewissen bekommen«, fürchtete Kinkel.

Brendel nahm den Anruf entgegen und stellte wieder den Lautsprecher ein. »Hallo, Frau Lehmauer. Ihre E-Mail ist eingetroffen. Vielen Dank. Ich habe den Eingang nicht bestätigt, um keine elektronischen Spuren zu hinterlassen.«

»Ja, wunderbar«, sagte die Inhaberin, die abgelenkt wirkte. »Sie glauben nicht, wer gerade in meinem Laden ist.«

»Herr Wärter?«, spekulierte Brendel.

»Was? Nein! Zum Glück nicht. Aber die Kundin, die sich damals über ihn beklagt hat.«

»Perfekt! Sie müssen bitte dafür sorgen, dass sie bei Ihnen bleibt. Oder zumindest ihre Kontaktdaten hinterlässt. Wir sind in spätestens fünfundzwanzig Minuten bei Ihnen.«

Brendel trennte die Verbindung. »Los, Katja! Wir fahren zur Buchhandlung. Das ist eine einmalige Chance.«

Drosten nickte zustimmend. »Und wir klappern die Kinderheime ab.«

»Viel Glück!«

13

Vor vielen Jahren.

Der Bus hielt rund vierhundert Meter vom Heim entfernt an der Haltestelle. Der Junge packte seine Schultasche und lief zum Ausgang. Normalerweise schaute er beim Aussteigen zu Boden. Es missfiel ihm, dass in der Gegend keine normalen Häuser standen, in denen normale Familien lebten. Schulkinder, die an dieser Haltestelle ausstiegen, waren Heimkinder – das wussten die anderen Fahrgäste, zumindest wenn sie diese Linie regelmäßig nutzten. Doch an diesem Tag spürte er ungewohnten Stolz, was an der Trophäe in seiner Schultasche lag. Er sah nicht zu Boden und wich nicht einmal dem Blick eines älteren Fahrgasts aus.

Zischend öffnete sich die Bustür, und der Junge verließ das Fahrzeug. An der Haltestelle wartete er, bis der Linienbus losgefahren war, dann lief er beschwingt auf die andere Straßenseite.

Leise summte er eine Melodie. Er hatte es wirklich geschafft und allen gezeigt. Das war sein bisher bester Tag. Zumindest, seit er vor anderthalb Jahren ins Heim gekommen war.

Die Erinnerungen an früher kehrten schlagartig zurück. Als er noch mit Anton bei seinen Eltern gelebt und ihn die Menschen bei seinem ersten Vornamen gerufen hatten. Hendrik!

Im Heim hatte er es durchgesetzt, Sebastian zu heißen. Sein zweiter Vorname, den er wegen seines Patenonkels trug. Genau wie seine Eltern meldete sich auch sein Onkel nicht mehr bei ihm. Trotzdem war er ihm dankbar für die Möglichkeit, einen anderen Rufnamen anzunehmen. Hendrik war Geschichte, Sebastian war der Champion.

Um seine Laune nicht zu verschlechtern, verdrängte er die Gedanken an die Vergangenheit. Es zählte nur der Moment.

Das Gelände umfasste insgesamt fünf Wohnhäuser, in dem fast sechzig Kinder untergebracht waren. Er lebte im blauen Haus, gemeinsam mit elf anderen Kindern zwischen zehn und fünfzehn Jahren, um die sich sechs Erzieher und ein Zivildienstleistender kümmerten. Der Junge lief auf das Haus zu, dessen Holztür blau gestrichen war. Er zog sie auf und prallte beinahe gegen Valentina, die mit dem Rücken zu ihm stand.

»Hey!«, sagte er.

Valentina drehte sich zu ihm um. »Hi! Hat es geklappt?«

Die anderen wussten über den Wettkampf Bescheid.

Er wartete einen kurzen Moment, dann grinste er breit. »Erster!«

Die Zwölfjährige kreischte begeistert auf. »Du hast gewonnen? Hammer!«

Er nahm die Tasche vom Rücken und holte den Pokal heraus. Die Gravur darauf zeigte seinen Namen.

»Sieger des 17. Berliner Mathematikwettbewerbs: Sebastian Lang«, las sie vor. »Boah! Du bist echt cool.« Beeindruckt schaute sie ihn an. »Warst du nervös?«

»Fast gar nicht.« Das war nicht einmal gelogen.

»Ich hätte mir vor Angst in die Hose gemacht. Aber Mathe kann ich eh nicht. Toll! Gratuliere!« Sie gab ihm den Pokal zurück.

»Bis gleich beim Essen.« Mit dem Pokal in der Hand lief er in die erste Etage, in der sein Zimmer lag. Er stellte ihn vorläufig auf den Schreibtisch.

Hinter ihm räusperte sich jemand. Der Junge drehte sich um. An der Türschwelle stand sein bester Freund, der 15-jährige Viktor.

»Alter, was sehe ich da?«, sagte er. »Du hast dem Sieger den Pokal geklaut.«

Sebastian grinste. »Muss doch einen Vorteil haben, wenn die anderen Loser Angst vor dem gewaltbereiten Heimkind haben.«

Viktor trat näher und schnappte sich den Pokal. »Du hast echt gewonnen. Ist das geil!« Überschwänglich umarmte er seinen Freund. »Ich wusste es. In Mathe macht dir keiner etwas vor. Du bist ein Genie.«

»Du darfst mich ruhig Einstein nennen«, erwiderte Sebastian grinsend.

»Mit dir kann man arbeiten. Wenn wir das Abitur in der Tasche haben, gründen wir eine Firma. Mit Finanzgeschichten verdient man heutzutage die große Kohle. Ich versprech's dir. Wir bauen unser eigenes Imperium auf. Und dein Matheverständnis sorgt dafür, dass wir die Börsen dieser Welt knacken. Das ist alles bloß Mathematik. Wir werden im Geld schwimmen, die geilsten Karren fahren und uns mit den heißesten Miezen umgeben.«

»Außerdem leben wir natürlich in den schönsten Häusern«, fügte Sebastian lachend hinzu. Viktor und er hatten schon oft über ihre Zukunftspläne gesprochen, und dabei hatte ihn der Fünfzehnjährige mit seiner Begeisterung angesteckt.

»Und kaufen das Heim Sonnenstrahl, das wir dann umbenennen in: Viktors und Sebastians ehemalige Bruchbude – Heim für heimatlose Kinder.*«*

Die beiden gaben sich Highfive.

»Ich bin echt stolz auf dich«, sagte Viktor.

»Wir wissen beide, du hättest letztes Jahr auch gewonnen – wenn du mitgemacht hättest.«

»Du hattest den Triumph nötiger als ich. Wir sehen uns gleich beim Essen.«

Viktor drehte sich um und verließ den Raum. Sebastian schaute ihm hinterher. Er dachte an ihre Pläne. Motiviert von dem Erfolg zog er ein Buch aus seinem Bücherregal, das von der Welt der Finanzgeschäfte handelte. Meistens hielt er das alles bloß für die Spinnerei zweier elternloser Kinder. Doch gerade heute schien am Horizont eine Möglichkeit aufzutauchen.

Warum sollten Heimkinder nicht Großes leisten und richtig absahnen?

Sebastian legte sich aufs Bett und las eine Weile in dem Buch. Schon nach wenigen Minuten wanderten seine Gedanken wieder zu seinen Eltern. Nachdem ihn Jugendamtsmitarbeiter abgeholt und ins Heim gebracht hatten, war der Kontakt zu ihnen völlig abgebrochen. Sie weigerten sich, mit ihm zu sprechen oder ihn zu besuchen. Von Erziehern wusste er, dass sie mittlerweile in Luxemburg lebten. Wie viel hätte er dafür gegeben, ihnen ein Foto von dem Pokal zu schicken. Ob sie trotz allem stolz auf ihn wären?

Am Mittagstisch waren bis auf Kevin, der gerade eine Sportveranstaltung hatte, alle Kinder des blauen Hauses versammelt.

»Ich weiß, ihr habt bestimmt großen Hunger, trotzdem müsst ihr noch einen kleinen Moment warten«, sagte Tanja Dellbrügge.

Die Erzieherin suchte seinen Blick und lächelte ihn an. Sebastian mochte die Mittzwanzigerin. Sie war immer nett zu ihm. Manche Erzieherinnen wahrten eine gewisse Distanz, bei Tanja hatte er das nie erlebt.

»Heute hat einer von euch etwas geschafft, was vor ihm keinem unserer Kinder gelungen ist. Die Stadt Berlin richtet nämlich einmal im Jahr einen Mathematikwettbewerb aus, an dem alle 14- und 15-Jährigen, die in Berlin zur Schule gehen, teilnehmen dürfen. Man muss insgesamt fünf Vorrunden bestehen, um ins Finale der besten sechzehn Schüler zu gelangen. Schon *das ist ein großartiger Erfolg. Aber es wird noch besser. Denn unser Sebastian hat ... gewonnen. Er ist Erster geworden!«*

»Wow!«

»Krass!«

»Cool!«

Sebastian grinste. Tanja applaudierte, und auch die beiden anderen Erzieher schlossen sich ihr an. Die Kinder machten einen Heidenlärm. Sebastian fühlte sich wie auf Wolken. Fast hätte er Freudentränen vergossen. Es fiel ihm schwer, sie zurückzuhalten.

»Danke«, murmelte er leise.

»Zur Belohnung hat Sebastian einen Pokal bekommen, den ihr euch alle in seinem Zimmer angucken dürft. Außerdem hat er für seine Schule ein großes Bücherpaket gewonnen, worüber sich ganz besonders Sebastians Mathelehrer freut. Wir, also Erwin, Vanessa und ich, haben uns auch etwas überlegt.« Tanja zeigte auf die anwesenden Erzieher. »Wer einen so tollen Erfolg erzielt, hat eine zweite Portion Nachtisch verdient. Und damit ihr alle etwas davon habt, kriegt jeder von euch eine zweite Portion Nachtisch, der heute aus Erdbeeren, Vanilleeis und Sahne besteht.«

Nun kannte die Begeisterung der Kinder keine Grenzen mehr. Sie jubelten und ließen ihn hochleben. Sebastian sog das in sich auf. Viktor zeigte ihm den erhobenen Daumen, und die Erzieherin Tanja zwinkerte ihm zu.

Was für ein Tag!

Am Abend legte sich Sebastian in sein Bett. Das Hochgefühl hielt noch immer an. Er hoffte, es wäre morgen früh nicht verschwunden, denn so gut hatte er sich ewig nicht gefühlt.

Er erinnerte sich an den Wettbewerb. Eigentlich erstaunlich, dass er es geschafft hatte, so cool zu bleiben. Bevor er die erste Aufgabe gelesen hatte, war er nervös gewesen. Doch als er die Aufgabenstellung überflog, überkam ihn ein Gefühl der Selbstsicherheit. Die Lösung war so einfach. Von da an hatte er wie ein Roboter funktioniert. Nur die zweitletzte Zusatzaufgabe hatte ihm Schwierigkeiten bereitet, aber selbst die hatte er mit logischem Denken gelöst. Letztlich war Mathematik die leichteste Sache der Welt.

Die Prüfer hatten genau eine Stunde benötigt, um die Tests auszuwerten. Sie hatten den Drittplatzierten zuerst auf die Bühne gerufen, danach den Zweitplatzierten und schließlich seinen Namen genannt. Unter wohlwollendem Applaus war er nach vorn gegangen und hatte den Preis abgeholt. Sein Mathelehrer, der ihn zur Veranstaltung begleitet hatte, schien mächtig stolz. Genau wie die Kinder im Heim und Tanja. Sie hatte ihn heute ganz besonders lieb behandelt.

Sebastian drehte sich zur Seite.

Viktor hatte noch zweimal euphorisch die Firmenpläne angesprochen. Sebastian konnte sich zwar nicht vorstellen, eines Tages wirklich reich und erfolgreich zu sein – aber warum sollte er nicht auch einmal Glück haben?

Seine Gedanken wanderten automatisch zu seinen

Eltern, die ihm nicht einmal mehr zum Geburtstag gratulierten oder Weihnachten mit ihm feierten. Als wären sie gestorben. Doch er wusste ja, dass sie lebten. Könnte er ihnen bloß von dem Triumph erzählen.

Es war verdammt hart gewesen, sich im Heim einzuleben. Ohne Viktor, mit dem er sich sofort verstanden hatte, wäre es noch schwerer geworden. Sebastian hatte sich nachts oft in den Schlaf geweint oder war von schrecklichen Albträumen geweckt worden. In den letzten Monaten war das seltener vorgekommen. Und nun spürte er eine Gewissheit, die ihn zutiefst beruhigte. Die schlimmste Zeit seines Lebens lag hinter ihm. Endlich ging es aufwärts. Endlich war er wieder glücklich.

Er tastete nach der Lampe und schaltete das Licht aus.

Dem ersten richtig glücklichen Tag seit damals würden bestimmt noch viele weitere schöne Tage folgen.

Sebastian schloss die Augen.

Mitten in der Nacht riss ihn ein Geräusch aus dem Schlaf. Hatte es geklopft? Ehe er reagieren konnte, öffnete sich seine Zimmertür. Im schwachen Lichtschein des Flurs sah er Tanja, die in sein Zimmer schlüpfte.

War etwas passiert?

»Du bist wach«, flüsterte sie und setzte sich auf die Bettkante.

»Was ist los?«

»Rutsch zur Seite.«

»Wieso?«

»Weil ich es dir sage.«

Ihr herrischer Tonfall verunsicherte ihn. Trotzdem folgte er dem Befehl. In der nächsten Sekunde schlüpfte sie zu ihm unter die Bettdecke und presste sich nah an ihn. Er spürte ihre nackten Beine.

»Du hast deine Belohnung für den Sieg ja schon bekommen. Aber mich hat noch niemand belohnt.«

»Wofür?«, fragte er verwundert.

»Für meinen guten Einfluss auf dich. Wir wissen es beide. Ohne mich hättest du niemals gewonnen.«

Sebastian verstand nicht, worauf sie hinauswollte. »Okay«, sagte er.

Sie umklammerte sein Handgelenk. »Jetzt streichelst du mich. Ich bringe dir bei, was Frauen wirklich mögen. Mathematik allein wird dich im Leben nicht weiterbringen. Aber ich muss dich warnen. Solltest du das jemals jemanden erzählen, wirst du von der Polizei abgeholt. Dafür sorge ich. Und bei deiner Vorgeschichte bedeutet das massive Probleme für dich. Bei Antons Tod warst du strafunmündig. Jetzt bist du vierzehn und strafmündig. Also gib dir Mühe. Und genieß es. Denn ich weiß, es wird auch dir gefallen. Das, was wir ab sofort regelmäßig machen, gefällt jedem jungen Mann.«

14

Der Heimleiter Hagen Salawski empfing sie in seinem Büro. Trotz seines schütteren und bereits ergrauten Haars wirkte er wie ein Berufsjugendlicher. Der gepflegte Dreitagebart, orangefarbene Sneaker, eine löchrige Jeans und ein pinkes Poloshirt ergaben das Gesamtbild eines Sozialarbeiters, der von seinen Klienten gemocht werden wollte.

Auch das Büro wirkte sehr frisch. An den Wänden hingen zwei Filmplakate. Die Holzmöbel waren hell, und Drosten bemerkte einen MP3-Player auf dem Schreibtisch.

Salawski bat sie, Platz zu nehmen. In dem Büro standen insgesamt fünf Besucherstühle. Die Polizisten zogen drei von ihnen zum Schreibtisch. Der Mann schenkte ihnen in der Zwischenzeit Kaffee aus einer Thermoskanne ein.

»Womit kann ich dienen? Sie haben am Telefon gesagt, es geht um eine ehemalige Mitarbeiterin?«

»Genau«, bestätigte Sommer.

»Das beruhigt mich. Normalerweise tauchen hier Polizisten bloß auf, wenn einer unserer Schutzbefohlenen Mist gebaut hat. Wie heißt die Mitarbeiterin?«

»Tanja Dellbrügge. Zumindest hieß sie vor der zweiten Hochzeit so.«

»Dellbrügge. Okay. Da klingelt's erst mal nicht bei mir. Wann hat sie hier gearbeitet?«

»Bis 2004«, sagte Sommer.

»Oh. Das erklärt's. Ich habe meine Stelle 2011 angetreten. Wieso interessieren Sie sich für eine Mitarbeiterin, na ja, fast noch aus dem letzten Jahrtausend?«

»Frau Schweiger – ehemals Dellbrügge –, ist vor wenigen Wochen brutal ermordet worden«, erklärte Sommer.

»Wie schrecklich! Das tut mir leid«, erwiderte Salawski reflexartig. »Hat sie zuletzt hier in Berlin gelebt und gearbeitet? Normalerweise hätte ich ...«

»Nein«, unterbrach Sommer ihn. »Das ist in Cottbus passiert, allerdings hat sich in Berlin eine ähnliche Tat zugetragen.«

»Noch eine Erzieherin?«, fragte der Heimleiter entsetzt.

»Nein.«

»Gott sei Dank. Also, nicht falsch verstehen, aber, na ja ... Sie wissen bestimmt, wie ich das meine«, stammelte er.

Drosten lächelte verständnisvoll. »Kein Problem. Jetzt gehen wir verschiedenen Spuren nach, die uns ein Motiv liefern könnten. Liegen Ihnen nach so vielen

Jahren noch Informationen über das Arbeitsverhältnis von Frau Dellbrügge vor?«

»Da haben Sie Glück. Wegen unserer Klienten führen wir die Akten laufend fort. Man weiß ja nie, wofür es gut sein kann. Ich rufe mir eben die digitale Personalakte auf. Einen kleinen Moment.«

Er wandte sich dem Computer zu und tippte mit flinken Fingern etwas ein.

»Da ist sie. Oh, sie war ja damals noch richtig jung. Mitte zwanzig. Ausbildung zur Erzieherin, danach zwölf Monate Berufserfahrung in einem Kindergarten, dann Wechsel zu einem Kinderheim der AWO, wo sie zwei Jahre gearbeitet hat. Anschließend hat sie bei uns den Job angetreten und ist insgesamt sechs Jahre geblieben.«

»Gab es Beschwerden von Heimbewohnern oder Eltern? Wären die in der Akte vermerkt?«, fragte Drosten.

»Kommt auf die Art der Beschwerde an. Wenn sich ein Kind beklagt, dass eine Erzieherin mit ihm meckert, taucht das nirgendwo ...«

»Uns würde es um massivere Fälle gehen«, erklärte Drosten. »Kindeswohlgefährdung, Missbrauch.«

Überrascht sah Salawski vom Monitor auf. »So etwas würde natürlich in den Akten stehen. Wie kommen Sie darauf?«

»Der Ex-Ehemann von Frau Dellbrügge hat während der Ehe einen anonymen Brief erhalten, in dem seiner Frau Missbrauch vorgeworfen wurde.« Drosten spielte mit offenen Karten.

»Oh je.« Salawski vertiefte sich wieder in die digitale Akte. »Nein«, brummte er schließlich. »Davon steht hier nichts. Zum Glück. Ich mag mir das gar nicht ausmalen. Das sind unsere Schutzbefohlenen, die manchmal wirklich schlimme Dinge erlebt haben. Wenn ein Erzieher ...« Er erschauderte. »Nein! Es gibt nur eine Sache, die mich wundert.«

»Welche?«, fragte Kraft.

»In dem sehr guten Zeugnis, das mein Vorgänger ihr ausgestellt hat, steht, sie sei auf eigenen Wunsch ausgeschieden. Ein Heim wie unseres verliert eine erfahrene Erzieherin nur ungern. In meiner Position habe ich die Möglichkeit, jemanden mit Sonderzulagen zu einem Verbleib zu locken. Denn oft ist Geld der Hauptwechselgrund. Ein anderes Heim bietet eine bessere Vergütung, und zack, wechselt ein guter Mitarbeiter. Die Zusage einer außertariflichen Zulage würde ich in die Akte eintragen. Mein Vorgänger hat das ebenso gehandhabt. Vermerkt ist davon bei Frau Dellbrügge nichts.«

»Also hat es kein Angebot gegeben«, folgerte Sommer.

»Vermutlich nicht.«

»Gibt es die Möglichkeit, mit Ihrem Vorgänger zu reden?«, fragte Kraft. »Vielleicht erinnert er sich an Frau Dellbrügge.«

»Herr Steegers ist leider vor drei Jahren an Krebs gestorben. Aber hier im Haus arbeiten noch zwei Kollegen, die schon Anfang des Jahrtausends bei uns waren. Die erinnern sich bestimmt.«

»Uns würde auch eine Namensliste aller damaligen Heimbewohner interessieren«, sagte Drosten.

Der Heimleiter schüttelte den Kopf. »Die kann ich Ihnen nur herausgeben, wenn Sie mir einen offiziellen Beschluss vorlegen. Da muss ich mich an die Spielregeln halten. Tut mir leid.«

***

Die Inhaberin des Buchladens hatte ihnen den Hinterraum zur Verfügung gestellt. Die Hauptkommissare Brendel und Kinkel saßen an einem kleinen Tisch mit der Kundin zusammen, die Ilona Heitz hieß.

»Ich bin froh, den Mann hier nicht mehr anzutreffen. Der war wirklich unheimlich.«

»Was genau ist damals passiert?«, fragte Kinkel.

»Ich war auf der Suche nach Ratgebern und wandte mich an den Mitarbeiter. Er schien sich gut auszukennen, führte mich zum Bücherregal und zog drei Werke heraus. Alle drei passten zu meinem ... na ja, Problem. Er empfahl mir, kurz hineinzulesen. Tja, und dabei kam er mir ziemlich nahe.«

»Wie darf ich mir das vorstellen?«, erkundigte sich Kinkel.

»Stellen Sie sich mal hin«, bat Heitz ihn. Sie schaute sich im Raum um und griff zu einem herumliegenden Taschenbuch. »Nehmen Sie das in die Hand und tun so, als würden Sie darin lesen.«

Kinkel war zwar von dem Vorgehen der Frau überrascht, führte aber ihre Anweisung aus. Heitz trat zu ihr und berührte sie mit ihrem Oberkörper.

»So nah ist er Ihnen gekommen?«, vergewisserte sich Brendel.

Sie nickte. »Es war super unangenehm. Doch ich wollte auch nicht demonstrativ von ihm abrücken. Also hab ich mich sehr schnell für zwei der drei Bücher entschieden. Wir gingen zur Kasse, und er fragte mich nach meiner Adresse. Ich war so überrumpelt, dass ich sie ihm gab. Zwei Tage später sah ich ihn vormittags das erste Mal in der Nähe unseres Hauses. Ich habe mich so erschrocken. An dem Tag hielt ich es allerdings noch für einen Zufall.«

»Hat er Sie angesprochen?«

»Nur beobachtet. Das war besonders unheimlich. In den Folgetagen sah ich ihn mehrfach, also wusste ich mir nicht anders zu helfen, als mich hier im Laden zu beschweren. Denn das konnte ja kein Zufall mehr sein. Seitdem hab ich ihn bei uns in der Straße nicht mehr gesehen. Die Beschwerde hat zum Glück geholfen.«

***

Salawski stellte den Wiesbadenern sein Büro zur Verfügung. Er musste einen Außentermin wahrnehmen, der ihn für mehrere Stunden beschäftigen würde. Von den beiden erwähnten Kollegen hatte bislang nur der Diplom-Pädagoge Arthur Rossmann Dienst und kam rasch nach Salawskis Aufbruch zu ihnen ins Büro.

»Tanja ist ermordet worden? Wie schrecklich!« Er wirkte erschüttert.

Kraft übernahm die Gesprächsführung und erkundigte sich, an welche Details er sich noch erinnerte.

»Tanja ist mir gut im Gedächtnis geblieben. Sie war eine engagierte Erzieherin. Wir haben beide im blauen Haus gearbeitet. Falls Sie es nicht wissen, wir unterteilen die Häuser anhand der Farbe der Eingangstüren. Tanja war rund zehn Jahre jünger als ich und voll motiviert. Ach, herrje, wie die Zeit vergeht. Und jetzt ist sie tot. Unfassbar.«

»War sie eher streng oder beliebt?«

»Sehr beliebt. Vor allem bei den Mädchen. Sie konnte mit Mädchen besser als mit Jungs. Das hat mich immer ein bisschen gewundert, weil sie selbst einen Sohn hatte. Eigentlich hätte sie sich gut in deren Bedürfnisse hineinversetzen müssen. Also nicht falsch verstehen. Sie hat die Mädchen nicht bevorzugt oder so, aber die kamen ihr emotional einfach näher.«

»Gab es je Beschwerden über sie?«

»Bestimmt. Das ist unser tägliches Brot. Kinder fühlen sich ungerecht behandelt, oder die Erzeuger sind nicht mit unseren Erziehungsmethoden einverstanden. Einen Pädagogen zu fragen, ob es Beschwerden über ihn gibt, ist ungefähr so, als würden sie Eltern fragen, ob deren Kinder manchmal gewisse Erziehungsmaßnahmen kritisieren.«

»Wir denken eher an massivere Klagen. Missbrauch der Schutzbefohlenen«, sagte Sommer unverhohlen.

»In unserem Heim? Nein! Schon gar nicht von Tanja. Wie kommen Sie darauf?«

Nun musste Sommer Farbe bekennen. »Herr

Dellbrügge hatte noch während der Ehe einen anonymen Brief bekommen, in dem ihr jemand Missbrauch vorwarf.«

Überrascht riss Rossmann die Augen auf. »Kann ich mir nicht vorstellen. Klingt für mich eher nach Verleumdung. Hat sich das der Ex-Partner vielleicht ausgedacht? Um es während der Scheidung zu benutzen?«

»Er hat seiner Ex-Frau nie davon erzählt«, sagte Drosten. »Auch im Scheidungsprozess nicht. Erinnern Sie sich eventuell noch an einen Zivildienstleistenden, der hier 2006 seinen knapp einjährigen Zivildienst angetreten hat? Severin Wärter.«

»Severin? Na klar.« Er lächelte. »Feiner Kerl. Einer der wenigen Zivis, denen die Arbeit mit den Kindern Spaß gemacht hat. Wieso erkundigen Sie sich nach ihm?«

»Im Rahmen von Querverbindungen ist sein Name aufgetaucht. So etwas müssen wir abklären«, sagte Kraft. »Was heißt: Spaß gemacht?«

»Die Zivis – beziehungsweise heutzutage die FSJler – übernehmen im Regelfall Fahrdienst oder helfen in der Küche aus. Solche Sachen. Severin hat unsere Kinder immer zu ihren Terminen gebracht. Er konnte sie alle gut leiden. Mit manchen Jungs schien er sich richtig anzufreunden. Wenn er von Ungerechtigkeiten erfuhr, ergriff er sofort ihre Partei und beschwerte sich bei uns Erziehern. Egal, um was es ging. Schlechte Noten, Hänseleien, solche Sachen. Severin war ein feiner Kerl. Was ist eigentlich aus dem geworden?«

»Buchhandelskaufmann«, sagte Kraft.

Rossmann grinste. »Das passt wie die Faust aufs Auge. Er hat den Kindern nämlich gern vorgelesen. Selbst die Teenager haben ihm aufmerksam zugehört. Er hatte ein Talent für unterhaltsame Vorträge. Zog seine Zuhörer in den Bann. Mensch, an den Kerl hab ich schon ewig nicht mehr gedacht.« Die Begeisterung in Rossmanns Stimme über Wärters Charakter war unüberhörbar.

Fünf Minuten später bedankte sich Drosten bei dem Pädagogen. »Schicken Sie Frau Helmich zu uns, sobald Sie den Dienst antritt?«, bat er.

Rossmann schaute auf seine Uhr. »Das ist aber frühestens in einer Dreiviertelstunde.«

»Kein Problem.« Er wartete, bis der Erzieher die Tür schloss. »Wisst ihr, woran ich gerade gedacht habe?«

Sommer grinste. »Robert, du weißt, du bist für mich ein offenes Buch. Wärter hat sich für die Belange der Kinder eingesetzt. Zu ihnen ein freundschaftliches Verhältnis aufgebaut. Vielleicht haben sie sich ihm anvertraut. Ihm sogar die richtig schlimmen Dinge erzählt.«

»Haltet ihr eine solche Variante für realistisch? Ein von Schweiger missbrauchter Junge berichtet Jahre danach Wärter davon. Der vergisst das nicht und nimmt später Rache an Schweiger. Aber bei diesem einmaligen Racheakt findet er Gefallen am Töten. Er scheint ja ein problematischer Charakter zu sein, wenn ich an Frau Lehmauers Kündigungsgrund denke. Über seinen Job in der Buchhandlung oder bei anderer Gelegenheit entdeckt er ein infrage kommendes

Elternpaar und schlägt erneut zu.« Er musterte seine skeptisch wirkenden Kollegen. »Ihr seid nicht überzeugt.«

»Nicht hundertprozentig«, bekannte Sommer. »Warum hat er zum Beispiel so viele Jahre gewartet? Der Missbrauch muss spätestens 2004 gewesen sein. Wärter erfährt davon 2006 oder 2007. Und dreizehn Jahre später rächt er sich?«

»Ja«, bestätigte Kraft. »Für ein rundes Bild fehlen Puzzlestücke.«

Drostens Handy klingelte und übertrug Hauptkommissar Brendels Rufnummer. Hoffnungsvoll nahm Drosten das Gespräch an. Vielleicht trugen die Berliner Kollegen zumindest ein Puzzleteil zum Gesamteindruck hinzu.

15

Er wartete in seinem Auto, das er rund zweihundert Meter vom Hauseingang entfernt geparkt hatte. Von seinem Standort aus hatte er einen guten Überblick. Sobald der Mann das Haus verließe, würde er ihn verfolgen.

Er schaute auf die Uhr. Wenn der Familienvater seine Routine beibehielt, würde er in wenigen Augenblicken die Fahrt zur Arbeit antreten.

Er griff zu dem Notizbuch, in das er jede regelmäßige oder außergewöhnliche Beobachtung eintrug. Er zog den Kugelschreiber aus der Befestigungsschlaufe. In diesem Moment verließ der Vater das Einfamilienhaus. Der Mann lief zu seinem geparkten Fahrzeug und stieg ein. Wenige Sekunden später fuhr er los.

Er ließ ihm ein bisschen Vorsprung, ehe er die Verfolgung aufnahm. Dank der Observationen der letzten Tage wusste er, welchen Weg der zweifache Vater einschlagen würde. Es gab keinen Grund, ihm dichtauf zu folgen. Selbst wenn er ihn an einer Ampel auf der Strecke verlieren würde, wäre das kein Anlass zur Panik. Heute nicht.

Im gemäßigten Tempo bewegten sie sich durch den Berliner Außenbezirk. Die Fahrt dauerte dank des spärlichen Verkehrs keine Viertelstunde. Der späte Dienstbeginn des Familienvaters ermöglichte es ihm im Normalfall, seine Arbeitsstätte ohne Zeitverlust zu erreichen.

Zugleich hatte das auch Nachteile. Der Sitz der Firma lag in einem kleinen Gewerbegebiet. Die Parkplätze auf dem Gelände waren begrenzt. Manchmal hatte der Mann Glück und fand eine freie Stellfläche, meistens jedoch musste er etwas außerhalb parken.

Mit einem Abstand von dreihundert Metern zwischen sich fuhren sie ins Industriegebiet. Während der Familienvater sein Glück auf dem Gelände versuchte, steuerte sein Verfolger den Bereich des Industrieparks an, in dem man immer Plätze fand. Er parkte seinen Wagen kurz vor einem Wendehammer und wartete. Zwei Minuten später sah er das Auto der Zielperson. Die stellte das Fahrzeug ungefähr dreißig Meter näher zum Firmengelände ab. Der Mann stieg aus und lief mit großen Schritten zur Arbeit.

Er notierte die genaue Ankunftszeit und schrieb daneben: *keinen Parkplatz gefunden*. Dann fuhr er wieder los.

Er kam gerade noch rechtzeitig zurück in die Straße, in der die Familie lebte, um die Mutter mit ihrem Baby das Haus verlassen zu sehen. Sie schob den

Kinderwagen den Bürgersteig entlang, ins Handy vertieft. Offenbar telefonierte sie mit jemandem per Videocall.

Er stellte seinen Wagen ab. Nachbarn sollten sich nicht an ihn erinnern, daher wählte er stets unterschiedliche Parkplätze. Wieder nahm er das Notizbuch zur Hand, schrieb die Uhrzeit und seine Beobachtung auf.

Die Mutter kehrte nach ereignislosen fünfundvierzig Minuten zurück. Er hatte das Fenster hinuntergelassen und hörte das Baby im Kinderwagen weinen. Die Mutter öffnete die Haustür und schob ihr Schreikind ins Haus. Auch diesmal notierte er die Zeitangaben. Dann hieß es erneut warten. Erst drei Stunden später tat sich etwas. Ein Teenager fuhr mit dem Fahrrad an seinem Standort vorbei, den er mittlerweile zweimal gewechselt hatte. Auf dem Gepäckträger beförderte der Junge seinen Schulrucksack.

Er bremste vor dem Haus ab und schob das Fahrrad in die Garage. Kurz darauf entsperrte er die Tür mit einem Schlüssel und trat ins Innere.

Der Mann notierte auch diese Einzelheiten, die völlig zu seinen bisherigen Beobachtungen passten. Vom Aufbruch des Familienvaters an hatte er für seine Tat mindestens viereinhalb Stunden Zeit. Viereinhalb Stunden, in denen er den Vater töten und ins Haus eindringen würde.

Er startete den Motor und fuhr davon. Inzwischen hatte er genug Informationen gesammelt, um die täglichen Muster der Familie zu erkennen. Der Tagesablauf des Vaters wurde von dessen Arbeit bestimmt, der des Teenagers von der Schule. Lediglich die Mutter unternahm gelegentlich spontane Ausflüge. Wenn er sie zu Haus antraf, wäre ihr Schicksal besiegelt – egal, welche Pläne sie geschmiedet hatte.

Wann sollte er zuschlagen?

Die letzte Tatnacht lag noch nicht lange zurück. Eigentlich sollte er mehrere Wochen warten. Doch er spürte das immer drängendere Bedürfnis, seine Erinnerungen aufzufrischen und den ganzen Vorgang zu optimieren. Es gab Kleinigkeiten, die er beim nächsten Mal anders machen würde. Um seinen Spaß an der Vergewaltigung zu steigern und das Leid der Frau zu vergrößern. Er konnte es kaum abwarten, die Abläufe zu verbessern. Außerdem musste er seinen inneren Druck abbauen. Natürlich wusste er, wie gefährlich es war, zu früh und zu oft zuzuschlagen. Je häufiger er tötete, desto intensiver würden die Bullen ihn jagen. War das ein Grund, die nächste Tat um einige Wochen zu verschieben? Oder gehörte die Jagd auf ihn ebenso zu dem Nervenkitzel wie die heimlichen Observationen der nächsten Opfer?

***

»Ja, Arthur hat recht«, bestätigte Martina Helmich. »Tanja hatte immer einen besseren Draht zu den Mädchen. Das lag daran, dass sie selbst eine junge Frau war. Ihre eigene Pubertät lag damals nicht so lange zurück.« Die Endfünfzigerin lächelte versonnen. »Ach ja, ewig her. Und jetzt erzählen Sie mir, sie ist tot. Schrecklich. Wer tut so etwas?«

»Wie war Frau Dellbrügges Verhältnis zu den männlichen Klienten?«, fragte Kraft.

»Auch gut. Nicht, dass Sie mich da falsch verstehen. Aber gerade mit den kleineren Jungs konnte sie weniger anfangen, trotz ihres eigenen Sohns. An Jungs ab dreizehn oder vierzehn hatte sie ein größeres Interesse.« Sie zuckte die Achseln.

»Wie meinen Sie das?«, hakte Kraft nach.

Helmich verzog den Mund, als hätte sie in eine saure Zitrone gebissen. »Oh je, Sie dürfen das nicht falsch verstehen.« Sie rieb sich verlegen die Hände und schien um Worte zu ringen. »Tanja hat Jungs in dem Alter als heranwachsende Männer angesehen, mit denen man schon mal einen kessen Spruch austauschen kann.«

»Kess?«, wiederholte Kraft.

»Leicht anzüglich«, konkretisierte Helmich. »Nie in großer Runde, zum Beispiel am Esstisch. Aber wenn sie sich allein mit einem von ihnen unterhalten hat oder allenfalls noch eine weitere Person anwesend war, kam das vor.«

»Ihnen hat das nicht gefallen«, vermutete Kraft.

»Überhaupt nicht«, bestätigte sie. »In dem Alter entdecken die Jungs ihre Sexualität. Das ist für sie in einem Heim noch schwerer als in einem liebevollen, familiären Umfeld. Deswegen habe ich nie verstanden, was sie damit bezweckt.«

»Haben Sie ihr gegenüber das je erwähnt?«

»Nein. Auch niemand anderem gegenüber. Ich bin keine Petze.«

Kraft beschloss, erneut mit offenen Karten zu spielen. Sie erzählte von den bei Dellbrügge eingegangenen anonymen Anschuldigungen. »Können Sie sich das vorstellen?«

»Na ja, wenn einer der Jungs ihre Andeutungen und Sprüche als Missbrauch verstanden hat, dann ja. Tanja wies in dieser Hinsicht eher männliche Wesenszüge auf.« Sie schaute zu Sommer und Drosten. »Entschuldigung, ich will nicht verallgemeinern, aber es ist doch so. Männer hauen gern mal einen flotten Spruch raus oder geben einer Frau einen Klaps auf den Po. Vielen Frauen verdrehen dabei bloß die Augen. Manche genießen das, und einige empfinden es als übergriffig oder vielleicht sogar als sexuelle Belästigung. Tanja hat sich im Prinzip ähnlich wie solche Männer verhalten.«

»Hat sie die Jungs auch unangemessen berührt?«, fragte Drosten. »Denn ein Klaps auf den Po ist in meinen Augen nie okay.«

»Nein«, antwortete Helmich. »So weit ist Tanja nicht gegangen.«

»Sagt Ihnen der Name Severin Wärter noch etwas?«, fuhr Drosten fort.

Helmich lächelte. »Natürlich. Der ist mir in guter Erinnerung geblieben. Einer unserer ehemaligen Zivildienstleistenden. Wenn Sie mich fragen, der Beste, den wir je hatten.«

Also war Rossmann mit seiner positiven Einschätzung nicht allein. Passte das zu einem Mörder, der sich knapp fünfzehn Jahre später brutal an Frauen verging und Kinder zu Vollwaisen machte?

»Wieso fragen Sie nach Wärter?«

»Sein Name ist im Zusammenhang mit Frau Schweiger aufgetaucht«, antwortete Drosten.

»Wirklich? Er hat doch erst nach ihr hier gearbeitet, oder bringe ich das durcheinander?«

»Nein. Sie haben recht. Zwei Jahre später. Wieso ist er Ihnen so positiv in Erinnerung geblieben?«

»Den meisten Zivis hat man angemerkt, dass der Dienst für sie nur eine lästige Pflicht war. Wärter hatte Spaß an der Arbeit. Er hat sich immer gut mit den Jungs verstanden, vor allem mit den Älteren. Zwischen ihm und einem Bewohner ist sogar eine richtige Freundschaft entstanden. Viktor stand damals vor der Volljährigkeit und somit kurz vor seinem Auszug. Wärter hat ihm angeboten, ihm dabei zu helfen, sich im neuen Leben zurechtzufinden. Wenn ich mich nicht irre, hat Wärter ihm beim Umzug in unser betreutes Wohnprojekt geholfen.«

»Was ist das für ein Wohnprojekt?«, fragte Kraft.

»Das soll den Klienten helfen, ab der Volljährigkeit im Alltag klarzukommen. Nach dem achtzehnten Geburtstag oder spätestens nach dem Schulabschluss verlassen sie uns, können aber zwei Jahre in Wohnungen zur Miete leben, die vom Amt übernommen wird. Sozialpädagogen betreuen sie dort. Eine sinnvolle Sache.«

»Und Wärter war so gut mit jemandem befreundet, dass er ihm beim Umzug geholfen hat? In seiner Freizeit?«, vergewisserte sich Drosten.

Helmich nickte. »Wärters Zivildienst war ein paar Wochen zuvor zu Ende gegangen, da tauchte er hier mit großem Tamtam auf und half Viktor. Die anderen Klienten haben sich tierisch gefreut, ihn wiederzusehen. Das war allerdings das letzte Mal, dass ich ihn gesehen habe. Wissen Sie, was er heute macht?«

Kraft erzählte von Wärters Ausbildung. Helmich lächelte wissend.

»Dieser Viktor, erinnern Sie sich an seinen Nachnamen?«, fragte Sommer.

»Ja«, sagte Helmich. »Aber ich weiß nicht, ob ich Ihnen den sagen darf.«

»Wir würden Ihre Aussage sehr vertraulich behandeln.«

Helmich schüttelte leicht den Kopf. »Das geht nicht. Setzen Sie mich bitte nicht unter Druck. Ich ... Wieso interessiert Sie das alles? Hat Wärter etwas angestellt?«

Drosten entschloss sich zu einer Lüge. »Nein! Aber wir können ihn momentan nicht aufspüren. Und nachdem diese schreckliche Sache passiert ist, sorgen wir uns um seine Gesundheit. Vielleicht weiß dieser Viktor etwas über ihn, was andere Freunde nicht wissen.«

»Oh«, sagte Helmich. Schuldbewusst schaute sie zur Tür. »Ich fänd's schlimm, wenn ihm etwas zugestoßen wäre. Wärter war ein liebenswerter junger Mann. Ist die Tür geschlossen?«, vergewisserte sie sich.

»Niemand wird hören, was Sie uns sagen. Und wir haben die Information nicht von Ihnen.«

»Kümmerling«, sagte sie leise. »Er hieß wie dieser Schnaps. Deswegen habe ich mir das gemerkt. Aber bitte halten Sie Ihr Wort und verraten mich nicht.«

16

Am nächsten Montag trafen Drosten und seine Kollegen schon um halb acht im Berliner LKA-Präsidium ein. Sie wollten mit Kinkel und Brendel ihr weiteres Vorgehen koordinieren und den Rest der Woche ihre Recherchen vertiefen. Am Freitag hatte Polizeirat Karlsen sie wegen einer Ermittlung, die kurz vor der Prozesseröffnung stand, nach Wiesbaden zurückbeordert. Das Wochenende hatten sie bei ihren Familien verbracht.

Die Polizisten brachten sich gegenseitig auf den neuesten Stand, da sie sich seit Mittwoch nicht mehr gesehen, sondern nur noch telefonisch ausgetauscht hatten. Brendel und Kinkel erzählten ausführlich von der Kundin, die sie nach dem ersten Gespräch in der Buchhandlung bis nach Hause begleitet hatten.

»Ihr Wohnumfeld passt zu den bisherigen Tatorten. Ein reines Wohngebiet mit einigen Doppelhaushälften, Ein- und Zweifamilienhäusern. Da wohnen hauptsächlich Familien mit Kindern.«

»In welcher Art von Gebäude lebt Frau Heitz?«, fragte Sommer.

»In einer Doppelhaushälfte. Die Wände sind eher hellhörig. Sie hat uns das vorgeführt«, sagte Kinkel. »Vielleicht hat Wärter das abgeschreckt. Würde jemand in dem Haus schreien, bekäme das der Nachbar definitiv mit.«

»Heitz konnte sich sogar noch an die Positionen erinnern, an denen sie Wärter gesehen hat. Vier verschiedene Stellen in der näheren Nachbarschaft. Er hat sie und ihre Familie aus allen Blickwinkeln ausgekundschaftet«, ergänzte Brendel.

»Dann beschwert sie sich über ihn, und er taucht nicht mehr dort auf«, fuhr Kinkel fort. »Weil er befürchtet hat, dass sein Name im Fall einer Mordermittlung ans Tageslicht kommen könnte?«

»Nicht auszuschließen«, bestätigte Drosten. »Sehr gute Arbeit! Danke!«

»Wir haben ebenfalls interessante Erkenntnisse gewonnen«, übernahm Sommer das Gespräch. »Von dem Heimbewohner Viktor Kümmerling habe ich ja schon Donnerstag am Telefon berichtet. Auch was seine Freundschaft zu dem Zivi Severin Wärter betrifft. Eine Recherche über den Mann, also Kümmerling, hat folgendes zutage gefördert. Er hat nach dem Abitur eine Lehre als Bankkaufmann abgeschlossen und 2012 – mit gerade mal dreiundzwanzig – seine eigene Firma gegründet. Die 3pub GmbH. Eine Investmentfirma, die Fonds aufkauft, verkauft und verwaltet. Die

Geschäftsberichte sind auf der Homepage hinterlegt. In den ersten Jahren waren die Zahlen nicht wirklich beeindruckend. Möglicherweise noch eine Auswirkung der Finanzkrise am Ende der Nullerjahre. Oder es lag daran, dass sie sich auf dem Markt etablieren mussten. Seit 2015 vervielfacht sich der Gewinn jedoch jedes Jahr. Kümmerling dürfte inzwischen mehrfacher Millionär sein.«

»2015?«, vergewisserte sich Brendel.

Sommer lächelte. »Gut aufgepasst. 2015 ist Wärter von Vollzeit auf Teilzeit umgestiegen. 2016 hat er sich die Eigentumswohnung gekauft. Also nicht auszuschließen, dass er wegen seiner Freundschaft zu Kümmerling in die Firma investiert hat und seither massiv davon profitierte.«

»Wow!«, sagte Brendel anerkennend. »Vom Heimkind zum Millionär. Eine Karriere, die auch nicht jedem gelingt.«

»Wir haben beschlossen, beide Männer aufzusuchen«, erklärte Kraft. »Zunächst Kümmerling in seiner Firma, danach Wärter bei ihm zu Hause. Da wir keine Anhaltspunkte haben, die einen der beiden mit den Berliner Morden in Verbindung bringen, wollen wir Schweigers Ermordung als Aufhänger nehmen.«

»Und da wir als LKA Berlin nicht für einen Fall in Brandenburg zuständig sind ...«, folgerte Kinkel.

»... übernehmen wir das«, beendete Drosten den Satz.

***

Die Investmentfirma hatte ihren Sitz beim Brandenburger Tor in einem repräsentativen Gebäude aus der Gründerzeit.

Die Polizisten betraten den Empfangsbereich durch eine Drehtür. Auf dem Marmorboden prangte in schwarzer Schrift der Name der Firma. Am Empfang selbst saß eine attraktive Frau mit langem, blonden Haar, perfekt manikürten Fingernägeln und dem Gesicht eines Models. Sie trug eine eng geschnittene, schwarze Bluse. In ihrem Ohr steckte ein Bluetooth-Kopfhörer. Auf dem goldenen Namensschild stand »Josefine«.

»Herzlich willkommen bei 3pub«, begrüßte sie die Besucher. »Haben Sie einen Termin?«

»Guten Morgen.« Drosten präsentierte ihr seinen Dienstausweis. »Ich bin Hauptkommissar Robert Drosten von der Kriminalermittlungstaktischen Einsatzgruppe aus Wiesbaden.« Er nannte absichtlich den vollen Namen der Behörde und ihren Standort, um die zur Schau gestellte Selbstsicherheit der Mitarbeiterin ins Wanken zu bringen. »Das sind meine Kollegen Hauptkommissarin Kraft und Hauptkommissar Sommer.«

Auch die beiden zeigten ihre Ausweise vor. Der Auftritt verfehlte nicht seine Wirkung. Das Lächeln der Frau fiel in sich zusammen.

»Aus Wiesbaden?«, fragte sie unsicher.

»Wir ermitteln bundesweit«, erklärte Drosten. »Ist Herr Kümmerling zu sprechen?«

»Sie haben keinen Termin?«

»Wir machen nie Termine«, klärte Kraft die Frau auf.

»Kleinen Moment bitte.« Sie tippte dreimal an das Headset in ihrem Ohr und wandte sich leicht von ihnen ab.

»Sebastian«, sagte sie nach ein paar Sekunden. »Hier stehen drei Hauptkommissare aus Wiesbaden, die Viktor sprechen wollen. Kannst du dich darum kümmern?« Sie lauschte der Antwort ihres Gesprächspartners und wirkte anschließend sichtlich erleichtert. »Ich sag Ihnen Bescheid. Danke!« Erneut tippte sie ans Headset. »Herr Grasser kommt gleich zu Ihnen. Haben Sie bitte einen kurzen Moment Geduld.«

»Wer ist Herr Grasser?«, fragte Sommer.

»Die rechte Hand unseres Chefs. Er wird sich um alles Weitere kümmern. Warten Sie am besten vorn im Bereich der Fahrstühle.« Sie zeigte in die entsprechende Richtung. Dann vertiefte sie sich in ihren Monitor.

Drosten wollte sie nicht so schnell aus dem Gespräch entlassen. »Herr Kümmerling ist gar nicht im Haus, richtig?«

Josefine sah nicht vom Monitor auf. »Er ist sehr beschäftigt. So wie ich. Wir verwalten Geldsummen in mehrstelliger Millionenhöhe. Unsere Kunden zählen darauf, dass wir sie gewinnbringend anlegen.«

Anstatt sie weiter zu quälen, nickte Drosten seinen Kollegen zu. Sie gingen zu den Aufzügen und warteten dort.

Nach gut fünf Minuten kam einer der beiden

Fahrstühle im Erdgeschoss an. Die Tür öffnete sich, und ein Mann, den Drosten auf etwa dreißig schätzte, trat heraus. Er trug einen perfekt geschnittenen blauen Anzug und dazu ein rosafarbenes Einstecktuch. Das weiße Hemd hatte er nicht mit einer Krawatte kombiniert. Seine braunen Schuhe waren auf Hochglanz poliert. An seinem Handgelenk bemerkte Drosten eine teuer aussehende Uhr, außerdem am linken Ringfinger einen Siegelring.

»Hallo«, sagte der Mann. »Sie sind die Dame und die Herren von der Polizei?«

»Hauptkommissar Drosten, meine Kollegin Kraft und mein Kollege Sommer.«

Der Mann reichte zuerst Kraft die Hand, ehe er sich den Männern zuwandte. »Grasser mein Name. Guten Tag. Sie wollen mit Herrn Kümmerling sprechen?«

»So ist es«, bestätigte Drosten.

»Fahren wir hoch in die zweite Etage.« Grasser deutete zum Fahrstuhl, dessen Tür noch immer offen stand. Er ließ ihnen den Vortritt und drückte schließlich die Taste »2«. »Was führt Sie von Wiesbaden ins schöne Berlin?«, erkundigte er sich.

»Ein Doppelmord in Brandenburg«, sagte Drosten.

»Oh je. Und was hat Viktor damit zu tun?«

Der Aufzug hielt in der zweiten Etage und führte in einen gut zweihundert Quadratmeter großen Raum, in dem fünfzehn Computerarbeitsplätze untergebracht waren. Auf jedem Schreibtisch standen jeweils zwei eingeschaltete Bildschirme. Und bis auf drei Ausnahmen waren alle Plätze von Mitarbeitern besetzt.

»Das hier ist unsere Kampfzone«, erklärte Grasser.

Er steuerte eine Treppe an, die in die dritte Etage führte. Dort befanden sich ein paar Einzelbüros mit gläsernen Wänden. Der größte Raum war unbesetzt. Grasser brachte sie ins angrenzende Büro.

»Ich bin Herrn Kümmerlings Stellvertreter. Er ist leider nicht da. Aber ich bin zuversichtlich, Ihnen helfen zu können. Was hat ein Doppelmord in Brandenburg mit ihm zu tun?«

Er nahm auf einer quadratisch angeordneten Sitzecke Platz. Drosten setzte sich zu ihm. Auf einem Tisch standen kleine Getränkeflaschen.

»Bedienen Sie sich«, sagte Grasser. »Ich hoffe, es macht Ihnen nichts aus, aber wir trinken immer aus den Flaschen. Erspart einem das Spülen der Gläser.«

Der Mann griff zu einer Colaflasche und öffnete sie.

»Wann ist Herr Kümmerling zu sprechen?«, fragte Drosten.

»Das ist momentan sehr schwierig. Er befindet sich in einem Meeting außerhalb Berlins, bei dem ich ihn nicht stören darf. Investorengespräche. Wir sind gerade auf der Suche nach neuen Geldgebern. Auch die nächsten Tage ist er stark eingespannt. Ich bin heute Abend mit ihm zum Essen verabredet. Wenn Sie mir sagen, worum es geht, könnte ich die Reservierung von zwei auf fünf Personen erhöhen. Aber nicht ohne Hintergrundwissen. Oder wir vereinbaren einen Termin gegen Ende nächster Woche. Dann brauchen Sie mir nicht mitzuteilen, was sie herführt.«

Drosten musterte den Mann. Auch er strahlte

Selbstsicherheit aus. Grasser versuchte, ein leichtes Desinteresse vorzutäuschen. War das nur eine Maske, die man ihm mit gezielten Informationen abreißen konnte?

»Um genau zu sein, ermitteln wir in vier Mordfällen«, sagte er. »Ein Doppelmord in Cottbus, der andere in Berlin. Zu einem der Opfer hatte Herr Kümmerling in seiner Jugend sehr engen Kontakt.«

»Also damals im Heim?«, fragte Grasser.

Die Erwiderung überraschte Drosten. Wieso wusste er davon?

Als würde Grasser die Gedanken seines Gegenübers lesen, lächelte er. »Herr Kümmerling geht mit seiner Herkunft sehr offen um. Er nutzt das zu Motivationsreden hier bei den Kollegen. Wie oft hab ich ihn sagen gehört: Wenn ein Heimkind das schafft, packt ihr das auch!« Grasser verdrehte grinsend die Augen.

Drosten hatte das Gefühl, dass der Mann etwas verbarg. »Sie sind ebenfalls im Heim aufgewachsen«, mutmaßte er im Ton einer Feststellung.

Grasser lachte laut. »Nein«, entgegnete er. »Wahrlich nicht. Wobei ich mich manchmal bei meinen überforderten Eltern gefragt habe, ob das nicht besser gewesen wäre. Die Geschichten, die Viktor erzählt, haben nicht viel gemein mit dem, was ich früher über Kinderheime gedacht habe.«

»Wir würden mit unserem Gespräch nur ungern bis nächste Woche warten. Steht Ihr Angebot noch, dass Sie die Tischreservierung von zwei auf fünf Personen erhöhen?«

»Wer genau ist denn gestorben?«

»Eine Erzieherin, die Herr Kümmerling unter dem Namen Tanja Dellbrügge kannte.«

»Okay, das klingt wichtig. Dann kommen Sie heute Abend vorbei«, sagte Grasser. »Ich hoffe, Sie mögen alle Fleisch. Viktor liebt es nämlich.« Er nannte ihnen das Restaurant. »Seien Sie um zwanzig Uhr dort.«

»Vergewissern Sie sich nicht, ob überhaupt ein größerer Tisch frei ist?«, wunderte sich Kraft.

»Keine Sorge. Der Inhaber ist einer unserer langjährigsten Kunden. Viktor und ich sitzen immer an einem Tisch, an den auch locker sechs oder sieben Leute passen.«

17

Severin Wärter bog in die Straße, in der er seit inzwischen vier Jahren lebte. Auf dem Beifahrersitz lag sein in Leder eingebundenes Notizbuch. Da er nicht mit dem eigenen Wagen unterwegs war, der in der Tiefgarage des Wohnhauses stand, musste er am Straßenrand einen Parkplatz suchen. Vor seiner Adresse war jedoch alles besetzt. Langsam fuhr er zwei Gebäude weiter. Hier war endlich etwas frei. Er stellte den Kleinwagen am Bürgersteig ab. Anschließend blieb er noch eine Weile im Auto sitzen und dachte über die Informationen nach, die er in den letzten Stunden gesammelt hatte.

Ein Bewohner des Hauses, vor dem Wärter stand, verließ das Gebäude und bemerkte ihn. Grüßend hob Wärter die Hand.

Es wurde Zeit, sich in die Sicherheit der eigenen vier Wände zurückzuziehen. Dort könnte er in Ruhe und unbeobachtet über die nächsten Schritte nachdenken.

Wärter griff zu dem Ledernotizbuch und drückte es sich an die Brust. Er prüfte in allen Spiegeln, ob die Luft rein war, denn er hatte kein Interesse, von einem Anwohner in ein Gespräch verwickelt zu werden. Momentan sah er niemanden. Er stieg aus und schloss die Tür ab. Im selben Augenblick bog ein Fahrzeug in die Straße. Im Laufschritt näherte Wärter sich dem Hauseingang.

***

Sommer, der auf dem Beifahrersitz saß, sah einen Mann die Straße entlanglaufen. In Wärters Lebenslauf, den ihnen die Buchhändlerin übermittelt hatte, war zwar ein Foto von ihm, gleichwohl waren seit der Aufnahme einige Jahre vergangen.

»Ist er das?«, fragte Sommer die anderen.

»Könnte sein«, bestätigte Drosten. »Allerdings hat er eine Glatze.«

»Stimmt. Auf dem Bewerbungsfoto trug er noch kurzes Haar«, sagte Kraft.

Der Mann näherte sich dem Haus, in dem Wärter wohnte.

»Halt mal an«, bat Drosten.

Sie waren noch drei Gebäude von ihrer Zieladresse entfernt. Kraft bremste, und Drosten löste den Sicherheitsgurt. Der Passant erreichte das Vordach und nahm seinen Schlüsselbund aus der Tasche. Drosten öffnete die Tür und stieg aus.

»Herr Wärter!«, rief er. »Haben Sie einen Moment für uns?«

Der Angesprochene drehte den Kopf halb herum. Durch den Schatten des Vordachs konnte Drosten ihn noch immer nicht hundertprozentig identifizieren. Statt zu warten, schloss der Mann die Haustür auf und betrat den Flur.

»Was soll das denn?«

Drosten lief hinterher. Doch die Tür fiel bereits wieder zu, als er erst die Hälfte der Strecke zurückgelegt hatte. Ratlos blieb er stehen und schaute zu Kraft. Die zuckte mit den Achseln, setzte ein Stück zurück und parkte den Wagen am Straßenrand.

***

»Scheiße!«, fluchte Wärter.

Der Mann, der seinen Namen gerufen hatte, war garantiert ein Bulle.

Er rannte in die erste Etage und schloss seine Wohnungstür auf. Ohne lange nachzudenken, öffnete er die oberste Schublade der Dielenkommode und stopfte das Notizbuch hinein. In dieser Sekunde klingelte es an der Tür.

Ob Markus zu Hause war?

Wärter verließ die Wohnung wieder und zog die Tür hinter sich zu. Markus lebte in der dritten Etage. Wärter sprintete die Treppen hoch. Erneut hörte er das Klingeln. Wie lange würde es dauern, bis die Bullen es bei den Nachbarn probierten?

Er kam oben an und klingelte zweimal hintereinander.

»Ich komme«, erklang aus dem Inneren eine Stimme. Kurz darauf öffnete ihm der Bewohner die Tür.

»Severin, hi!«, begrüßte Markus ihn.

»Hi!«

Im Erdgeschoss ertönte eine Türklingel. Wie befürchtet, versuchten die Bullen, ins Haus zu gelangen und ließen sich nicht abschütteln.

Markus warf einen Blick an ihm vorbei. »Was ist denn hier heute los?«

Wärter musste ihn um Hilfe bitten. Der Plan konnte funktionieren. Er und sein Gegenüber waren annähernd gleich groß und hatten den Kopf kahl geschoren. Außerdem trug der Mann eine Jeanshose und Schuhe. Er müsste sich also nicht einmal umziehen. Falls er den Wunsch ablehnte und vielleicht sogar mit den Bullen kooperierte, hätte Wärter allerdings ein Riesenproblem.

»Darf ich dich um einen schrecklich wichtigen Gefallen bitten?«, fragte Wärter.

»Ui, das klingt geheimnisvoll. Was ist los?«

»Unten vor der Haustür stehen Bullen. Die wollen sich mit mir unterhalten. Ich habe aber keine Lust, mit ihnen zu reden.«

»Was wollen die von dir?«

Es klingelte beim nächsten Nachbarn.

»Ich habe meinen Job verloren. Lange Geschichte, der Rauswurf war aber ungerecht.«

»Oh nein. Und deswegen suchen dich die Bullen?«

»Das verdanke ich meiner Chefin. Ich hab ihr eine Klage angedroht. Na ja, jetzt will sie mich einschüchtern. Behauptet böswilliges Zeug. Ich hätte unter der Ladentheke Drogen verkauft.«

»Krasse Nummer.«

»Die Bullen haben mich gerade gesehen. Also, um genau zu sein, haben sie jemanden mit meiner Statur und meiner Frisur gesehen. Das hättest auch du sein können. Ich hab keinen Bock auf die Ratten. Würdest du mir einen Gefallen tun? Wenn sie bei dir klingeln, einfach aufmachen und so spielen, als wärst du gerade eben nach Hause gekommen. Am besten ziehst du meine Jacke über.«

»Ist nicht dein Ernst.«

»Ich geb dir zweihundert Euro. Hundert sofort, den Rest, wenn es klappt.« Er zog sein Portemonnaie aus der Hosentasche und entnahm ihm zwei Fünfziger.

Markus wirkte noch nicht überzeugt.

»Du hättest was gut bei mir.«

Wieder klingelte es in einer Nachbarwohnung.

»Und wo willst du in der Zwischenzeit hin?«

»Ich warte bei dir im Wohnzimmer. Einverstanden?«

Markus zögerte kurz, dann griff er nach den Scheinen und stopfte sie sich in die Hosentasche. »Gib mir deine Jacke.«

Wärter zog sie aus und drückte sie ihm in die Arme. »Danke!«

»Du weißt ja, wo das Wohnzimmer ist.«

»Die haben an der Haustür meinen Namen gerufen. Ich hab kurz zu ihnen rübergesehen und bin dann in den Flur geschlüpft.«

Wärter betrat die Wohnung und verschwand im Wohnzimmer. Es dauerte nur ein paar Sekunden, bis es an der Tür klingelte.

»Die werden ihr blaues Wunder erleben«, rief Markus. »Hallo?«

***

Endlich jemand, der auf ihr Klingeln reagierte.

»Hauptkommissar Drosten. Polizei. Machen Sie uns die Tür auf?«

»Wenn's sein muss.«

Eine seltsame Reaktion. Aber wenigstens erklang der Türöffner.

Sommer und Drosten gingen voran. »Warte du hier unten«, bat er Kraft. »Nicht, dass sich Wärter an uns vorbeischmuggelt.«

»Okay.«

Die beiden Männer liefen hoch. Die Wohnungstür des Buchhändlers war geschlossen. Da er ihnen nicht geöffnet hatte, hielten sie vorläufig nicht bei ihm an. Sie gingen weiter nach oben. In der dritten Etage angekommen, stutzte Drosten. Auf der Türschwelle stand ein Mann mit kahl geschorenem Kopf. Er trug die gleiche Jacke wie der Passant vorhin.

»Was kann ich für Sie tun?«, fragte der Mann.

»Sind Sie gerade eben erst nach Hause gekommen?«, erkundigte sich Sommer.

»Warum habe ich wohl sonst noch meine Jacke an?«

»Waren Sie das an der Haustür?«, fuhr Sommer fort.

»Ah, Sie haben vorhin gerufen, richtig? Ich heiße aber nicht Wärter.« Übertrieben deutete der Mann auf das Namensschild an der Tür. »Hilgers. Deswegen habe ich nicht gewartet.«

Irgendetwas stimmt hier nicht, dachte Drosten. *Ich sehe Lukas nicht zum Verwechseln ähnlich. Selbst bei einem flüchtigen Blick hätte der Kerl erkannt, dass ich ihn gerufen hatte.*

»Wissen Sie, ob Herr Wärter zu Hause ist?«

»Keine Ahnung. Ist der um diese Uhrzeit nicht bei der Arbeit? Wir haben nicht viel Kontakt. Sorry, da kann ich Ihnen wirklich nicht weiterhelfen.«

Der Mann sprach zu schnell und blickte immer wieder nach links oben. Zufall oder ein Zeichen, dass er log? Leider konnte Drosten nicht hundertprozentig ausschließen, ihn an der Haustür gesehen zu haben. Wegen der schlechten Lichtverhältnisse durch das Vordach waren beide Varianten denkbar. Ein Irrtum seitens der Polizisten? Oder ein seltsamer Trick zweier Hausbewohner, die sich ähnlich sahen?

Aber warum sollte ein unbeteiligter Nachbar dem Buchhändler helfen?

»Nein, bei der Arbeit ist er nicht«, sagte Sommer.

»Was wollen Sie eigentlich von ihm? Also, ich meine, kann ich ihm etwas ausrichten?«

»Wir müssen ihn in einer polizeilichen Ermittlung sprechen«, antwortete Sommer.

»Oh je, was hat er denn verbrochen?«

»Nichts Schlimmes«, behauptete Sommer. »Na ja, wir kommen einfach wieder. Falls Sie ihn sehen, erzählen Sie nichts von unserem Besuch. Wir würden ihn gern überraschen.«

»Ganz wie Sie meinen.«

***

Mit angehaltenem Atem lauerte Wärter hinter der angelehnten Wohnzimmertür. In seinen Ohren klangen Markus' Aussagen wenig überzeugend. Er war kein geborener Lügner.

Trotzdem schienen ihm die Bullen zu glauben.

»Darf ich einmal Ihre Toilette benutzen?«, fragte einer der Polizisten.

»Äh, was?«, stammelte Markus.

»Ihre Toilette? Ich muss ziemlich dringend pinkeln.«

»Wenn's sein muss. Die zweite Tür links.«

Wärter schaute sich hektisch um. Konnte der Bulle ihn von der Diele aus bemerken?

***

Drosten betrat den Flur und steuerte den beschriebenen Raum an. Dabei bemerkte er eine angelehnte Zimmertür. Hatte das etwas zu bedeuten?

Er trat an die Tür und öffnete sie.

»Links, nichts rechts!«, rief der Bewohner.

»Sorry.« Drosten blickte in ein unordentlich wirkendes Schlafzimmer, in dem sich niemand aufhielt. »Tut mir leid. Manchmal verwechsle ich die Seiten.« Er betrat den gegenüberliegenden Raum und schloss die Badezimmertür. Auch im Bad hielt der Bewohner keine Ordnung. Aber das war kein Verbrechen und bei einem alleinstehenden Mann nichts Ungewöhnliches.

Um den Schein zu wahren, benutzte Drosten die Toilette, spülte ab und wusch sich die Hände. Da er die Handtücher nicht nutzen wollte, strich er sich die Finger an den Hosenbeinen trocken. Nur zu gerne hätte er die anderen Räume inspiziert, doch dafür gab es keinen Anlass. Es sei denn ...

Drosten verließ das Bad. »Dürfte ich noch einen Blick in ihr Wohnzimmer und die Küche werfen?«

»Nein«, antwortete der Mann. »Nichts für ungut, aber wenn Sie Wärter sprechen wollen, müssen Sie nicht meine Wohnung durcheinanderbringen.«

»Okay«, sagte Drosten.

Er trat einen Schritt vor, ging zurück zum Eingang und stieß plötzlich eine weitere Zimmertür auf.

»Hey!«, rief der Bewohner. »Was soll der Scheiß? Das dürfen Sie nicht.«

Auch im Wohnzimmer versteckte sich niemand. Allerdings konnte Drosten nicht den gesamten Raum einsehen. Um keinen Ärger zu bekommen, verließ er die Wohnung. »Danke für Ihre Kooperation. Komm, Lukas. Wir wollen nicht weiter stören.«

Vor der Haustür beratschlagten sie sich.

»War jemand im Wohnzimmer?«, fragte Sommer.

»Ich hab niemanden entdeckt. Trotzdem ist da was faul. Ich bin mir sicher, nicht Hilgers, sondern Wärter gesehen zu haben. Warum versteckt der sich?«

Sie gingen zu ihrem Wagen, stiegen ein, fuhren aber nicht los. Stattdessen hielten sie die Eingangstür im Auge. Doch wegen ihrer Verabredung mit Kümmerling müssten sie spätestens am frühen Abend die Beschattung abbrechen.

»Wir brauchen die Hilfe des LKA. Jemand sollte permanent das Haus observieren«, murmelte Drosten.

Er griff zum Handy.

18

Severin Wärter saß in seinem Wohnzimmer und nippte an einem Ginger Ale. Er durfte nichts überstürzen. Menschen, die panisch handelten, begingen die schlimmsten Fehler.

Er hatte sich mit dem Trick und Markus' Hilfe Zeit verschafft. Zumindest ein bisschen. Er zweifelte allerdings nicht daran, dass die Bullen weiter Ausschau nach ihm halten würden.

Was sollte er tun?

Er stand auf und trat ans Wohnzimmerfenster, von dem aus er einen Teil der Straße überblicken konnte. Wärter bemerkte niemanden, der in einem Auto saß und das Haus beobachtete. Allerdings war sein Sichtfeld durch die angrenzenden Gebäude zu sehr eingeschränkt, um ein gutes Gefühl zu gewinnen.

Hockte irgendwo da unten ein Bulle und beschattete ihn?

Frustriert zog sich Wärter vom Fenster zurück. Aus der Küche holte er die gekühlte Flasche Ginger Ale und schüttete das Glas wieder voll.

Wenn er ungesehen das Haus verlassen würde, könnte er vom Radar der Bullen verschwinden. Es gab so viele Hotels in Berlin, außerdem beinahe unzählige Apartments. Sein finanzieller Spielraum war dank richtiger Entscheidungen in der Vergangenheit groß genug, um im schlimmsten Fall Monate oder sogar Jahre untertauchen zu können. Aber wollte er das überhaupt? Sollte er es lieber darauf ankommen lassen und mit den Bullen Katz und Maus spielen?

***

Im Eingangsbereich des Restaurants stand eine schwarz gekleidete Frau an einem Stehpult.

»Schönen guten Abend«, begrüßte sie die neu eingetroffenen Gäste. »Sie haben reserviert?«

»Wir sind mit Herrn Grasser und Herrn Kümmerling verabredet«, erwiderte Drosten.

»Wunderbar.« Sie wandte sich kurz von ihnen ab und hob einen Arm. Ein Kellner bemerkte ihre Geste und trat zu ihnen. »Carlos wird Sie zu Herrn Kümmerling bringen. Ich wünsche Ihnen einen schönen Abend.«

»Hier entlang«, bat der Kellner.

Er führte sie an den Tischen des ausgebuchten Restaurants vorbei zu einem separierten Bereich. Dort stand ein runder Massivholztisch mit acht

Sitzgelegenheiten. Verschiedene Teller, auf denen noch Essensreste lagen, und die herumstehenden leeren Gläser waren ein deutlicher Fingerzeig. Das Meeting von Grasser und Kümmerling hatte ganz offensichtlich nicht erst vor wenigen Minuten angefangen.

»Herzlich willkommen«, sagte Grasser und grinste breit.

Freute er sich über seinen gelungenen Coup, sie zu spät bestellt zu haben?

»Viktor, das ist Hauptkommissarin Kraft, an ihrer Seite sind die Herren Drosten und Sommer.«

Kümmerling erhob sich. Der schlanke Mann war gut einen Meter fünfundachtzig groß. Sein dunkelblondes Haar war akkurat kurzgeschnitten. Er trug einen legeren, blauen Pullover und eine farblich passende Jeanshose. Nichts an seiner Kleidung deutete auf einen erfolgreichen Geschäftsmann hin.

»Freut mich.« Er gab zuerst Kraft die Hand, dann Sommer und Drosten.

»Ihre Zusammenkunft begann nicht um zwanzig Uhr«, stellte Drosten fest.

»Das stimmt«, sagte Grasser. »Viktor und ich hatten noch geschäftliche Dinge zu besprechen. Außerdem war ich mir unsicher, ob Sie eine Rechnung aus diesem Restaurant als Spesen hätten einreichen können.«

Kümmerling runzelte die Stirn. »Dein Ernst, Sebastian? Ich übernehme natürlich die Auslagen für unsere Gäste.«

»Die Herren sind Beamte. Man weiß nie, was sie annehmen dürfen und was nicht«, erklärte Grasser.

Kümmerling seufzte. »Möchten Sie noch etwas essen?«

»Nein, danke«, sagte Drosten.

»Ich hab's gewusst«, erwiderte Grasser.

Kümmerling winkte Carlos herbei, der sich zuvor dezent ein paar Meter zurückgezogen hatte. »Aber zumindest trinken dürfen Sie im Dienst, oder?«

Die Polizisten bestellten alkoholfreie Getränke, Kümmerling orderte ein weiteres Weizenbier, Grasser einen Cocktail.

»Sebastian hat erzählt, weswegen Sie mit mir sprechen wollen. Tanja Dellbrügge wurde ermordet? Ist das wahr? Schrecklich. Wer hat das getan?«

Grasser verdrehte die Augen. »Wenn sie das wüssten, wären sie wohl kaum hergekommen.«

»Du bist ja so gescheit!«

Das Verhältnis zwischen den beiden schien sehr freundschaftlich zu sein. Ein normaler Assistent hätte seinen Chef nicht so zurechtweisen dürfen.

»Ja, es ist leider richtig. Beides. Frau Schweiger, wie sie seit ihrer zweiten Hochzeit hieß, ist tot, und wir wissen noch nicht, wer dafür verantwortlich ist. Aber wir verfolgen vielversprechende Spuren.«

»Ich hoffe, Sie kriegen den Mistkerl«, sagte Kümmerling. »Wie kann ich Ihnen helfen?«

»Sie haben selbst in dem Heim Sonnenstrahl gelebt, ist das richtig?«, fragte Sommer.

»Ja. Keine Ahnung, wie Sie an solche Informationen kommen, aber lassen wir das mal im Raum stehen. Ich habe im sogenannten blauen Haus gewohnt. So nannten wir es wegen der blauen Eingangstür. Ich kam im Alter von elf Jahren dorthin und blieb bis zur Volljährigkeit.«

»Darf ich fragen, warum?«, hakte Kraft nach. »Sind Ihre Eltern ...«

»Mein Vater ist noch vor der Geburt abgehauen, und meine Mutter war eine unfähige Schlampe. Ich weiß, wie hart das klingt, aber es ist die Wahrheit. In Pflegefamilien kam ich nie zurecht, also landete ich mit elf im Sonnenstrahl. Für Sie, die wahrscheinlich alle aus gutbürgerlichen Familien stammen, mag sich das nach einem schweren Los anhören. Doch das war wirklich eins der guten Heime. Engagierte Erzieher, keine Gewalt, und selbst die Kinder und Jugendlichen haben sich verstanden. Manchmal spende ich ihnen beträchtliche Summen. Allerdings immer anonym, denn ich hasse erzwungene Dankbarkeit.«

Carlos kehrte mit den Getränken zurück und unterbrach Kümmerlings Redefluss. Er verteilte die Gläser. Der Kellner hatte sich genau gemerkt, wer welche Bestellung aufgegeben hatte. »Wenn Sie noch etwas wünschen, rufen Sie mich. Wir haben heute übrigens leckere Mousse aus dreierlei Schokolade als Nachtisch des Tages.«

»Vielleicht später«, sagte Kümmerling. »Danke, Carlos.«

Der Kellner zog sich zurück.

»Wie gut erinnern Sie sich an Frau Dellbrügge, wie sie damals ja hieß?«

»Tanja war eine der jüngeren Erzieherinnen. Mitte zwanzig, wenn ich mich nicht irre. Wegen des Alters hatte sie einen guten Draht zu ihren Klienten, denn natürlich arbeiteten auch deutlich ältere Pädagogen in dem Haus. Wir Jungs hatten immer den Eindruck, dass sie ein bisschen besser mit Mädchen klarkam. Oder anders ausgedrückt: Für Mädchenthemen wie die erste Periode war sie eine super Ansprechpartnerin.« Er trank einen Schluck Weizenbier. »Was ich an ihr besonders geschätzt habe, war ihr Einfühlungsvermögen. Sie hat die Heimkinder in deren Fähigkeiten bestärkt. Nehmen wir mich als Beispiel. Ich war schon immer ein Mathe-Nerd. Tanja hat das gefördert. Mir gut zugeredet, als ich unsicher war, ob ich den Leistungskurs belegen soll. Solche Sachen. Keine Ahnung, wo ich ohne ihre Unterstützung heute wäre, denn in meinem Job ist es von Vorteil, höhere Mathematik zu verstehen. Das ganze Investmentgeschäft beruht zu einem großen Teil darauf.«

»Haben Sie mit ihr je schlechte Erfahrungen gemacht?«, fragte Kraft. »Oder wussten Sie von unangenehmen Erlebnissen, die andere Heimkinder mit Frau Dellbrügge hatten?«

»Nein«, sagte er, ohne zu zögern. »Worauf wollen Sie hinaus?«

»Dellbrügges Ex-Mann und Vater ihres ersten Sohns hat noch während der Ehe einen anonymen Brief erhalten. Der Schreiber beschuldigte die Erzieherin, Kinder zu missbrauchen. Also die etwas älteren Jungs aus dem Heim. Eine ehemalige Kollegin gibt an, dass Frau

Dellbrügge gegenüber den männlichen Jugendlichen kess gewesen sei.«

Kümmerling lachte aus tiefstem Herzen. »Kess ist ein herrlich altmodisches Wort, das ich schon ewig nicht mehr gehört habe.« Er schaute zu Grasser. »War ich jemals kess zu dir?«

Der Angesprochene schüttelte den Kopf und trank einen Schluck des Cocktails. Offenbar fand er seinen Chef albern.

»Sie haben also nie von einem Ihrer Freunde gehört ...«

»Nur zu meinem Verständnis«, sagte Kümmerling. »Sie glauben, Tanja hat die Jungs in dem Heim vernascht und ...«

»Missbraucht«, korrigierte Kraft.

»Also, nichts für ungut. Tanja war eine attraktive Frau. Ich hätte mich gern von ihr *missbrauchen* lassen. Das hätte in dem Alter meine rechte Hand deutlich entlastet.« Er lachte. »Aber leider hat sie sich nie bei mir bedient. Vielleicht war ich nicht ihr Typ.«

»Und Sie glauben, dieser Missbrauch sei so viele Jahre später ein Mordmotiv?«, mischte sich Grasser ein. »Ist das nicht ein bisschen weit hergeholt?«

»Am Anfang einer Mordermittlung holen wir mit unserem Netz immer weit aus. Meistens verfängt sich jemand darin«, erklärte Sommer. »Haben Sie noch Kontakt zu anderen Heimkindern aus der damaligen Zeit?«

»Nein«, sagte Kümmerling. »Auch wenn es mir nicht schlecht ergangen ist, habe ich trotzdem die

Verbindungen gekappt. Von den gelegentlichen Spenden abgesehen. Für mich ist das Aufwachsen in dem Heim mit dem Stigma einer unfähigen Mutter verbunden.«

»Sagt Ihnen der Name Severin Wärter noch etwas?«, fragte Drosten.

»Severin? Klar!« Kümmerling klang erfreut, einen vertrauten Namen zu hören. »Ein Zivi. Der Beste, den wir damals hatten.«

»Klingt so, als seien Sie befreundet gewesen«, sagte Sommer.

Kümmerling grinste. »Jetzt haben Sie schlecht gepokert. Sie wissen darüber Bescheid.«

»Sie waren befreundet«, konkretisierte Sommer. »Er hat Ihnen sogar beim Auszug geholfen.«

»Das stimmt.«

»Traf das noch auf andere Personen zu?«

»Mit Sebastian hat er sich auch super verstanden.«

Automatisch fiel Drostens Blick auf Grasser.

»Nein, nicht dieser Sebastian«, korrigierte Kümmerling. »Mein bester Freund in dem Heim hieß ebenfalls Sebastian. Ein Jahr jünger als ich. Guter Kerl.«

»Sagen Sie uns seinen Nachnamen?«, bat Drosten.

»Lang. Sebastian Lang. Falls Sie ihn je sprechen, verraten Sie mich nicht. Wie kommen Sie eigentlich auf Severin?«

»Auch sein Name fiel im Rahmen der Ermittlungen.«

»Ich hoffe, er ist keiner der Toten.«

Drosten schüttelte den Kopf. »Nein. Eher ein Zeuge. Allerdings haben wir ihn noch nicht persönlich gesprochen. Haben Sie Kontakt zu ihm?«

»Das letzte Mal vor geschätzt zehn Jahren. Tut mir leid.«

Falls Kümmerling nicht log, zerschlug sich vermutlich ihre Theorie, dass Wärter durch kluge Investitionen der 3pub GmbH seine finanzielle Unabhängigkeit erreicht hatte.

Drosten wechselte das Thema. »Kommen wir zu einer unausweichlichen Frage.« Er nannte dem Firmeninhaber die beiden Daten, an denen die Doppelmorde geschehen waren. »Tatzeit war jeweils vormittags. Haben Sie dafür Alibis?«

»Sie können nicht einfach ...«, regte sich Grasser auf.

»Können sie«, widersprach Kümmerling und vollzog eine beschwichtigende Geste. »Das ist wahrscheinlich nur Routine.«

»So ist es«, bestätigte Sommer.

»Schwachsinn! Das ist Willkür«, entgegnete Grasser. »Aber bitte. Sie haben ja nicht mich gefragt. Ich würde darauf nicht antworten.«

Kümmerling griff zu seinem Handy auf dem Tisch. »Mein Arbeitstag fängt oft erst mit Börsenbeginn in New York an. Die meisten unserer Investments wickeln wir über die Wall Street ab. Das ist nach deutscher Zeit am Nachmittag. Deswegen tauche ich regelmäßig gegen eins im Büro auf.«

»Kann ich zu meinem Leidwesen bestätigen«, sagte Grasser.

»Aber vielleicht gibt ja mein Kalender etwas für die genannten Daten her«, murmelte Kümmerling. Nach einem Augenblick schüttelte er allerdings den Kopf. »Nein. An den Tagen ist nichts eingetragen. Ich kann Ihnen also nicht sagen, wann ich im Büro war. Als Chef muss man ja nicht stempeln.« Er zwinkerte Drosten zu. »Sorry. Mit einem Alibi kann ich wohl nicht dienen.«

***

Severin Wärter überprüfte die Sachen, die er in die geräumige Reisetasche gepackt hatte. Im Inneren waren genug Kleidungsstücke für eine mindestens einwöchige Reise, außerdem ein Paar Schuhe, eine prall gefüllte Kulturtasche und diverse Ladekabel. In einer Extratasche steckten sein Laptop, ein Tablet und das in Leder eingeschlagene Notizbuch. Ausschließlich Dinge, die er dringend bräuchte.

Bevor er die Wohnung verließ, schaltete er das Tablet ein. Er loggte sich in einer Finanz-App ein, mit der er nicht nur seinen Kontostand, sondern auch den Wert seines Depots checken konnte. Beide Ergebnisse stimmten ihn zufrieden. Er hatte genügend finanzielle Reserven, um sogar über eine größere Veränderung nachdenken zu können.

Wärter schaltete das Tablet wieder aus und schob es zurück in die Tasche. Er erhob sich von der Couch. War er bereit für den Schritt ins Ungewisse?

***

Polizeikommissar Martin Klein saß im Wagen eines zivilen Fahrzeugs, rund hundert Meter vom Eingang des Hauses entfernt, das er ebenso scharf im Auge behielt wie die zugehörige Tiefgaragenausfahrt. Er hatte von seinem Vorgesetzten ein Foto des Verdächtigen erhalten – mit dem lapidaren Hinweis auf den eventuell mittlerweile kahl geschorenen Kopf des Mannes. Außerdem sollte Klein darauf achten, ob ein dunkelblauer Tesla die Tiefgarage verließ.

Klein verfluchte seinen Vorgesetzten, der ihm den freien Abend verbaut hatte. Normalerweise würde er sich jetzt mit seiner neuen Flamme Sandy amüsieren, mit der er sich seit vier Wochen das Bett teilte. Die großgewachsene, blonde Frau war ein absoluter Hauptgewinn.

Klein seufzte frustriert. Zumindest hatte Sandy Verständnis für die kurzfristige Absage gehabt. In seiner Vergangenheit hatten genügend Frauen nicht so tolerant reagiert.

Gelangweilt schaute er zum Hauseingang. Zuletzt war vor über einer Stunde eine Frau herausgetreten und seitdem nicht zurückgekehrt. Das konnte eine sehr langweilige Schicht werden.

Um sich die Zeit zu vertreiben, griff er zum privaten Handy. Er wählte Sandys Nummer. Sie meldete sich schon nach wenigen Sekunden mit ihrer wahnsinnig erotischen Stimme.

»Hallo, mein Seemann.«

Klein grinste. Bislang hatte sie ihn bei jedem Telefonat anders begrüßt. »Hallo, meine Meerjungfrau«, antwortete er passend zu ihrer Vorgabe.

»Jungfrau nicht unbedingt«, erwiderte sie. »Ist dir langweilig?«

»Und wie. Das wird eine verdammt lange Nacht.«

»Vielleicht kann ich sie dir ein bisschen aufregender gestalten. Sitzt du bequem?«

»So bequem es im Auto möglich ist.«

Er lauschte ihrer Stimme. Sie erzählte ihm ohne verbales Vorspiel, was sie in dieser Sekunde am liebsten mit ihm angestellt hätte. Wäre er zu Hause in seinem Bett, hätte er bei diesem Telefonat die Augen geschlossen. Nun jedoch sah er pflichtbewusst weiterhin zum Hauseingang, während seine Erregung unaufhörlich wuchs.

19

»Seltsame Typen«, sagte Kraft an der Hotelbar. Wie so oft hatten sie während der Fahrt ins Hotel die Begegnung erst einmal sacken lassen. Eindrücke vertieften sich, wenn man ihnen Zeit gab. »Beide waren mir nicht ganz geheuer. Wie Kümmerling sexuellen Missbrauch runtergespielt hat. Als wäre es weniger schlimm, wenn es pubertierende Jungs trifft.«

»Ob das wirklich seine Meinung war?«, fragte Drosten. »Mir kam das aufgesetzt vor.«

»Um den Verdacht von sich abzulenken?«, spekulierte Sommer.

»Kümmerling hat zumindest kein Alibi«, fuhr Drosten fort. »Warum er so spät mit der Arbeit beginnt, klingt nachvollziehbar, aber wer weiß, wofür er seine freien Vormittage nutzt. Der Mörder beobachtet seine Opfer vorab. Das wäre bei arbeitsfreien Vormittagen problemlos möglich.«

Kraft trank ihr Wasser aus. »Grasser war auch seltsam, oder? Wie aufmerksam er zugehört hat, als es um die Heimzeit ging. Er hing Kümmerling förmlich an den Lippen. Obwohl er angeblich Bescheid weiß, ist er verdammt neugierig gewesen.«

»Wenigstens hat er nicht versucht, seinem Chef ein falsches Alibi zu geben«, stellte Sommer fest. »Das halte ich ihm zugute. Manch anderer hätte das vielleicht getan.«

Drosten schaute auf die Uhr. »Lasst uns auf unsere Zimmer gehen«, schlug er vor. »Morgen früh suchen wir die Witwe des ehemaligen Heimleiters auf. Wir haben jetzt vier Namen. Dellbrügge, Kümmerling, Wärter und Lang. Eventuell kann sie mit wenigstens einem von ihnen etwas anfangen.«

***

Wärter hatte die Wohnungstür bereits geöffnet ... und überlegte es sich anders. Den eigenen Zufluchtsort panisch zu verlassen kam ihm falsch vor. Dazu bestand überhaupt kein Grund. Sollten die Bullen ruhig bei ihm auftauchen.

Er setzte sich auf die Couch und blätterte in seinem Notizbuch. All die Mühe wäre umsonst gewesen, wenn er jetzt verschwinden würde.

Das Piepen seines Handys riss ihn aus den Gedanken. Er blickte aufs Display. Der Absender der Nachricht überraschte ihn. Was wollte der von ihm?

Zögerlich öffnete Wärter das Chatprogramm.

Die Bullen haben sich heute nach dir erkundigt. Die stehen bestimmt demnächst vor deiner Tür, um dich zu befragen.

»Scheiße!«, fluchte er. Ihn schockierte weniger die Warnung, dass die Bullen bei ihm auftauchen könnten – schließlich hatten sie das bereits getan. Vielmehr beunruhigte ihn, dass sie anscheinend die richtigen Schlüsse gezogen hatten.

Die waren heute hier. Aber ich habe sie ausgetrickst und eine persönliche Begegnung vermieden.

Er schickte die Nachricht ab. Sekunden später schrieb sein Chatpartner bereits die Antwort.

Scheiße! Wieso hast du mich nicht vorgewarnt? Das gefällt mir gar nicht.

Ihm gefiel es ebenfalls nicht, doch durfte er sich nichts anmerken lassen.

Was hätte das geändert?

Erneut ließ die Antwort nicht lange auf sich warten.

Wäre sinnvoll gewesen, aber auch egal. Niemand weiß von uns. Das ist die Hauptsache, und so muss es bleiben.

Wärter nickte zufrieden. Solange sich das nicht änderte, war er auf der sicheren Seite. Das sah er genauso. Zu seiner Überraschung schickte ihm sein Chatpartner rasch eine weitere Mitteilung.

Falls du je Geld brauchst, kann ich das in die Wege leiten. Selbst wenn du im Ausland bist. Es gibt einige Möglichkeiten, Depots aufzulösen und die Werte auf Auslandskonten zu transferieren. Darüber musst du dir keine Sorgen machen.

Als hätte Wärter das nicht selbst gewusst. Wollte der Mann ihn loswerden?

Danke für deinen Hinweis. Ich lass es mir durch den Kopf gehen und melde mich, falls du mir helfen musst.

Er schickte die Nachricht ab. Sein Blick fiel auf die Reisetasche, die er noch nicht wieder ausgepackt hatte. War das ein Zeichen?

Nimm das nicht auf die leichte Schulter. Du solltest den Bullen nicht in die Finger fallen. Viel Glück!

Wärters Puls beschleunigte sich. Sein Chatpartner klang beunruhigt. Zu Recht? Was sollte er tun? Er tippte seine letzte Antwort ein.

Ich sag dir Bescheid, sobald ich mich entschieden habe. Meine Tasche ist schon gepackt. Ich könnte jederzeit aufbrechen.

Er schickte die Nachricht ab. Auch diesmal erhielt er rasch eine Antwort.

Dann tu's!

***

Über zwei Stunden waren seit dem Ende des heißen Telefonats vergangen. Polizeikommissar Klein dachte amüsiert daran zurück. Gut, dass eine Packung Taschentücher in seiner Jacke gesteckt hatte. Noch besser, dass niemand an dem Auto vorbeigegangen war und ihn im entscheidenden Moment beobachtet hatte. Eine Anzeige wegen Erregung öffentlichen Ärgernisses während des Dienstes konnte er wirklich nicht gebrauchen.

Die Taschentücher hatte er vorhin in einem Gully entsorgt, seitdem langweilte er sich wieder.

Klein gähnte. Frische Luft würde vermutlich nicht schaden und ihn hoffentlich wachhalten. Er stieg aus dem Wagen und sog den Atem ein. Für einen Maiabend war es relativ mild. Er reckte sich und dachte an Sandy.

Klein starrte zum Hauseingang, wo sich nichts regte. Seine Schicht dauerte noch viele lange Stunden. Wie sollte er bloß erfolgreich gegen die Müdigkeit kämpfen, die er immer stärker spürte? Außerdem musste er pinkeln.

Er blickte über die Schulter. Zwanzig Meter weiter stand auf dem Bürgersteig ein Baum. Kurz entschlossen lief er hin und positionierte sich so, dass er den Eingang im Auge behielt. Seufzend pinkelte er. Dann kehrte er zu seinem Wagen zurück, reckte sich noch einmal und stieg wieder ein. Im Fußraum der Rückbank stand eine Thermoskanne mit Kaffee. Klein griff danach und schraubte den Deckel ab, den er als Tasse benutzen konnte. Der herrliche Duft des Kaffees weckte seine Lebensgeister. Das Getränk würde ihm bestimmt helfen, die nächsten ein oder zwei Stunden zu überstehen.

Klein schüttete sich den Kaffee ein, roch daran und trank ihn in mehreren Zügen. Dabei fiel sein Blick eher zufällig in den rechten Außenspiegel. Er erkannte eine dunkel gekleidete Gestalt, die dicht an den Autos vorbeischlich und sich ihm näherte. Klein schaute über die Schulter, um die Person besser sehen zu können. In diesem Moment riss sie die Beifahrertür auf.

20

Gerade, als Lukas Sommer im Hotelzimmer den Laptop ausschalten wollte, informierte ihn das System über eine neue E-Mail. Sie kam von Eva Haller. Als Betreff hatte sie *Endgültiger Artikel zu Ihrer Prüfung* geschrieben.

Sommer klickte auf die angehängte Datei, die sich rasch öffnete. Haller hatte ihm den schon gesetzten und mit Bildern versehenen Artikel zugeschickt. In der E-Mail versicherte sie, dass sie trotz des fertigen Layouts noch Änderungen vornehmen könnte, falls ihm einige Details nicht behagten.

Sorgfältig las er sich den Bericht über die Arbeit der KEG durch. Haller hatte Wort gehalten und Robert beziehungsweise Verena in den Mittelpunkt gestellt. Von beiden gab Fotos, die aber schon früher in Zeitungen erschienen waren. Sommer hingegen war weder irgendwo abgelichtet noch mit seinem vollständigen Namen aufgeführt. Allerdings nahm Haller in einem kurzen Abschnitt Bezug auf die Entführung von Carla und Simon Holtzmann. Sie erwähnte den vermeintlich toten Polizisten, der drei Jahre undercover ermittelt habe, um den Fall zu einem glücklichen Ende zu führen. Nicht lange danach habe er bei der KEG angefangen.

Sommer konnte nichts gegen ihre Formulierungen einwenden. Ob der Artikel seinen Zweck erfüllte und andere Journalisten von weiteren Recherchen abhielt, würde die Zukunft zeigen. Sobald die Süddeutsche Zeitung den Bericht veröffentlicht hätte, bestände eine größere Gefahr, dass ehemalige Mitglieder der Gang die richtigen Schlüsse zogen. Trotzdem war Sommer optimistisch, in Ruhe weiterleben zu können. Sein Tarnname Luke Hertz blieb unerwähnt, und dass die Gangmitglieder die Süddeutsche Zeitung lasen, bezweifelte er stark.

Er berührte den Antwort-Button auf dem Touchscreen.

Liebe Frau Haller,

vielen Dank für die Gelegenheit, den Text in seiner Erscheinungsform vorab lesen zu dürfen. Ich habe nichts daran auszusetzen.

Viele Grüße
Lukas Sommer

Er schickte die Nachricht ab und leitete danach die Ursprungsmail mit ein paar erklärenden Zeilen an seine Frau Jennifer.

***

»Bist du wahnsinnig?«, fluchte Martin Klein. »Deinetwegen kriege ich noch einen Herzinfarkt.«

»Das wäre bedauerlich«, erwiderte Sandy lachend. Sie setzte sich zu ihm in den Wagen und schloss die Tür. »Freust du dich, mich zu sehen?«

Klein grinste. »Und wie!«

Sie küssten sich intensiv, allerdings unterbrach Klein ihren Kontakt immer wieder, um einen Blick zum Hauseingang zu werfen.

»Wie hast du mich eigentlich gefunden?«, fragte er nach einer Weile.

»Die App«, antwortete sie.

»Welche App?«

Sandy verdrehte die Augen. »Gedanklich bist du um diese Uhrzeit nicht mehr auf der Höhe. Du hast mir vor zwei Wochen die App *Wo ist mein Handy* installiert. Das Ganze hast du mir am Laptop mit deinen Daten vorgeführt, die du danach nicht gelöscht hast. Selbst schuld!«

»Du hast mich also gestalkt?«

»Eine meiner leichtesten Übungen.«

»Und was willst du hier so spät am Abend?«

Sandy kicherte. »Das Telefonat hat mich ein bisschen aufgeheizt.« Sie legte eine Hand auf seinen Oberschenkel. »Also dachte ich mir ...«

»Ich arbeite! Wenn uns jemand erwischt!«

»Sei nicht so ein Spießer.« Ihre Hand fuhr weiter hoch.

»Sandy! Ich muss die ganze Zeit das Haus da vorn observieren. Da wohnt ein Verdächtiger, der uns nicht durch die Lappen gehen darf.«

»Dann halt einfach deine Augen offen«, empfahl sie ihm und knöpfte seine Hose auf.

»Sandy!«, protestierte er schwach.

»Genieß es.« Ihre Hand rutschte unter den Saum der Boxershorts.

»Oh mein Gott«, stöhnte Klein. »Ich kann das nicht glauben. Was machen wir hier?« Seine Widerstandskraft erlosch. Ihre Berührung fühlte sich einfach zu gut an. Solange er den Eingang nicht aus den Augen verlor, war alles in Ordnung.

***

Severin Wärter stand an der Türschwelle zum Wohnzimmer. In ihm tobte ein Zwiespalt. Sollte er auf den gut gemeinten Ratschlag hören? Oder war gut gemeint mal wieder nicht gut gemacht?

Er schaute sich in dem Raum um, der für ihn seit dem Einzug der Lebensmittelpunkt gewesen war. Gab er das wirklich wegen eines unguten Gefühls auf?

In Berlin oder auch in anderen Städten existierten genügend Luxushotels, die technisch auf einem ähnlich guten Stand waren. Ohnehin liebte er Übernachtungen in luxuriösen Unterkünften – insofern wäre das kein Opfer für ihn.

Aber mit dem Verlassen seiner Wohnung befände er sich auf der Flucht. Er wäre der Gejagte. Und das störte ihn.

Trotz der Bedenken griff er zur Tasche. Es gab gute Gründe dafür, zumindest ein paar Tage lang vom Radar der Bullen zu verschwinden. Sie hegten noch keinen schwerwiegenden Verdacht gegen ihn, sonst hätten sie sich längst einen Haftbefehl besorgt. Ihnen mindestens einen Schritt voraus zu sein, könnte sich in ein paar Tagen oder Wochen als hilfreich erweisen.

Er warf einen letzten Blick zum Couchtisch, auf dem sein ausgeschaltetes Handy lag. Was für eine Verschwendung, ein erst drei Monate altes Gerät zurücklassen zu müssen. Doch er wusste über die technischen Möglichkeiten der Bullen Bescheid. Die Nummer konnten sie genauso leicht ermitteln, wie sie ihn ausfindig gemacht hatten. Es war absolut notwendig, das Smartphone und die vertraute Telefonnummer aufzugeben.

Er ging in die Diele und schaute zuerst durch den Türspion nach draußen. Der Hausflur lag wie erwartet um diese Zeit im Dunkeln. Wärter zögerte einen letzten Augenblick.

»Ach, scheiß drauf«, sagte er schließlich. »Mach dir einfach ein paar schöne Tage im Hotel.« Er öffnete die Wohnungstür, schloss ab und ging leise nach unten. Leider gab es vom Haus keinen direkten Zugang zur Tiefgarage. Er musste die Straße überqueren, um zu seinem Auto zu gelangen. Denn für sein anstehendes Vorhaben kam nur der Tesla infrage. Der

Mittelklassewagen von Roxanne, den er sich während ihres mehrmonatigen Afrikaaufenthalts ausgeliehen hatte, würde am Straßenrand stehen bleiben.

***

»Oh mein Gott«, stöhnte Klein.

Er atmete immer schneller. Wenn Sandy so weitermachte, könnte er den Höhepunkt nicht mehr lange zurückhalten. Er streichelte über ihr blondes Haar.

»Du bist der Wahnsinn!«

Sie fuhr fort, ihn oral zu verwöhnen. Klein schaute zum Hauseingang, an dem ohnehin nichts passierte.

»Baby, Vorsicht«, stöhnte er. »Gleich!«

Er schloss kurz die Augen, um den Moment zu genießen.

***

Wärter öffnete die Haustür. Er schaute nicht nach rechts oder links, sondern lief gesenkten Blicks über die Straße zur Garage. Da das Gittertor seit Wochen defekt war, konnte er die Stellplätze betreten ohne Zeit zu verlieren, weil der Zugang nicht versperrt war.

Er ging zu seinem Auto und warf die Tasche in den Kofferraum. Welches Hotel sollte er ansteuern? Da derzeit keine Messe oder sonstige publikumsintensive Veranstaltung in Berlin stattfand, dürfte er ohne Probleme ein freies Zimmer in den exklusiven Unterkünften der Stadt finden.

Er setzte sich hinters Steuer und startete den Motor.

***

»Du bist der Wahnsinn«, flüsterte Klein.

»Ich weiß.«

Sandy lümmelte halb über der Mittelkonsole und legte ihren Kopf auf seine Brust. Er küsste ihren Haarschopf.

»Hoffentlich hat uns keiner beobachtet.«

»Wäre mir egal. Ich treib's übrigens auch wahnsinnig gern in der freien Natur. Damit du für die kommenden Wochen Bescheid weißt!«

Er lächelte. »Solange ich nicht im Dienst bin, ist das kein Problem. Dann hält uns mein Dienstausweis Schwierigkeiten vom Hals. Wer zeigt schon einen Bullen an?«

»Wie lange geht deine Schicht noch?«

»Ein Kollege löst mich um sechs Uhr ab.« Er gähnte.

»Bleibst du bis dahin wach?«

»Ich muss.«

»Okay, dann fahr ich jetzt nach Hause. Kommst du nach meiner Schicht morgen Nachmittag vorbei?«

»Ja«, versprach Klein. »Zwei Nächte hintereinander wird mich mein Chef nicht zum Nachtdienst verdonnern. Wahrscheinlich habe ich sogar drei Tage am Stück frei.«

»Geil! Dann schlaf dich nachher aus und erhol dich.«

Sie küssten sich innig, ehe Sandy das Auto verließ. Er schaute ihr nach. Am Ende der Straße drehte sie sich um und warf ihm einen Handkuss zu.

Was für eine Frau! Der absolute Wahnsinn!

***

Polizeikommissar Willi Hengler war wieder einmal viel zu früh wach geworden. Seit seine Frau ausgezogen war und die Kinder mitgenommen hatte, schlief er keine Nacht mehr durch. Zumindest würde er das heute zu seinem Vorteil nutzen. Er duschte schnell, trank eine Tasse Kaffee und aß ein mit Käse belegtes Toast. Dann verließ er die Wohnung, die für ihn allein viel zu groß war. In sechs Wochen könnte er in die Zweizimmerwohnung einziehen, vielleicht würde sich sein Leben danach wieder normalisieren.

Um Viertel nach fünf – und damit eine Dreiviertelstunde früher als geplant – traf er an seinem Einsatzort ein. Schon von Weitem erkannte er das Dienstfahrzeug seines Kollegen. Der hatte den Kopf an die Fensterscheibe gelehnt.

»Das gibt's nicht!«

Er lief an dem Wagen vorbei. Klein schlief und bemerkte ihn nicht.

Hengler verdrehte die Augen. Insgeheim beneidete er den Kollegen wegen dessen Schlaffähigkeit – trotzdem hätte ihm das nicht passieren dürfen. Statt ihn sofort zu wecken, musterte Hengler die Umgebung. In der Dienstbesprechung hatte sein Vorgesetzter den

Tesla des Verdächtigen und die Tiefgarage erwähnt, in der die Anwohner ihre Fahrzeuge abstellten. Hengler sah das offen stehende Garagentor. Er beschloss, sich dort umzusehen. Vielleicht würde Klein in der Zwischenzeit von allein wach. Dann könnte er sich eine peinliche Belehrung ersparen.

Unten angekommen musterte er die unterschiedlichen Fahrzeuge. Fast alle Plätze waren besetzt. Er zählte nur drei leere Stellflächen. Nirgendwo stand ein Tesla.

»Scheiße!«, fluchte er.

Hengler rannte die leichte Neigung zur Straße hinauf. Sein Kollege Klein war inzwischen aufgewacht, musterte ihn irritiert und öffnete die Wagentür.

»Willi, was machst du denn schon hier?«

»Der Tesla ist nicht da, und du hast gepennt!«

»Spinnst du? Ich hab überhaupt nicht ...«

»Du hast tief und fest geschlafen. Wer weiß, wie lange. Ich bin vor fünf Minuten an deiner Position vorbeigekommen. Die Versuchung, ans Fenster zu klopfen, war riesig. Ich wollte dich bloß nicht erschrecken!«

»Selbst wenn ich mal kurz eingenickt wäre, hätte ich einen Sportwagen gehört«, verteidigte sich Klein.

Hengler verdrehte die Augen. »Du hättest ein Elektrofahrzeug *gehört*? Spinner! Scheiße! Der Boss wird nicht begeistert sein.«

Klein wirkte schuldbewusst und nachdenklich.

»Was geht dir durch den Kopf?«

»Ach, schon gut. Verdammt. Ey! Ich bin höchstens zweimal für ein paar Minuten eingeschlafen. Das darf nicht wahr sein! Shit! Der Boss wird vor Freude durchdrehen.«

Klein wirkte unaufrichtig. Doch Hengler bohrte nicht weiter nach. Er wollte dem Kollegen keinen unnötigen Ärger einbrocken. Und je mehr Einzelheiten er nun von ihm erführe, desto schwerer würde es ihm später fallen, sie für sich zu behalten.

21

Drosten beendete das Telefonat. Er saß gemeinsam mit Verena und Lukas am Frühstückstisch. Sie hatten seine Reaktion auf die neueste Entwicklung bereits mitbekommen, sodass er keine Zeit mit langwierigen Erklärungen verschwenden musste.

»Wie konnte Wärter unbemerkt verschwinden?«, fragte Sommer fassungslos.

»Der für die Nachtschicht eingesetzte Polizist ist eingeschlafen. Angeblich bloß ganz kurz. Wer weiß schon, ob das wirklich stimmt? Wäre ja ein fantastischer Zufall, wenn Wärter genau in den paar Minuten vom Haus in die Garage geht und unbemerkt losfährt.« Drosten schüttelte genervt den Kopf. »Ich versteh auch nicht, wieso das LKA nur einen Mann dafür abgestellt hat. Bei zwei Kollegen wäre das nicht passiert.«

»Und dass Wärter weg ist, daran besteht kein Zweifel?«, erkundigte sich Kraft.

»Sein Sportwagen steht nicht in der Tiefgarage. Aufs Klingeln reagiert er nicht.«

»Scheint eindeutig«, brummte Sommer.

»Ist kein Verbrechen, mitten in der Nacht das eigene Haus zu verlassen«, gab Drosten zu. »Trotzdem ist das alles auffällig.«

»Seien wir realistisch«, sagte Sommer. »Falls Wärter wirklich vorhatte, seine Wohnung zu verlassen, wäre ihm das in jedem Fall gelungen. Auch wenn der Kollege aufgepasst hätte. Mit einer Einsatzkraft kannst du keine Observation durchziehen. Das hätte das LKA uns mitteilen müssen. Bei Brendel und Kinkel klang es nicht so, als würden sie eine solche Schmalspurbeschattung ansetzen.« Er zuckte die Achseln und aß sein Müsli weiter.

Drosten beneidete ihn um die Fähigkeit, den Rückschlag so schnell abzuhaken. Ihm jedenfalls war der Appetit vergangen.

***

Am späten Vormittag trafen Drosten und seine Kollegen bei der Witwe des ehemaligen Heimleiters Steegers ein. Drosten hatten sie am Vortag kontaktiert und um ein zeitnahes, persönliches Gespräch gebeten. Die Rentnerin hatte ihnen zuliebe einen festen Termin verschoben und vorgeschlagen, sich um elf Uhr morgens bei ihr zu Hause zu treffen.

Rosa Steegers lebte in einem kleinen Reihenhaus. Kraft fand unmittelbar vor dem Gebäude einen

Parkplatz. Die Beamten stiegen aus, und im selben Moment öffnete bereits ein älterer Mann die Haustür.

»Sind Sie die Polizisten aus Wiesbaden?«, fragte er.

»Das sind wir«, bestätigte Drosten. »Und Sie sind?«

»Günther Müller. Der Lebensgefährte von Rosa. Willkommen.«

Er führte sie nach der Begrüßung ins Wohnzimmer, wo ein Esstisch zum Kaffee gedeckt war. »Rosa kommt gleich zu ihnen. Sie ist aufgeregt, und da spielt manchmal ihr Magen ein bisschen verrückt. Setzen Sie sich. Ich soll Sie schon bedienen.«

Er schüttete ihnen Kaffee ein. Auf einer Kuchenplatte standen verschiedene Sorten Kuchen.

»Frisch vom besten Bäcker der Stadt. Wir wussten nicht, was Sie bevorzugen, deswegen die Auswahl. Greifen Sie zu.«

In der oberen Etage des Hauses öffnete sich eine Tür. »Ich bin gleich bei Ihnen.«

Rosa Steegers eilte vom Badezimmer in einen angrenzenden Raum. Drosten lächelte innerlich über die Nervosität der Witwe. Der Besuch der Polizisten wäre in den nächsten Tagen und Wochen bestimmt ihr Hauptgesprächsthema.

Kurz darauf kam die elegant gekleidete Frau zu ihnen und schüttelte jedem die Hand. »Günther hat Sie versorgt. Sehr gut! In dieser Hinsicht ist er absolut zuverlässig.«

»Nur in dieser Hinsicht?«, fragte ihr Lebensgefährte empört.

»Nein, mein Liebster. Nicht nur.« Sie lächelte und setzte sich zu ihnen. »Sie müssen wissen, Günther hat ein Leben lang als Oberkellner in einem Café am Ku'damm gearbeitet. Dort haben wir uns auch vor anderthalb Jahren kennengelernt.« Sie blickte ihn versonnen an. »Mit einer solchen schicksalhaften Begegnung rechnet man in unserem Alter nicht mehr.«

»Nicht, dass Sie sich wundern«, führte Müller aus. »Ich war in meinem ehemaligen Betrieb zu Gast. Verrentet bin ich seit fast sechs Jahren.«

Die beiden Senioren wirkten herrlich erfrischend. Drosten wünschte ihnen, dass sie ihr spätes Glück viele Jahre lang genießen dürften.

Die Gastgeber unterhielten sich noch ein bisschen mit ihnen, bevor Drosten den Grund ihres Besuchs ansprach.

»Wie gestern am Telefon angekündigt, haben uns aktuelle Ermittlungen in das Heim Sonnenstrahl geführt.«

»Ach ja, die armen Kinder. Karl-Heinz hat immer versucht, ihnen ein schönes Leben zu ermöglichen. Aber sie haben darunter gelitten, nicht bei ihren richtigen Familien zu wohnen. Schlimme Sache.« Sie seufzte und trank einen Schluck Kaffee.

»Meine Frau und ich haben vor einiger Zeit ein Pflegekind aus einem Heim aufgenommen«, erzählte Drosten. Er hoffte, mit dieser Information das Eis zwischen ihnen noch mehr zu brechen. »Sie heißt Dana.«

»Wundervoll«, sagte Steegers. »Damit tun Sie ein richtig gutes Werk.«

»Was haben Sie von den Abläufen und Ereignissen im Heim Ihres verstorbenen Mannes mitbekommen?«

»Eine ganze Menge. Ich hoffe, das klingt nicht anmaßend. Aber Karl-Heinz und ich haben abends oder auch beim Frühstück über seine Arbeit geredet. Ich war bei jedem Fest dabei. Sommerfeste, Weihnachtsfeiern. Da lernt man einige Kinder näher kennen. Das Heim hat stellenweise sehr spezielle Klienten betreut.«

»Klienten?«, wunderte sich Müller. »Klingt nach einem Anwaltsbüro.«

»Die Kinder im Heim werden so genannt.«

»Erinnern Sie sich noch an Mitarbeiter Ihres Mannes?«, fragte Kraft.

»Zumindest an jene, die länger da waren. Die habe ich auch bei verschiedenen Festen kennengelernt. Und ich hab trotz meines Alters nach wie vor ein gutes Personengedächtnis.«

»Was sagt Ihnen der Name Dellbrügge?«, fragte Drosten. »Ich will Ihnen nicht verschweigen, dass Frau Dellbrügge beziehungsweise Schweiger, wie sie seit der zweiten Hochzeit hieß, ermordet worden ist.«

»Oh nein, wie schrecklich!«, stöhnte Steegers. Sie setzte die Kaffeetasse, die sie zum Mund geführt hatte, wieder ab. »Arme Tanja! Natürlich erinnere ich mich an sie. Sie war damals noch ziemlich jung. Mitte zwanzig, wenn ich mich nicht irre.«

»Sie haben wirklich ein fantastisches Gedächtnis«, lobte Drosten.

Die Witwe lächelte. »Danke. Karl-Heinz hat viel von ihr gehalten. Sie war engagiert und beliebt. Erst als ...« Steegers hielt inne und runzelte die Stirn. »Er hat mir einmal von einem anonymen Brief erzählt. Ein vermeintlich ehemaliger Heimbewohner, der allerdings seinen Namen nicht genannt hat, behauptete in dem Schreiben, Tanja würde einige der älteren Jungs sexuell missbrauchen. Ein sehr schlimmer Vorwurf.«

»Genau deswegen sind wir hier. Der Ex-Ehemann von Frau Schweiger hat einen ähnlichen Brief bekommen.«

»Das gibt's ja gar nicht. Steckte also doch etwas Wahres dahinter?«

»Wie hat Ihr verstorbener Mann darauf reagiert?«, erkundigte sich Sommer.

»Er musste als Heimleiter der Sache nachgehen und war immer ein Mensch, der eine offene Konfrontation nicht gescheut hat. Also hat er sie direkt angesprochen. Sie hat es vehement und in seinen Augen glaubhaft abgestritten. Ich erinnere mich noch gut an den Abend, als er nach Hause kam und mir von der Aussprache erzählt hat. Karl-Heinz war sehr erleichtert. Tanja und er waren übereingekommen, dass es sich dabei um einen Racheakt handeln musste. Manche der Heimkinder glauben, eine Rechnung mit den Erziehern offen zu haben. Damit war das Kapitel für ihn eigentlich beendet, obwohl mir mein Mann versichert hatte, er würde Tanja unauffällig im Auge behalten.«

»Sie sagten ›eigentlich‹. Was ist dann passiert?«

»Lassen Sie es drei oder vier Monate nach diesem Zwischenfall gewesen sein. Karl-Heinz kam nachdenklich nach Hause und erzählte mir davon, Tanja habe gekündigt und finge in einem anderen Berliner Kinderheim an. Sie hatte vorher nie Ambitionen gezeigt, sich anderweitig zu orientieren. Na ja. Da lag der Verdacht nahe, das könne etwas mit den Vorwürfen zu tun haben. Deshalb hat er auch keine Anstrengungen unternommen, sie zu halten. Herrje! Da habe ich ewig nicht dran gedacht.«

Drosten dachte nach. Tanja Schweigers Verhalten war auffällig. Im Anbetracht ihrer brutalen Ermordung hielt er einen Racheakt nicht für abwegig. Aber wer hatte sich an ihr gerächt? »Sie sprachen vorhin von sehr speziellen Klienten des Heims. Haben Sie dabei an konkrete Kinder gedacht?«, fragte er.

Steegers trank einen Schluck Kaffee. »Ich erinnere mich an einen Jungen, der hat mit zehn Jahren das erste Mal ein Auto geknackt und ist damit auf die Autobahn gebrettert. Mit zehn, können Sie sich das vorstellen? Wie viele Schutzengel muss der gehabt haben, um das unverletzt zu überstehen? Als er dann mit vierzehn einen Lkw entwendet hat und einen Unfall mit Schwerverletzten verschuldete, musste er das Heim verlassen. Karl-Heinz war von sich selbst enttäuscht, dass er ihn nicht besser unter Kontrolle gehalten hatte. Ein anderer Junge hat seinen eigenen Bruder getötet. Schlimm, oder? Die Eltern hatten den Jungen zu Hause allein gelassen, obwohl das Baby ein Schreikind war. Es gibt so traurige ...«

»Ein Schreikind?«, wiederholte Drosten. »Erzählen Sie bitte mehr.«

»Viel mehr weiß ich gar nicht. Wie alt war der Junge? Elf? Zwölf? Zumindest war er strafunmündig, als er in Karl-Heinz' Obhut kam. Sein Bruder wurde nur ein paar Monate alt. Die verantwortungslosen Eltern waren auf einer Party, und ich glaube, der Junge hat seinem Bruder ein Kissen aufs Gesicht gedrückt, um ihn zu beruhigen. So schrecklich. Aber wissen Sie, was das Schlimmste ist? Die Eltern, die ja die Hauptschuld trugen, haben den Jungen anschließend verstoßen. Ihn nicht ein einziges Mal im Heim besucht oder zu sich geholt. Nicht an Feiertagen, nicht am Geburtstag. Was macht das aus so einem kleinen Geschöpf?«

Einen Mörder, der sich an Eltern von Schreikindern rächt?, schoss es Drosten durch den Kopf. »Erinnern Sie sich an seinen Namen?«

»Nein. Die Namen der Jungen hat Karl-Heinz fast nie erwähnt. Er wollte nicht, dass ich mich bei den Begegnungen verplappere und versehentlich Interna ausplaudere. Denn eigentlich hätte er mir keine Einzelheiten erzählen dürfen. Das ist ja alles geheim. Aber natürlich müssen die Pädagogen mit jemandem reden, versteht sich von selbst. Sie sprechen ja bestimmt auch mit Ihren Partnern über die Ermittlungen. Vollkommen normal.«

»Wissen Sie zufällig noch, ob dieser Junge in der Beschäftigungszeit von Tanja Dellbrügge im Heim gelebt hat?«, fragte Drosten.

Steegers kratzte sich an der Stirn. »Ich bin mir ziemlich sicher, dass dem so war. Nicht hundertprozentig, aber doch sehr sicher.«

***

Im LKA-Präsidium informierten sie Kinkel und Brendel über ihre neuen Erkenntnisse.

»Das macht den Fall um eine Facette reicher«, sagte Brendel. »Wenn der Junge schon mit zwölf getötet hat und dann vielleicht missbraucht worden ist ... Ich mag mir nicht ausmalen, was das mit seiner Psyche angestellt hat.«

Sommer nickte. »Der Junge ist für unsere Ermittlungen mindestens so relevant wie Severin Wärter. Hier stehen verschiedene Möglichkeiten im Raum. Wärter könnte ihn gerächt oder ihn zur Rache angestiftet haben.«

»Wir könnten aber mit Wärter auch aufs komplett falsche Pferd gesetzt haben«, fuhr Kraft fort. »Ein Junge, der seinen eigenen Schreikind-Bruder getötet hat, wird für die Mordserie als Verdächtiger hochinteressant. Vielleicht hat Wärter damit gar nichts zu tun. Er könnte aus ganz anderen Gründen nicht mit uns reden wollen.«

»Wir müssen herausfinden, wie dieser Junge hieß«, sagte Drosten. »Salawski wird uns die Information nicht freiwillig geben. Dafür brauchen wir einen Gerichtsbeschluss. Reichen unsere bisherigen Erkenntnisse?«

Kinkel und Brendel schauten sich an.

»Ein Staatsanwalt schuldet uns einen Gefallen«, erklärte Brendel. »Lange Geschichte, die Sie eher langweilen würde. Ich könnte mir vorstellen, dass Matthias, so heißt der Staatsanwalt, uns den Beschluss besorgt. Auch wenn er beim Richter Überzeugungsarbeit leisten muss.«

»Würden Sie Ihren Gefallen opfern?«, fragte Sommer.

Brendel zögerte nur kurz. »Ich rufe Matthias an und stell ihm unser Anliegen vor. Falls er eine Chance sieht, den Beschluss zu erhalten, soll er sich darum kümmern.« Der Hauptkommissar griff zu seinem Handy.

22

»Das ist Matthias«, sagte Brendel zwei Stunden später, als sein Telefon klingelte. »Hi!«, begrüßte er ihn. »Ich schalte dich auf laut. Hast du gute Neuigkeiten für uns?«

»Leider nicht«, antwortete ein Mann mit markanter Stimme, die fast wie die Synchronstimme des Schauspielers Vin Diesel klang. »Bedaure. Dabei habe ich mich an einen wohlwollenden Richter gewandt. Aber ihm reichen die vorgelegten Unterlagen nicht. Die Persönlichkeitsrechte des unbekannten Jungen hat er höher eingestuft.«

»Das darf nicht wahr sein«, brummte Brendel.

»Wenn ihr mehr Futter für mich habt, probiere ich es gern noch einmal.«

»Danke! Ich melde mich bei dir.« Brendel trennte die Verbindung. »Was machen wir jetzt?«

Sommer war frustriert. Sie hatten in den letzten zwei Stunden versucht, mehr Informationen über die schrecklichen Zwischenfälle zu sammeln. Doch in den gesichteten Online-Zeitungsartikeln fand sich nichts Brauchbares. Selbst die polizeibehördlichen Datenbanken führten zu keinem Treffer. Das Ganze war womöglich nicht als Mord oder Totschlag klassifiziert worden, da der mutmaßliche Täter strafunmündig gewesen war. Auch die Sichtung von Todesanzeigen aus der damaligen Zeit hatte nichts ergeben. Ob die Eltern bewusst keine Anzeige geschaltet hatten?

»Ich fahre zu Salawski ins Heim«, schlug Sommer vor. »Er soll mir gefälligst den Namen raussuchen. Hier geht's um vier Morde.«

»Meinst du, wir haben damit Erfolg?«, zweifelte Kraft. »Salawski schien in der Hinsicht ...«

»Ich will es allein probieren. Tauchen wir zu dritt oder sogar zu fünft auf, verschanzt er sich hinter seinen bürokratischen Vorgaben. Im Vieraugengespräch ist er hoffentlich kooperativer. An ein Kind mit dieser Vergangenheit wird sich garantiert jemand erinnern. Zumindest einer der Erzieher, die schon damals im Heim gearbeitet haben. Rossmann oder Helmich.«

»Viel Glück!«, sagte Drosten.

***

Der Heimleiter Hagen Salawski zeigte sich nicht erfreut über den unangekündigten Besuch.

»Können Sie beim nächsten Mal vorher anrufen?« Er schaute auf seine Armbanduhr. »Ich bin in zehn

Minuten zu einer Telefonkonferenz mit dem Jugendamtsleiter und dem Bezirksbürgermeister verabredet.«

»Dann sollten wir nicht lange um den heißen Brei reden«, sagte Sommer.

Salawski verdrehte die Augen. »Was wollen Sie?« Erneut blickte er auf die Uhr.

Sommer fasste knapp zusammen, was sie von Rosa Steegers in Erfahrung gebracht hatten. »In Ihrem Heim hat ein Junge gelebt, der ein Schreikind als kleinen Bruder hatte. Dem er das Leben geraubt hat. Fünfzehn bis zwanzig Jahre später sterben die Mütter und Väter von Schreikindern. Eine der ermordeten Frauen hat früher hier als Erzieherin gearbeitet und angeblich männliche Heimbewohner missbraucht. Da klingeln ja wohl auch bei Ihnen als lebenserfahrener Mensch alle Alarmglocken, oder?«

Salawski schnaubte. »Sie wissen genau, dass ich erst viele Jahre später als Heimleiter angefangen habe.«

»Aber Sie haben vermutlich Unterlagen aus jener Zeit.«

»Was glauben Sie denn, was darin vermerkt ist? Dass sich ein Pop-up-Fenster öffnet mit dem Hinweis *Achtung Brudermörder*?«

»Verkaufen Sie mich nicht für dumm. Irgendwo in den Akten der Kinder befindet sich eine Notiz.«

Salawski wich seinem Blick aus, womit er unbewusst Sommers Vermutung bestätigte.

»Wir würden mit einer solchen Information sehr verschwiegen umgehen«, versprach Sommer ihm.

»Aber aufgrund Ihrer Theorien stellt Ihnen kein Richter einen Beschluss aus, sonst würden wir nicht so rumeiern.«

»Ja, leider haben Sie recht. Wir haben es versucht, und der zuständige Richter hat abgelehnt.«

»Da sehen Sie's. Trotzdem kommen Sie zu mir und verlangen Auskünfte. Das ist unverschämt! Was würde der Richter dazu sagen?«

»Es wird weitere Tote geben. Wir müssen alles in unserer Macht Stehende tun, um das zu verhindern.«

Ein erneuter Blick zur Uhr. Salawski verzog den Mund. »Ich verstehe Ihre Lage. Trotzdem kann ich Ihnen keine Einsicht in unsere Akten verschaffen.« Bevor Sommer etwas erwidern konnte, hob der Heimleiter die Hand. »Frau Helmich hat Dienst. Ich hol sie her und erlaube ihr, Ihnen die gewünschte Information zu geben. Danach müssen Sie mich entschuldigen. Das Telefonat ist wichtig für unsere Einrichtung.«

Ohne ein weiteres Wort verließ Salawski das Büro. Die Tür ließ er offen stehen. Überrascht von der unerwarteten Wendung, schaute Sommer ihm hinterher.

Es dauerte keine fünf Minuten, bis der Heimleiter mit Helmich im Schlepptau zurückkehrte. »Sie können das Nebenzimmer nutzen. Kommen Sie! Frau Helmich ist informiert. Sie erinnert sich an den Jungen, der diese schreckliche Tat begangen hat.« Salawski schritt voran und führte sie in ein kleineres Büro. »Das alles ist absolut vertraulich. Wir verstehen uns, oder?«

»Hundertprozentig«, bestätigte Sommer.

Der Heimleiter nickte, verließ den Raum und schloss die Tür hinter sich.

»Herr Salawski hat mir gesagt, weswegen Sie hergekommen sind. Sie interessieren sich für Sebastian Lang.«

»Sebastian Lang hieß der Junge?«, vergewisserte sich Sommer.

»Der Name sagt Ihnen was?«

»Ganz und gar nicht. Viktor Kümmerling hat ihn erwähnt und ihn als seinen besten Freund hier im Heim bezeichnet.«

»Das stimmt. Die beiden wurden schnell unzertrennlich. Das Jugendamt brachte Sebastian völlig verstört her. Viktor hatte vor seiner Ankunft schon bei uns gelebt. Die beiden bewohnten eher zufällig zwei nebeneinanderliegende Zimmer. Sebastian kam in unsere Obhut und war ... na ja ... verhaltensauffällig. Das war bei seiner Vergangenheit kein Wunder. Er war traumatisiert. Wir Erzieher fanden keinen Zugang zu ihm, aber Viktor durchbrach innerhalb einiger Monate seinen Schutzpanzer. So half er nicht nur dem Jungen, sondern auch uns.«

»Und Tanja Dellbrügge hat sich als Pädagogin um Sebastian gekümmert?«

»Sie gehörte zur blauen Gruppe. Wie Sebastian und Viktor. Nachdem wir endlich zu ihm vordringen konnten, war sie eine gute Stütze für ihn. Er war ein kleines Mathegenie, Tanja hat das stark gefördert. Ich erinnere mich genau, wie Sebastian eines Tages einen städtischen Mathewettbewerb gewann. Da war er vierzehn.

Das war übrigens das erste – und letzte – Mal, dass einer unserer Klienten dabei gewonnen hat.«

»Reden wir Klartext!«, forderte Sommer. »Könnte Frau Schweiger ihn missbraucht haben?«

»Ausgeschlossen. So eine Person war Tanja nicht.«

»Sie klingen so überzeugt«, stellte Sommer fest. »Woher nehmen Sie Ihre Gewissheit?«

»Ein missbrauchter Junge hätte sich uns anvertraut. Garantiert.«

»Es sei denn, sie hätte ihm gedroht, oder?«

»Wie meinen Sie das?«

»Er hat im strafunmündigen Alter seinen Bruder getötet. Daraufhin landet er im Heim, seine Eltern wenden sich von ihm ab. Nach einer schwierigen Eingewöhnungsphase findet er einen echten Freund. Außerdem erhält er Zuspruch, wird gefördert. Eine Erzieherin missbraucht ihn und warnt ihn, das jemals zu erzählen. Sie droht ihm damit, dass das schreckliche Konsequenzen hätte. Der Junge steht vor einer schweren Wahl, hat Panik und schweigt. So ist das bei missbrauchten Kindern verdammt oft. Sie schweigen. Aus Scham oder Angst. Das wäre nicht das erste Mal.«

»Selbst wenn das stimmt, Tanja hat ja irgendwann den Job gewechselt. Wieso hat sich Sebastian uns nicht spätestens dann anvertraut?«

»Vielleicht aus Scham. Oder er war froh, die Tortur durch ihren Jobwechsel hinter sich zu haben.«

»Auch wenn ich Ihnen recht geben muss, dass man ein solches Muster oft bei Missbrauchsfällen beobachtet, kann ich es mir nicht vorstellen.«

»Sie wissen nicht zufällig, was aus Sebastian geworden ist?«, fragte Sommer wenig hoffnungsvoll.

»Vielleicht habe ich da etwas für Sie.« Helmich lächelte. »Manchmal ist Berlin kleiner als ein Dorf. Für unsere jährlichen Feiern arbeiten wir mit einer Bäckerei zusammen. Dank einer Mitarbeiterin der Bäckerei habe ich nur wenige Jahre nach Sebastians Auszug erfahren, dass der Junge verdammt früh geheiratet hat. Die Bäckerei war damals nämlich auch für die Hochzeitstorte zuständig.«

»Wie alt war Sebastian bei der Eheschließung?«

»Zwanzig, höchstens einundzwanzig. Hat mich für ihn gefreut. Viele unserer Klienten haben Schwierigkeiten, einen Partner fürs Leben zu finden. Und Sebastian ... mit der Vorgeschichte. Das stelle ich mir kompliziert vor. Ach ja, er hat bei der Hochzeit den Namen seiner Frau angenommen. Hatte bestimmt auch damit zu tun, Brücken einzureißen.«

»Wissen Sie, wie er nach der Hochzeit hieß?«

»So ähnlich wie mein verstorbener Lieblingsschriftsteller. Günter ist Grass, Sebastian ist Grasser. So habe ich mir das gemerkt.« Sie schmunzelte. »Heutzutage müsste ich sagen: Günter war Grass.«

»Sebastian Grasser?«, wiederholte Sommer fassungslos.

»Klingelt's da bei Ihnen?«

»Wir haben schon zweimal miteinander gesprochen. Er ist der persönliche Assistent von Viktor Kümmerling.«

»Die beiden haben noch Kontakt und arbeiten zusammen? Das freut mich sehr.«

Sommer konnte ihre Freude nicht nachempfinden. Wieso hatten Kümmerling und Grasser die Wahrheit vor ihnen verborgen?

Auf dem Weg zum Auto kontaktierte Sommer seine Kollegen. Robert und Verena zeigten sich genauso überrascht, wie er sich fühlte. Sie alle waren Grasser auf den Leim gegangen. Aber damit war es nun vorbei.

»Wir treffen uns bei 3pub«, sagte Drosten, »und verlangen Auskünfte.«

»Bin schon unterwegs«, erwiderte Sommer.

***

Severin Wärter war direkt im ersten Hotel seiner Wahl untergekommen und hatte eine Junior-Suite gleich für eine Woche gebucht. Auf diese Weise fühlte sich das Ganze weniger nach planloser Flucht an als vielmehr wie eine Auszeit in einer stressigen Phase. Beim Frühstück hatte er sich bewusst viel Zeit genommen und im Anschluss eine zweistündige Spa-Behandlung gebucht, ehe er sich im Schwimmbad treiben ließ. Doch nach seiner Rückkehr in die Suite kreisten seine Gedanken schnell wieder um seine Probleme. Die Bullen hatten ihn auf dem Schirm.

In einem Seitenfach der Reisetasche steckte ein ausgeschaltetes Prepaid-Handy. Als seine Nervosität zu groß wurde, holte er es heraus und schaltete es ein.

Der Anschluss war nicht auf ihn registriert, sodass er ihn unbesorgt nutzen konnte. Wärter öffnete das Chatprogramm und schrieb eine Nachricht.

Wir müssen uns so schnell wie möglich treffen. Meld dich!

Er schickte die Nachricht ab und legte sich aufs Bett. Fünf Minuten später hatte er noch immer keine Antwort erhalten. Das Handy zeigte ihm nicht einmal eine Lesebestätigung an. In der nächsten Stunde änderte sich nichts an dem Bild. Ein verdammt schlechtes Zeichen, denn normalerweise war er eine schnelle Reaktion gewohnt.

Um sich nicht in einer Gedankenspirale zu verlieren, die ihn in die innere Dunkelheit führen würde, kramte er das in Leder eingebundene Buch heraus. Er blätterte zu seinen letzten Einträgen und beschäftigte sich mit den Tagesabläufen der Familie Thurm. Unter normalen Umständen hätte er sie noch mindestens zwei Tage lang observiert, aber dies waren keine normalen Umstände mehr. Hatte er trotzdem genügend Informationen zusammengetragen, um sich bald mit Ira Thurm ein paar Stunden zu amüsieren?

23

Wie schon bei ihrem ersten Besuch saß Josefine am Empfang. Als Sommer das Firmengebäude betrat, riss sie erschrocken die Augen auf. Offenbar spürte sie sofort die Grundstimmung der Polizisten, denn auch Drosten und Kraft trugen finstere Mienen zur Schau.

»Holen Sie Kümmerling und Grasser her«, forderte Sommer. »Ob die in einem Termin stecken, ist uns herzlich egal. Falls sie nicht kooperieren, schleppen wir sie ins Präsidium.«

Josefine deutete ein entrüstetes Kopfschütteln an, ließ sich jedoch nicht zu einer schnippischen Erwiderung herab.

Auf der Fahrt vom Kinderheim zur Firma war Sommers Wut eher gewachsen statt verflogen. Wie hatten die ehemaligen Heimbewohner sie bloß so dreist täuschen können? Wären Robert und Verena nicht kurz vor ihm eingetroffen, hätte er sich die beiden Männer allein vorgeknöpft.

Josefine tippte zweimal an das kabellose Headset in ihrem Ohr. »Die Polizisten aus Wiesbaden sind wieder hier.« Sie senkte ihre Stimme. »Die wirken ziemlich unentspannt.«

»Das ist noch eine wohlwollende Untertreibung«, rief Sommer. »Meine Geduld ist am Ende.«

»Danke«, sagte Josefine Sekunden später.

Sie straffte die Schultern und schaute Sommer in die Augen. »Viktor kommt gleich. Wenn Sie sich weiter so grob aufführen, alarmiere ich übrigens den Sicherheitsdienst. Mir reicht's. Zeigen Sie gefälligst ...«

Sommer trat an den Empfangstresen. Sein eisiger Blick ließ sie verstummen. Er wandte sich ab und ging zu den Fahrstühlen. Kraft und Drosten folgten ihm. Es dauerte nicht lange, bis sich einer der Aufzüge in Bewegung setzte und nach unten fuhr. Die Tür öffnete sich. In der Kabine stand lediglich Viktor Kümmerling. Er lächelte amüsiert.

»Ich erlebe Josefine selten verunsichert. Aber bei Ihrem grimmigen Gesichtsausdruck verstehe ich das sogar.«

»Lassen Sie diese aufgesetzte Lässigkeit«, entgegnete Sommer. »Wo ist Grasser?«

»Oben. Was wollen Sie von uns?«

»Sollen wir das wirklich vor Ihrer Mieze besprechen?«

»Lukas!«, zischte Drosten.

»Sorry, aber ich bin verdammt sauer.« Er trat in den Fahrstuhl.

»Führen Sie mir gerade ein Guter Bulle, böser Bulle-Schauspiel auf?«

Auch Kraft und Drosten betraten die Kabine.

»Nein«, widersprach Kraft. »Mein Kollege ist bloß ziemlich sauer, weil er sich nur ungern an der Nase herumführen lässt. Wir alle nicht.«

Der Fahrstuhl setzte sich in Bewegung. Auf dem Weg nach oben sagte Kümmerling kein Wort. Im Großraumbüro angekommen, verließ er zuerst die Kabine und ging voran.

Sommer spürte die Blicke der anwesenden Mitarbeiter. Er musste den kindischen Impuls unterdrücken, ihnen allen den Mittelfinger zu zeigen oder ihnen zu empfehlen, sich neue Jobs zu suchen.

Sowohl Kümmerlings als auch Grassers Büros waren leer.

»Wo ist Grasser?«, fragte Drosten.

»Wir haben einen schallisolierten Besprechungsraum. Den nutzen wir für sensible Besprechungen. Ich hatte den Eindruck, das würde heute passen. Deswegen wartet Sebastian dort.« Er führte sie hin. »Da sind wir.«

Grasser saß auf einer Ledercouch. Mit den Fingern strich er über den Hals einer leeren Getränkeflasche. Er schaute zu ihnen hoch, hielt dem Blickkontakt aber nicht lange stand.

»Setzen Sie sich«, sagte Kümmerling. »Was führt Sie so erregt zu uns?«

Kümmerling schloss die Tür und setzte sich neben seinen Stellvertreter. Die Polizisten nahmen ihnen gegenüber Platz. Der Glastisch zwischen ihnen wirkte wie eine Barriere, die die Streithähne voneinander trennte.

Sommer deutete mit dem Zeigefinger auf Grasser. »Sie, Herr Grasser, geborener Lang, sind unser Täter. Daran habe ich keinen Zweifel.«

»Blödsinn«, murmelte der.

»Alles passt zusammen«, sagte Sommer. »Nur deswegen haben Sie nicht zugegeben, im Heim aufgewachsen zu sein. Sie haben als 12-Jähriger Ihren Bruder getötet, allerdings unterstelle ich Ihnen dabei keine Absicht.«

»Wie nett von Ihnen.«

»Sie kommen ins Heim, lernen Freunde kennen, bauen sich ein neues Leben auf. Ihre Eltern brechen jeden Kontakt ab. Und dann passiert es. Tanja Dellbrügge missbraucht sie. Die Erzieherin droht Ihnen, um Sie einzuschüchtern. In Ihnen gären Rachefantasien. Sie wissen sich nicht anders zu helfen, als einen anonymen Brief an die Heimleitung zu schicken. Kurz darauf verschwindet Dellbrügge aus Ihrem Leben. Trotzdem können Sie das Ganze nicht verkraften. Sie verfolgen Ihren Lebensweg und erfahren von der Geburt des zweiten Kindes. Davon, dass es wie Ihr Bruder ein Schreikind ist. Anstatt wegen dieser Schicksalsfügung Genugtuung zu empfinden, triggert Sie die Nachricht. Rachefantasien brechen sich Bahn, und Sie töten Ihre Peinigerin. Der Mann ist dabei der Kollateralschaden, dem Sie wenigstens einen schnellen Tod vergönnen. Aber die Tat weckt etwas in Ihnen, und Sie müssen sie wiederholen.«

»Schwachsinn!«, brüllte Grasser. Er schlug mit der flachen Hand auf den Tisch.

Sommer und Grasser starrten sich sekundenlang an.

»Schwachsinn.« Unvermittelt sprang der Verdächtige auf. Sommer rechnete mit einem Fluchtversuch, doch der Mann trat bloß hinter die Couch, deren Rückenlehne er mit den Händen umklammerte.

»Wegen Vorurteilen, die Menschen wie Sie haben, bin ich abgestempelt. Was bleibt mir da anderes übrig, als zu lügen? Nur deswegen erzähle ich nicht, wer ich bin. Wer ich war.« Er stieß den Atem aus. »Tanja hat mich nie missbraucht. Mir wäre es da wie Viktor gegangen. Es hätte mir gefallen. Auf alten Schiffen lernt man segeln.« Er lachte spöttisch. »Sie hätte mir viel beibringen können, wodurch mir mein peinliches erstes Mal erspart geblieben wäre. Aber vor allem gären keine Rachefantasien in mir. Wollen Sie wissen, wie das damals mit mir und Anton war?«

»Erzählen Sie es uns!«

Grasser setzte sich zurück auf die Couch. Alle Energie schien ihn verlassen zu haben. Er war nicht in der Lage, aufrecht zu sitzen, sondern lümmelte wie ein Schuljunge auf dem teuren Leder.

»Anton war so anstrengend«, begann er leise. »Er hat uns wahnsinnig gemacht. Trotzdem hat meine Mutter das vernünftig hinbekommen, sich aufopfernd um ihn gekümmert. Vater hatte es da besser, er konnte fünfmal die Woche zur Arbeit flüchten. Selbst nachts hat er sie nicht unterstützt, schließlich musste er sich ja wegen des Jobs ausruhen. Und dann kam die verhängnisvolle Einladung seines Chefs, zu der er unbedingt mit meiner Mutter gehen musste. Sie organisierten eine Babysitterin, die aber wenige Stunden vor der Party aufgrund hohen Fiebers absagte. Meine Mutter fand keinen Ersatz, Vater bestand darauf, dass sie trotzdem hingingen. Er engagierte mich als Babysitter. Bezahlte mich und machte mir deutlich, dass ich sie unter keinen Umständen anrufen durfte. Die beiden verließen die Wohnung. Anton schrie, und ich bekam ihn nicht beruhigt. Das alles wäre nicht schlimm gewesen, mein Gott, es war schließlich nicht das erste Mal. Plötzlich hämmerte jemand gegen die Wohnungstür. Ich öffnete, und vor mir stand ein grobschlächtiger Nachbar, vor dem ich ohnehin schon Angst hatte. Er wollte wissen, wo meine Eltern waren. Ich erwähnte die Party. Darauf drohte er mir, die Polizei oder das Jugendamt einzuschalten. Man würde Anton und mich ins Heim bringen. Ich war verzweifelt, und Sie können sich nicht vorstellen, wie oft ich mir seitdem gewünscht habe, ich hätte Mutter angerufen. Leider unterließ ich es aus Angst vor der Reaktion meines Vaters. Stattdessen legte ich ein Kissen auf Antons Gesicht. Es dämpfte die Schreie. Ich drückte fester ...« Seine Stimme brach, und Tränen traten ihm in die Augen, die er wegwischte. »Nach den ganzen Jahren träume ich noch immer davon.« Grasser war kaum zu verstehen. »Alle gaben mir die Schuld. Niemand sprach über den Nachbarn oder wie unverantwortlich meine

Eltern gehandelt haben. Und die schaffen es, den Vorgängen die Krone aufzusetzen. Sie wenden sich von mir ab, verstoßen mich. Verdammte Arschlöcher!«

»Also hatten Sie gleich zwei Motive für den Mord am Ehepaar Schweiger«, sagte Sommer. »Rache wegen des Missbrauchs und Stellvertreteropfer. Sie wollten sich an Eltern von Schreikindern rächen, weil Ihre Eltern für Sie nicht greifbar waren.«

»Meine Alten sind seit vielen Jahren tot. Mein Vater hat einen Herzinfarkt bekommen. Mutter starb kurz darauf an Krebs. Beerdigt sind sie in Luxemburg. Ich war nicht ein einziges Mal an ihrem Grab. Rache an den Eltern? Das hat das Schicksal ganz allein hinbekommen. Ich habe außer Anton niemanden getötet. Glauben Sie es oder nicht. Als Quasi-Waise lande ich im Heim und treffe dort Viktor. Er bietet mir seine bedingungslose Freundschaft an. Ich habe andere Freunde im Laufe der Jahre gefunden und Rückhalt erlebt.« Ohne Vorwarnung schlug er erneut auf den Tisch. »Ich bin normal!«, schrie er. »Kein kranker Mörder!«

»Beruhigen Sie sich«, sagte Kraft.

»Dann soll er aufhören, mich so anzusehen.« Grasser deutete zu Sommer. »Ich schaffe das Abi mit einer Eins vor dem Komma. Beginne mit einem Mathematikstudium. Im vierten Semester kommt Viktor auf mich zu. Wir hatten schon während der Heimjahre von unserer eigenen Firma geträumt. Er hat es durchgezogen und mich ins Boot geholt. Tja, und ob Sie es glauben oder nicht: Wir haben Erfolg. Zwei Heimkinder, die mittlerweile jedes Jahr siebenstellig verdienen.«

»Was ich Sebastian verdanke«, sagte Kümmerling. »Er ist nämlich ein absolutes Genie. Ein Mathe-Ass. Er erkennt Muster, wenn andere nur Zahlensalat sehen.«

»Ach, komm. Du bist genauso gut.«

»Nein, mein Freund. Niemand ist so gut wie du.«

Grasser lächelte und wischte sich noch einmal über die Augen. »In Ihrer schönen Theorie übersehen Sie sowieso den wichtigsten Punkt, Hauptkommissar Sommer. Nachdem Sie im Restaurant Viktor nach Alibis gefragt haben, war ich neugierig und habe meinen eigenen Kalender gecheckt. Für die beiden Morde in Cottbus habe ich leider kein Alibi. Dumm, aber nicht zu ändern. Für die Taten in Berlin kann ich jedoch nicht verantwortlich sein.«

»Was haben Sie zu der Zeit gemacht?«, fragte Drosten.

»Ich habe eine anderthalbstündige Massage in Anspruch genommen. Den Luxus gönne ich mir regelmäßig, immer in meinem Stammstudio.«

»Wie heißt es?«, erkundigte sich Drosten.

Grasser nannte den Namen. Kraft tippte die Information in ihren Handybrowser ein und fragte den Mann, ob die Suchmaschine das richtige Ergebnis auswarf.

»Ja«, bestätigte der.

Sie stand auf. »Ich lasse mir das vor Ort bestätigen. Ihr sorgt dafür, dass die beiden Freunde beschäftigt sind.«

»Mach das!«, sagte Drosten.

***

Das Massagestudio befand sich in einem mehrgeschossigen Wohnhaus. Der Name des Studios stand auf den Klingelschildern in der untersten Reihe. Kraft drückte die Klingel.

»Guten Morgen«, erklang kurz darauf eine männliche Stimme.

»Hauptkommissarin Kraft. Öffnen Sie mir bitte.«

»Selbstverständlich. Sie müssen ins Souterrain.«

Der Türöffner ertönte. Sie lehnte sich gegen die schwergängige Tür und drückte sie auf. Im Inneren des Hausflurs war ein Werbeschild des Massagestudios angebracht. Im Souterrain erwartete sie ein grauhaariger, schlanker Mann. Er trug ein weißes Hemd, weiße Hose und Flip-Flops. Das lange Haar hatte er zu einem Zopf zusammengebunden.

»Willkommen«, sagte er freundlich lächelnd. »Sind Sie dienstlich hier, oder braucht auch eine Hauptkommissarin ein bisschen Entspannung?«

In seiner Stimme schwang ein Hauch von Belustigung mit. Kraft fand ihn auf Anhieb sympathisch.

»Entspannung könnte ich jeden Tag gebrauchen, aber leider führen mich Ermittlungen zu Ihnen.«

»Kommen Sie herein!«

Er ging durch eine schmale Diele voran. Sie bogen um eine Ecke und landeten in einem Aufenthaltsbereich, in dem vier Rattanstühle um einen Tisch gruppiert waren. Auf dem Tisch stand eine Karaffe Wasser, in der Gurkenscheiben lagen.

»Was kann ich für Sie tun?«

»Sie müssen für mich ein Alibi bestätigen. Es geht um Sebastian Grasser. Er sagt, er sei ...«

»Sebastian ist ein gern gesehener Stammkunde. Um welchen Tag dreht es sich?«

Kraft nannte ihm das Datum. Der Mann wandte sich einem großen, aufgeschlagenen Notizbuch zu und blätterte einige Seiten zurück.

»Ja«, sagte er schließlich. »Sebastian war hier.«

Kraft schaute ihm über die Schulter. »Hätten Sie den Termin durchgestrichen, wenn er kurzfristig abgesagt hätte?«

»Natürlich.«

»Wie bezahlt Herr Grasser?«

»Immer mit EC-Karte«, antwortete der Mann. »Falls Sie eine Kopie des Belegs benötigen, muss ich Ihren Wunsch an meinen Steuerberater weiterleiten. Wäre aber grundsätzlich kein Problem. Ich helfe Sebastian gern.«

Mit dem Beleg ließe sich die Uhrzeit der Zahlung nachvollziehen. Für den Mord in Berlin war Grasser ganz offensichtlich aus dem Schneider.

24

Drostens Handy klingelte. Das Display zeigte Verenas Nummer.

»Was hast du herausgefunden?«, fragte er.

»Das Alibi ist bestätigt. Der Inhaber des Studios hat mir den Terminkalender gezeigt und ist bereit, über den Steuerberater den Zahlungsbeleg herauszusuchen. Grasser bezahlt immer mit EC-Karte. Kann er es trotzdem gewesen sein? Der Termin begann um zehn Uhr und endete um halb zwölf. Ich hab mich mit dem Inhaber nett unterhalten. Nach solchen Terminen sitzen die beiden noch mindestens fünfzehn Minuten zusammen und plaudern. Der Kunde bekommt frisches Obst und einen Fruchtsaft nach Wahl. Der Weg vom Studio zum Tatort würde über eine halbe Stunde dauern.«

»Das kommt zeitlich dann nicht hin«, rekapitulierte Drosten. »Danke.«

»Ich fahre direkt ins Präsidium. Treffen wir uns dort.«

»Bis später.«

Drosten beendete das Telefonat und musterte Grasser. Der verzichtete auf jegliche triumphale Gesten. Er schaute starr zu Boden und sagte kein Ton.

»Los!«, forderte Sommer ihn auf. »Wo bleibt Ihr ›Ich hab's Ihnen doch gesagt‹.«

»Lecken Sie mich!«

Kümmerling legte ihm die Hand auf den Oberschenkel. »Er hat's Ihnen doch gesagt. War's das für Sie? Dann würden wir gerne ungestört weiterarbeiten.«

»Ganz im Gegenteil«, entgegnete Drosten. »Wir fangen gerade erst an.«

»Was denn noch?«, fragte Kümmerling genervt.

»Haben Sie die Morde begangen, Herr Kümmerling, um sich im Namen Ihres besten Freundes zu rächen? Oder waren Sie vielleicht sogar das Missbrauchsopfer?« Sommer sah ihn herausfordernd an.

Der Firmenchef reagierte mit einem müden Lächeln. »Herr Hauptkommissar! Entwickeln Sie jeden Tag so abstruse Theorien? Wie ich schon beim letzten Mal sagte, hätte ich das nicht als Missbrauch empfunden. Tanja war heiß, verstehen Sie das nicht? Sie hätte mir damit einen Gefallen getan.«

»Blödsinn!«, widersprach Sommer. »Kein Missbrauchsopfer dieser Welt freut sich über erzwungenen Sex. Hören Sie auf, das zu bagatellisieren. Als wäre das alles nur halb so schlimm, wenn der Täter eine Frau und das Opfer ein pubertierender Junge ist.«

Kümmerling öffnete den Mund, überlegte es sich jedoch anders. Nachdenklich strich er sich über die Bartstoppeln. »Sie haben recht. Entschuldigen Sie meine Flapsigkeit. Keine Ahnung, wie ich das gefunden hätte. Aber ich versichere Ihnen, Tanja hat mich weder missbraucht, noch habe ich das bei jemand anderem mitbekommen. Schon gar nicht bei meinem besten Freund. Ich hab mir übrigens Gedanken gemacht. Wegen des fehlenden Alibis. Ich kann Ihnen zwar keinen Menschen als Alibigeber präsentieren, aber dafür die im Regelfall zuverlässigere Technik.«

»Was meinen Sie genau?«, fragte Drosten.

»Mein hauseigener Router erstellt jedes Mal, wenn sich jemand ins Heimnetzwerk einbucht oder abmeldet, ein Protokoll. Verlasse ich die Wohnung zusammen mit meinem Handy, registriert das System den Verbindungsabbruch und speichert das. Gegen den entsprechenden Gerichtsbeschluss bin ich bereit, Ihnen die Daten zur Verfügung zu stellen.«

»Danke. Wir verzichten«, sagte Sommer prompt.

»Wieso das?«, fragte Kümmerling.

»Weil ein solches Protokoll nicht Ihre Unschuld beweist. Es zeigt lediglich an, wann Ihr Handy in Ihrem Heimnetzwerk eingebucht war. Nicht, wann Sie da waren. Es sei denn, Sie haben einen Chip unter der Haut implantiert, der Kontakt zu Ihrem Netzwerk aufbaut.«

Kümmerling wirkte im ersten Moment überrumpelt, bevor er lachte. »Sie haben recht. Daran habe ich gar nicht gedacht. Da ich mein Handy immer bei mir habe, ist das zwar fast wie ein Implantat, aber vermutlich nicht das, was Ihnen vorschwebt. Schade. Dann kann ich Ihnen nicht helfen.«

***

Im Auto redeten die beiden Hauptkommissare über die Aussagen der ehemaligen Heimkinder.

»Was hältst du von Kümmerlings Angebot?«, fragte Drosten.

»Er schien ernsthaft zu glauben, das würde ihn entlasten. Eigentlich ein Wunder. Immerhin ist er ein Technikfreak. Aber ich würde ihm glatt abnehmen, dass er sein Handy immer dabeihat.«

»Ich auch«, bestätigte Drosten. »Auf mich wirkt er nicht verdächtig.«

»Und Grasser?«

»Er käme als Täter bloß noch infrage, falls die Morde in Cottbus und Berlin von unterschiedlichen Männern verübt worden sind. Spricht etwas für diese Theorie?«

»Der Ablauf war sehr ähnlich. Zwei Schüsse in die Brust. Eine brutale Vergewaltigung. Brandverletzungen. Dieselbe Art, anschließend Spuren zu vernichten. Die Täter müssten sich verdammt gut abgesprochen haben, um sich gegenseitig so zu kopieren. Du denkst an Wärter als zweiten Beteiligten?«

»Klar.«

»Dann stört mich etwas anderes. Wenn sich Grasser und Wärter auf diese Weise zusammengeschlossen hätten, wäre Wärter nicht abgehauen. So wie Grasser ein Alibi für Berlin hatte, hätte sich Wärter ein Alibi für Cottbus besorgt.«

»Stimmt«, sagte Drosten. »Also fällt Grasser als Verdächtiger in deinen Augen raus?«

»Vermutlich schon.«

»Wir müssen Wärter finden. Bevor es zu weiteren Morden kommt.«

***

Im Polizeipräsidium hatte Kinkel gute Neuigkeiten für sie.

»Den Namen Grasser gibt es zum Glück nicht allzu häufig. Wir haben die Ex-Ehefrau aufgetrieben und schon telefonisch kontaktiert. Tatjana Grasser. Sie ist bereit, uns heute Abend zu treffen, um über Ihre Ehe mit Sebastian Auskunft zu geben.«

»Sehr gut!«, freute sich Drosten. »War sie wegen der Anfrage überrascht?«

»Am Telefon hat sie sich nichts anmerken lassen.«

»Hatten Sie Kontakt zu ihr?«

Kinkel nickte.

»Dann schlage ich vor, dass Sie auch die Befragung vornehmen. Allerdings würde ich Sie bitten, Kraft mitzunehmen. Vielleicht ist das sogar eine vielversprechende Kombination. Unter Frauen redet es sich manchmal ja leichter.«

***

Ira Thurm holte die Frischhaltedose mit den beiden Käsesorten aus dem Kühlschrank. Sie stellte die Dose zu dem Holzbrett, auf dem bereits ein paar Cornichons, Salami und Schinken lagen. Nun fehlte bloß noch die Honigmelone, die sie am Nachmittag zurechtgeschnitten hatte.

Ihr Mann Michael gesellte sich zu ihr in die Küche. »Das sieht super aus«, lobte er. »Dazu ein leckeres Schwarzbier, und das Abendessen ist perfekt.«

»Du findest immer einen Grund für deinen Alkoholkonsum«, sagte Ira augenrollend.

»Mein Vater meinte früher, Bier sei kein Alkohol, sondern ein Grundnahrungsmittel.«

»Dein Vater ist mit siebenundfünfzig an Krebs gestorben.«

»Mit mehr Bier wäre ihm das nicht passiert.« Er nahm eine Flasche und öffnete den Verschluss. »Soll ich was rübertragen?«

»Das wäre liebreizend.« Sie gab ihm einen spöttischen Luftkuss.

Michael trat zu ihr und küsste ihren Haarschopf. »Du wirkst heute entspannter als in den letzten Wochen.«

»Mein Tag mit Henry war sehr angenehm. Seit der erste Zahn gestern durchgebrochen ist, geht es ihm viel besser. Ich will's nicht beschwören, aber vielleicht steht uns sogar eine ruhige Nacht bevor.«

»Das wäre ein Traum.«

Michael nahm die Holzplatte und brachte sie zusammen mit dem Bier ins Wohnzimmer. Ira folgte ihm. Sie stellte den Käse, die Honigmelone und eine Flasche Orangensaft auf den Esstisch.

»Ich schau eben nach Henry und hole Paul.«

Sie ging in das Zimmer des fünf Monate alten Babys. Henry lag unter seinem Mobile. Er war wach und zufrieden. Vermutlich würde er innerhalb der nächsten dreißig Minuten Hunger bekommen und sich melden. Bis dahin durfte er sich ruhig allein beschäftigen. Die letzten Wochen waren anstrengend genug gewesen.

Leise zog sie sich wieder zurück und betrat Pauls Zimmer. Wie sein kleiner Bruder lag der 12-Jährige auf dem Bett. Allerdings betrachtete er kein Mobile, sondern blätterte in einem Buch. Der Inhalt fesselte ihn offenbar, denn er sah nicht zu ihr hoch.

»Hallo, Mama«, sagte er lediglich.

»Das Abendessen ist fertig. Lass das Buch hier, und komm zu deinen Eltern.«

»Nur noch das Kapitel. Zwei Seiten. Was ist mit Henry?«

»Dein Bruder kann ruhig in seinem Zimmer bleiben.«

Ira ging ins Wohnzimmer und setzte sich zu ihrem Mann.

»Beide Kinder sind beschäftigt«, sagte sie. »Herrlich!«

»In zwanzig Jahren sehnen wir uns nach ihnen zurück«, erwiderte Michael.

Er griff zu einer Scheibe Brot, schmierte Butter darauf und belegte sie mit Käse und zwei halbierten Cornichons. Ira entschied sich für Honigmelone und

Schinken. Im Gegensatz zu ihrem Mann verzichtete sie abends grundsätzlich immer auf Brot.

Paul schlurfte ins Zimmer.

»Füße hoch!«, ermahnte Michael seinen Sohn.

»Ich kann nicht«, erwiderte Paul mit schleppender Stimme. »Das ist so anstrengend.« Er nahm Platz und griff zur Orangensaftflasche. »Hey, gute Neuigkeiten. Hab ich euch noch gar nicht erzählt.« Er schüttete sich den Saft in sein Lieblingsglas. Bevor er weiterredete, trank er einen Schluck. »Frau Speckmeyer war heute krank.«

»Sie heißt Steckmeyer«, korrigierte seine Mutter ihn. »Das ist nicht witzig. Stell dir vor, dir rutscht das versehentlich im Unterricht heraus.«

»Passiert schon nicht. Also, wenn die nicht über Nacht gesund wird, Gott möge das verhindern, fallen morgen die letzten zwei Stunden aus. Darauf ein Bäuerchen.« Der Junge rülpste.

»Paul!«, ermahnte ihn sein Vater. »Benimm dich.«

»Bei Henry freut ihr euch immer.«

»Sehr witzig!«

Wie auf Kommando hörten sie im Babyphone das einsetzende Nörgeln des Kleinkinds. Offensichtlich bekam er etwas früher als sonst Hunger.

Ira wickelte den Schinken um die Honigmelone und biss genüsslich ein Stück ab.

»Soll ich ihn holen?«, fragte Michael.

»Das wäre reizend.«

Michael verließ den Raum. Ira wartete, bis er außer Hörweite war.

»Ist Frau Steckmeyer wirklich krank?«, erkundigte sie sich leise. »Oder willst du schwänzen?«

»Mama!«, erwiderte Paul. »Was du mir immer unterstellst. Ich hab schon ewig nicht mehr geschwänzt.«

»Dabei sollte es besser bleiben«, ermahnte sie ihn.

25

Tatjana Grasser lebte in einem Zweifamilienhaus in der oberen Etage. Im Hausflur hingen mehrere gerahmte Schwarz-Weiß-Fotografien, die Touristenattraktionen Berlins zeigten. Das Brandenburger Tor, die Reichstagskuppel, die Siegessäule und den Fernsehturm. Die Frau erwartete sie an ihrer Wohnungstür. Kinkel und Kraft stellten sich vor.

»Zwei Frauen, wie angenehm«, sagte Grasser. »Kommen Sie rein!«

Sie führte die Polizistinnen in ihre geräumige Wohnküche. Auch im Flur der Wohnung hingen Fotografien, allerdings zeigten sie europäische Wahrzeichen. Unter anderem den Eiffelturm und Big Ben.

»Setzen Sie sich!«, bat Grasser. »Trinken Sie Tee? Ich habe einen fantastischen Earl Grey aufgesetzt.« Sie deutete zum Esstisch, auf dem bereits eine Teekanne stand.

Kinkel und Kraft nahmen das Angebot an. Grasser holte drei kleine Tassen aus einem Highboard und füllte sie zur Hälfte mit Tee.

»Ich trinke ihn ohne Zucker, könnte Ihnen aber welchen anbieten.«

»Für mich nicht«, sagte Kraft.

Auch Kinkel lehnte ab. »Danke, dass Sie uns so kurzfristig empfangen.«

»Habe ich das am Telefon richtig verstanden? Sie ermitteln gegen meinen Ex-Mann?«

»Sein Name ist in einer Mordermittlung aufgetaucht. Obwohl er teilweise für die Mordzeiten Alibis hat, könnte er in die Tatvorgänge verstrickt sein«, erklärte Kraft.

Grasser nippte am Tee. Sie wirkte nachdenklich. »Eins müssen Sie mir zusichern«, sagte sie. »Ich bin nur bei absoluter Ehrlichkeit auf beiden Seiten bereit, dieses Gespräch mit Ihnen zu führen. Denn manches von dem, was ich mitzuteilen habe, ist mir unangenehm. Sind Sie damit einverstanden? Oder verschanzen Sie sich hinter bürokratischen Regeln, um mir Auskünfte vorzuenthalten?«

Kinkel und Kraft schauten sich an. Die Aussage der Frau ließ auf tiefgehende Informationen schließen. Kinkel nickte zustimmend.

»Einverstanden«, sagte Kraft. »Aber dann muss ich Sie warnen. Wir reden über sehr brutale Morde. Ich hoffe, Sie sind nicht zartbesaitet.«

»Keine Sorge«, erwiderte die Frau.

Kraft und Kinkel benötigten zehn Minuten, um der Ex-Ehefrau einen Überblick zu verschaffen. Im Laufe des Gesprächs erbleichte Tatjana Grasser sichtlich.

»Die Frauen sind brutal vergewaltigt worden?«

»Sehr brutal«, bestätigte Kraft. »Die Rechtsmediziner haben Fesselspuren an den Handgelenken nachgewiesen. Die Verletzungen im Genitalbereich waren stark. Auch der Anus war betroffen. Außerdem hat ihnen der Mörder Brandverletzungen zugefügt, vermutlich mit einem Feuerzeug.«

Grasser wich den Blicken ihrer Gäste aus. »Falls Sebastian etwas damit zu tun hat, würde es mich nicht wundern«, sagte sie leise.

»Wieso nicht?«, fragte Kinkel.

»Ich komme später darauf zurück. Versprochen. Dann verstehen Sie es. Aber um das alles in einem Gesamtkontext einzubetten, brauchen Sie Einzelheiten. Haben Sie Zeit mitgebracht? Ich erzähle Ihnen gern die ganze Geschichte meines Fehlers. Denn nichts anderes war unsere Ehe. Der naive Fehler einer fast noch jugendlichen Frau.«

Sie schenkte Tee nach, bevor sie mit der Reise in die Vergangenheit begann.

»Ist es nicht verrückt, wenn man sich auch nach zehn Jahren an das Datum des Kennenlernens erinnert? Bei uns war es der 7. Juli 2010. Ich weiß das deswegen so genau, weil das der Geburtstag meiner damals besten Freundin Sofia war. An diesem Abend gingen wir, das heißt Sofia, Lara und ich aus. Ein

Mädchenabend zu Sofias Ehren. Wir landeten in einer Cocktailbar am letzten freien Tisch.«

»Wie alt waren Sie?«, fragte Kraft.

»Neunzehn. Viel zu jung für das, was folgen sollte. Na ja. An unserem Nachbartisch saßen drei Männer. Die kriegten rasch mit, dass wir Sofias Geburtstag feierten, und einer von denen, Sebastians bester Freund Viktor, war spendierfreudig. Er gab eine Runde Cocktails aus, wodurch das Eis zwischen uns sofort brach. Wir schoben die Tische aneinander. Ich fand Sebastian von Anfang an interessant – und er offenbar mich. Wir quatschten den ganzen Abend miteinander. Es stellte sich heraus, dass wir einen ähnlichen Film- und Musikgeschmack teilten. Am Ende einer sehr feucht-fröhlichen Runde tauschten wir die Handynummern aus. Noch in derselben Nacht schrieb er mir die erste Nachricht, wie gut ihm unser Gespräch gefallen hätte. Ich antwortete am nächsten Morgen, dass es mir ebenfalls gefallen habe. Darauf fragte er mich, was ich davon halten würde, mal mit ihm ins Kino zu gehen. Gesagt, getan. Zwei Abende nach unserem Kennenlernen waren wir schon wieder verabredet. Diesmal zu zweit. Der Film war unterhaltsam, aber noch viel besser war es, wie gut wir uns vor und nach dem Film verstanden. Danach sahen wir uns regelmäßig, mindestens einmal pro Woche. Allerdings blieb er so reserviert, dass aus uns kein Paar wurde. Anfang Oktober war ich seine Zurückhaltung, die ich zunächst echt süß fand, leid und machte den ersten Schritt. So kamen wir zusammen. Er erklärte seine Schüchternheit mit den Erfahrungen als Heimkind. Dieses Kapitel seiner Vergangenheit hat er nie verschwiegen oder ausgeklammert. Obwohl man ihm schnell angemerkt hat, wie sehr ihn seine Herkunft belastet hat.«

»Den Grund für den Heimaufenthalt hat er auch genannt?«, fragte Kraft.

»Ja, schreckliche Geschichte. Ich meine, wie krass ist das ... Sein kleiner Bruder stirbt am plötzlichen Kindstod, und seine Eltern zerbrechen psychisch daran. Heftig, oder?«

Kraft setzte ihr bestes Pokergesicht auf. »Eine Tragödie.« Grasser hatte seiner Ehefrau also nie die Wahrheit gebeichtet. Aus Scham? Oder gab es andere Gründe dafür?

»Sebastian blieb aber auch während unserer Beziehung sehr zurückhaltend. Das erste Mal hatten wir rund vier Wochen nach dem ersten Kuss Sex. Für einen jungen Mann total ungewöhnlich. Er war keine Jungfrau, hatte jedoch nicht viel Erfahrung. Angeblich hatte er vor mir mit zwei Freundinnen Sex gehabt. Ich hab sie beide nie kennengelernt und war mir ehrlich gesagt unsicher, ob er die Anzahl aus Imagegründen verdoppelt hat. Bei unserer Premiere war er hochgradig nervös, und der Sex war ... so lala. Im Lauf unserer vorehelichen Beziehung wurde das ein bisschen besser, trotzdem war er leider kein guter Liebhaber. Nicht, dass Sie mich falsch verstehen. Wir hatten eine harmonische Partnerschaft. Er hat versucht, mir jeden Wunsch von den Lippen abzulesen. Manchmal hat er zu sehr geklammert. Wenn ich zum Beispiel etwas allein mit Sofia oder Lara unternehmen wollte, hatte er Angst, ich könnte einen anderen Mann kennenlernen. Das lag wahrscheinlich an seiner Heimerfahrung. Zumindest habe ich mir das immer so erklärt.« Sie trank einen Schluck Tee. »Im Sommer 2011 hat er mich dann total überrascht. Obwohl wir noch nie übers Heiraten gesprochen hatten, machte er mir einen Antrag. Ich war völlig überrumpelt, fand es aber auch echt romantisch, und sagte dummerweise ›Ja‹.« Sie schüttelte den Kopf, als könne sie ihre eigene Unvernunft nicht nachvollziehen. »Wir heirateten im ganz kleinen Kreis. Sechzehn Leute. Er hatte nur Viktor und einen Freund eingeladen. Ich meine Familie und die besten Freundinnen. Alle waren davon beeindruckt, dass Sebastian meinen Namen annahm. Das kam uns so emanzipiert vor. Es war eine schöne standesamtliche Trauung, und die Flitterwochen verbrachten wir in Amerika. Sebastian hatte zwischenzeitlich sein Mathematikstudium abgebrochen und eine Anstellung angenommen, die recht gut bezahlt war. Ich studierte damals noch Literaturwissenschaft. Hätte ich mir genau wie meine Ehe sparen können.« Sie lächelte, strahlte jedoch Verbitterung aus. »In den Monaten nach der Hochzeit traten erste Differenzen auf. Ich hatte einen Kinderwunsch, Sebastian wollte unter keinen Umständen Kinder in die Welt setzen. So naiv das klingt, aber wir hatten vor der Hochzeit nie darüber gesprochen. Ich war wie selbstverständlich davon ausgegangen, dass ein Mann, der so früh den Bund der Ehe eingeht, auch Nachwuchs haben will. Er hingegen sagte, er würde bei einem Baby immer an seinen Bruder denken müssen. Die Angst wäre für ihn unerträglich. Trotzdem hatte ich damals noch gehofft, dass er seine Meinung ändern würde. Wir waren so jung, und unser ganzes Leben schien noch vor uns zu liegen. Ein paar Monate nach der Hochzeit brach ich mein Studium ab und landete als Kundenbetreuerin in einem Callcenter. Da arbeite ich übrigens noch immer, mittlerweile zum Glück als Teamleiterin. Finanziell kamen wir über die Runden. Wir hatten eine bezahlbare Dreizimmerwohnung und konnten für seinen großen Traum sparen.«

»Welcher Traum war das?«

»Die 3pub GmbH. Wissen Sie, wie die Firma zu ihrem Namen kam?«

»Keine Ahnung«, antwortete Kraft.

»Den Entschluss, dass der richtige Zeitpunkt für die Gründung gekommen war, haben die drei Freunde in einem Pub getroffen. Deswegen 3pub.« Sie lächelte.

»Drei Freunde?«, wunderte sich Kinkel. »Ihr damaliger Ehemann Sebastian, Viktor Kümmerling und wer noch?«

»Severin Wärter.«

»Wärter ist Mitinhaber?«, fragte Kraft überrumpelt. Das hatten ihre Recherchen über die Firma nicht zutage gefördert.

»Nein«, erwiderte Grasser. »Aber er hat ihnen Startkapital zur Verfügung gestellt. Dafür hat er in den ersten Jahren eine Gewinnbeteiligung erhalten und sich das Anrecht erworben, jeweils in die lukrativsten Fonds investieren zu dürfen.«

Wieso hatte Kümmerling das verschwiegen, als sie über den Zivi gesprochen hatten? Warum hatte er so getan, als hätten sie seit Jahren keinen Kontakt mehr zueinander? Kraft würde ihm deswegen auf den Zahn fühlen müssen.

»Sie sprachen davon, dass Sebastian bloß seine beiden engsten Freunde zur Hochzeit eingeladen hatte. Kümmerling und Wärter?«

»Genau. Ich habe mit den beiden vor und während der Ehe viel Zeit verbracht.« Sie seufzte. »Nach der Ehe habe ich keinen von ihnen je wiedergesehen. Wahrscheinlich war ich in ihren Augen schuld an der Scheidung.«

»Wann haben Sie sich getrennt?«, fragte Kinkel.

»2014. Drei Jahre, einen Monat und vier Tage nach der Standesamttrauung ist die Ehe geschieden worden. Ein sehr trauriger Moment in meinem Leben. Ein Scheitern.«

»Wieso ist Ihre Verbindung gescheitert?«, wollte Kraft wissen.

»Mit jedem Jahr wuchs mein Kinderwunsch, aber Sebastian war in dieser Hinsicht unnachgiebig. Er zeigte keinerlei Kompromissbereitschaft, noch nicht einmal mit einem leeren Versprechen, dass man mal in ein paar Jahren weiterschauen könnte. So wie sich viele Männer aus der Affäre ziehen. Das hätte mir ja für den Anfang gereicht. Für ihn war es aber wie ein unumstößliches Gesetz. Er wollte unter keinen Umständen Vater werden. Hinzu kam, dass es um unser Sexleben auch nicht gut bestellt war.«

»Vorhin klangen Sie nicht überrascht, als wir Ihren Ex-Mann in zwei brutalen Vergewaltigungsfällen verdächtigen«, sagte Kraft.

Grasser wirkte betrübt. »Sebastian konnte ganz häufig nicht. Er hatte massive Erektionsprobleme, wollte aber zu keinem Arzt, um sich helfen zu lassen. An Abenden, wenn es wieder einmal nicht geklappt hatte, war er richtig aggressiv. Er gab quasi mir die Schuld. Am besten funktionierte es bei ihm, sobald er eine gewisse Menge Alkohol getrunken hatte. Genug, um entspannt zu sein, jedoch nicht zu viel, da ihn das schläfrig machte. Das war oft ein schmaler Grat. Eines Abends fragte er mich, ob er mir die Augen verbinden und die Hände fesseln dürfte. Er präsentierte mir die Handschellen und Augenbinde, die er zu dem Zweck gekauft hatte. Ich war zwar nicht angetan von der Idee, ließ mich aber überreden. Er fesselte mich an unser Bett und legte los. So hart war ich von ihm bis zu diesem Zeitpunkt noch nie ... Sie wissen schon ... gefickt worden. Das hatte nichts mit *Liebemachen* zu tun. Er fiel animalisch über mich her. Die Vorstellung, dass ich ihn weder sehen noch meine Hände bewegen konnte, schien ihn sehr zu erregen. Nach diesem ersten Mal wollte er immer wieder auf diese Weise Sex mit mir haben. Mir gefiel das allerdings gar nicht. Diese Diskrepanz in unseren Vorlieben war am Ende ein Beschleuniger für die Trennung.«

»Wer hat sie angestoßen?«, fragte Kinkel.

»Ich habe mich von ihm getrennt und die Scheidung eingereicht. Er war aber einverstanden damit, dass wir falsche Angaben machten und so taten, als würden wir schon länger nicht mehr zusammenwohnen. Viktor hat sich um die Formalitäten gekümmert und behauptet, Sebastian wäre Monate zuvor zu ihm gezogen. Na ja, kaum waren wir geschieden, startete 3pub durch. Da Sebastian in den Ehejahren auch einen Teil meines Gehalts für die Gründung genutzt hatte, zeigte er sich erkenntlich. Er zahlte mir nach dem ersten richtig erfolgreichen Jahr einen dicken Bonus, und im zweiten Jahr schoss er eine niedrige fünfstellige Summe nach. Von den beiden Zahlungen habe ich mir dann diese Wohnung hier gegönnt. War nicht die dümmste Idee, wenn man bedenkt, dass die Mieten in Berlin ständig steigen.«

26

Mittwochmorgen setzten sich die Wiesbadener und Berliner Polizisten zusammen. Kraft und Kinkel gaben ihre Eindrücke des Gesprächs mit Tatjana Grasser ausführlich wieder.

»Jetzt wissen wir endgültig, wie Wärter sein Leben mit einfachen Teilzeitjobs finanziert. Wenn schon die Ex-Ehefrau eines Beteiligten mit den Bonuszahlungen eine Eigentumswohnung finanzieren konnte ...«, begann Drosten

»... hat ein Financier bestimmt besonders dick abgeräumt«, führte Sommer den Gedanken zu Ende. »Gewinnbeteiligung und die zugesicherte Gelegenheit, in die attraktivsten Fonds zu investieren. Das wird sich für ihn rentieren.«

»Sprechen wir die Möglichkeiten durch«, schlug Brendel vor. »Beginnen wir mit Kümmerling. Sieht ihn jemand als Verdächtigen? Immerhin kann er uns kein Alibi nennen.«

»Das stimmt«, bestätigte Kraft. »Trotzdem halte ich ihn für unschuldig. Vermutlich war Grasser der Junge, der im Heim missbraucht wurde. Somit fällt der Missbrauch als Motiv für Kümmerling weg. Er hat in seiner Vergangenheit keine Erfahrungen mit Schreikindern gehabt. Die Gründung der Firma war sein Lebenstraum. Ich sehe keine Beweggründe für die brutalen Morde. Wäre nur Schweiger gestorben, sähe das anders aus. Aber als Serienmörder taugt er nicht.«

Drosten stimmte ihr zu. »Trotzdem muss er uns noch einmal Rede und Antwort stehen. Er hat uns absichtlich Fehlinformationen gegeben oder wichtige Details verschwiegen. Ich lasse ihn nicht so einfach davonkommen.«

»Also bleiben Wärter und Grasser in unserem Fokus«, sagte Sommer. »Mir scheinen zwei Szenarien denkbar. Variante eins: Beide begehen je einen Mord und schaffen es, sich so gut abzusprechen, dass wir beim Tathergang auf keine nennenswerten Unterschiede stoßen. Sie nutzen das, um sich für die jeweils andere Tatzeit ein Alibi zu beschaffen. Problem an der Sache: Wir wissen zwar von Grassers Alibi, aber Wärter hat sich uns entzogen. Hätte er nicht bei einem unwiderlegbaren Alibi das Gespräch gesucht und behauptet, gar nicht als Mörder infrage zu kommen?«

»Wäre hilfreich, wenn wir ihn endlich aufspüren würden«, sagte Brendel.

»Ich vermute, er hat für keine Tatzeit ein Alibi«, spekulierte Kinkel. »Sonst wüssten wir davon.«

»Was mich zur zweiten Variante bringt«, fuhr Sommer fort. »Grasser und Wärter sind seit Wärters Zivildiensttagen eng miteinander befreundet. Irgendwann im Laufe der letzten Jahre vertraut sich Grasser seinem Freund an und berichtet von dem Missbrauch durch die Erzieherin. Aus Gründen, die wir noch ermitteln müssten, rächt Wärter seinen Freund. Er kommt auf den Geschmack und tötet ein zweites Mal. Ihn reizt die Macht, die er dabei empfindet. Dass er nicht ganz sauber tickt, beweist sein Verhalten gegenüber der Kundin im Buchhandel. Vielleicht hat er sie damals ausspioniert, um herauszufinden, ob sie als Opfer taugt.«

»Tatjana Grassers Schilderung der Sexvorlieben ihres Ex-Manns waren sehr eindringlich. Für mich klingt das nach einem Mörder«, sagte Kraft. »Wenn er also tatsächlich ein Alibi für einen der Doppelmorde hat, sollten wir uns das exakt ansehen. Mich überzeugt Variante eins oder die unausgesprochene Variante drei, in der Grasser alle Morde allein begangen hat, mehr.«

»Wie stellst du dir das vor?«, fragte Drosten.

»Der Beginn des Massagetermins schließt die Erschießung Lilienthals zeitlich nicht aus. Wir wissen, wann Lilienthal in der Bäckerei war. Nach der Hinrichtung fährt Grasser zum Massagetermin, verschafft sich ein Alibi und bricht anschließend zum Haus der Lilienthals auf. Ich weiß, das ist alles sehr knapp, aber ich halte es nicht für ausgeschlossen.«

Kinkel nickte zustimmend. »Ich bin da bei Ihnen. Tatjanas Aussage hat mich ebenfalls nachdenklich gemacht. Ihr Ex-Ehemann ist ein schwer traumatisierter

Mensch. Er hat ihr nie erzählt, dass er für den Tod seines Bruders verantwortlich ist. Außerdem leidet er an einer sexuellen Störung und war dem Alkohol zugeneigt. Falls ihn Schweiger missbraucht hat, woran ich keine Sekunde zweifle, hätte er ein verdammt gutes Motiv für die erste Tat. Dann kommt er auf den Geschmack und findet ein zweites passendes Ehepaar.«

Kraft hob die Augenbrauen. »Wir sollten uns noch einmal den Inhaber des Massagestudios vornehmen. Vielleicht hat Grasser nach dem Mord an Lilienthal im Studio angerufen und angekündigt, dass er sich verspätet. Der Inhaber soll aber unter keinen Umständen den Termin streichen. Dann fährt er zur Frau und tobt sich an ihr aus. In der Zwischenzeit verstreicht die Zeit für die Massage. Grasser taucht deutlich zu spät im Studio auf, entschuldigt sich und bezahlt den normalen Betrag. Vielleicht bittet er den Mann sogar darum, nie jemandem von seiner Abwesenheit zu erzählen und nennt dafür einen harmlos klingenden Grund.«

»Eine gute Idee, ihm noch einmal auf den Zahn zu fühlen«, bestätigte Sommer. »Am besten machen wir das zu zweit oder zu dritt. Denn auch bei der ersten Variante hätte der Inhaber etwas merken können. Stellt euch vor, Grasser und Wärter sprechen sich ab, wann sie zuschlagen. Grasser fährt also zu seinem Massagetermin und weiß genau, dass Wärter zeitgleich Morde begeht. Da müsste er innerlich angespannt gewesen sein wie eine Feder.«

»Wie gehen wir vor?«, fragte Drosten. »Wir müssen zu Kümmerling, zu Grasser und ins Massagestudio. Bei jedem Besuch laufen wir Gefahr, dass sich die vernommenen Personen gegenseitig ins Bild setzen.«

»Dann teilen wir uns auf«, schlug Brendel vor. »Es ist ja erst neun Uhr. Grasser und Kümmerling dürften noch nicht bei der Arbeit sein. Das Massagestudio hat gerade eben die Tore geöffnet. Katja und ich könnten schon einmal zur Wohnadresse von Grasser, während Sie zuerst ins Massagestudio fahren und dann zu Kümmerlings Privatadresse.«

***

»Frau Hauptkommissarin!«, begrüßte der Inhaber des Massagestudios Kraft in einer Stimmlage, die darauf hindeutete, dass er sich über das unerwartete Wiedersehen freute. »Wollen Sie heute zusammen mit Ihren Kollegen einen Termin ausmachen?«

»Leider nicht. Wir müssen noch einmal über den Termin sprechen, den Sebastian Grasser angeblich bei Ihnen hatte.«

»Wieso angeblich? Kommen Sie mit in mein Büro.«

Er führte sie am Empfangsraum vorbei in einen kleinen Raum, in dem ein Schreibtisch, zwei Stühle und diverse Aktenschränke standen.

»Ich habe übrigens geahnt, dass Sie wiederkommen.« Der Inhaber schlug eine Mappe auf. »Mein Steuerberater hat mir den Beleg gescannt und als E-Mail geschickt.«

Er reichte Kraft den Zettel. Das System hatte die EC-Kartenzahlung am zweiten Mordtag um elf Uhr einundvierzig erfasst.

»Seien Sie bitte ehrlich, auch wenn er ein Stammgast von Ihnen ist. Es geht um vierfachen Mord. War Sebastian Grasser an jenem Tag wirklich bei Ihnen, oder hat er bloß die Rechnung bezahlt?«

»Wie kommen Sie darauf? Er war hier und hat sich anderthalb Stunden lang massieren lassen.«

»Sind Sie sicher?«, hakte Kraft nach.

»Ich schwöre es Ihnen beim Grab meiner Mutter.« Der Inhaber klang absolut ehrlich.

»Erinnern Sie sich noch an den Termin? Wirkte Grasser angespannt?«

Diesmal zögerte ihr Gesprächspartner länger. »Grasser ist immer angespannt. Die Massage hilft ihm, ein bisschen durchzuatmen. Er ist ...« Der Mann hielt inne. »Er kann nicht abschalten. Ich hab ihn mal danach gefragt, woran das liegt. Er meinte, er hätte Angst, dass die Welt irgendwann kapieren würde, wie durchschnittlich seine Fähigkeiten seien. Grasser leidet meines Erachtens unter starkem Selbstzweifel. Deswegen will er immer allen beweisen, wie gut er ist.«

»Aber Sie haben bei dem besagten Termin keine andere Art von Anspannung wahrgenommen?«

»Nein. Tut mir leid.«

***

Kaum saßen sie im Auto, meldete sich Brendel.

»Wir waren bei Grasser zu Hause. Er öffnet uns nicht. Von außen macht es nicht den Anschein, als würde sich jemand in der Wohnung aufhalten. Haben Sie etwas herausgefunden?«

Drosten informierte die Berliner Kollegen über die Aussage des Masseurs. »Wir fahren jetzt weiter zu Kümmerling. Sie könnten in der Zwischenzeit zu 3pub. Vielleicht hat Grasser seinen Arbeitstag besonders früh begonnen.«

***

Außer einem Kimono, einem T-Shirt und Boxershorts trug Kümmerling nichts, als er ihnen die Tür öffnete.

»Was wollen Sie denn um diese Uhrzeit hier? Sie haben mich geweckt!«

»Selbst schuld«, sagte Sommer.

Kümmerling starrte ihn finster an. »Wieso? Was habe ich verbrochen?« Ohne die Antwort abzuwarten, ging er in die Küche. Die Polizisten folgten ihm. Kümmerling startete einen Kaffeevollautomaten, erkundigte sich jedoch nicht, ob seine Gäste ebenfalls einen Kaffee wollten.

»Sie haben uns angelogen«, sagte Sommer. »Was Ihre Beziehung zu Severin Wärter anbelangt, aber auch, was den Missbrauch von Sebastian durch die Erzieherin betrifft.«

»Wie kommen Sie darauf?«, fragte Kümmerling.

»Beenden wir diese Spielchen. Wärter hat in Ihre Firma investiert. Er ist viel mehr als nur ein ehemaliger, hilfsbereiter Zivildienstleistender. Sie und Wärter waren die einzigen Gäste, die Grasser zu seiner Hochzeit eingeladen hat. Für mich deutet das auf eine sehr starke Dreierbande hin.«

Kümmerling trank im Stehen den ersten Schluck Kaffee, dann setzte er sich an den Küchentisch.

»Herrje!«, stöhnte er. »Sorry, aber Sie haben recht. Aufgrund unserer langjährigen Freundschaft war ich wohl nicht ganz ehrlich. Tut mir leid.«

»Sagen Sie uns die Wahrheit! Ist Grasser im Heim missbraucht worden? Oder waren Sie derjenige, an dem sich Tanja Dellbrügge vergangen hat?«

Kümmerlings Blick irrte umher. Dann fasste er sich ein Herz. »Ja! Diese miese Schlampe hat sich an ihm vergangen. Nicht an mir. Das wäre für alle Beteiligten besser gewesen. Ich hätte sie auffliegen lassen. Mit Sebastian hat sie sich ein schwaches Opfer gesucht, das Angst davor hatte, sich zu wehren. Wissen Sie, wann das erste Mal war? Als Sebastian einen Mathematikwettbewerb gewonnen hatte. Zum ersten Mal seit dem Tod seines Bruders war er richtig glücklich. Und in derselben Nacht zwingt sie ihn, sie zu streicheln und zu lecken. Pervers! Das hat sie in den Folgemonaten in ihren Nachtschichten immer wieder gemacht, bis sich Sebastian mir anvertraut hat. Ich habe dann den anonymen Brief geschrieben, weil ich ziemlich gut darin war, meine Handschrift zu verstellen. Monate später verkündete sie ihren Abschied.«

»Haben Sie auch Peter Dellbrügge einen Brief geschickt?«, fragte Sommer.

»Natürlich. Wer sonst?«

»Wussten nur Sie davon?«, erkundigte sich Kraft.

»Jahrelang war ich der Einzige. Bis Severin auftauchte. Irgendwann brach es aus Sebastian heraus. Selbst nach den Jahren im Heim hat ihn die Sache belastet. Er erzählte uns von den Schwierigkeiten in seiner Ehe. Dass er wegen der Erzieherin nicht in der Lage sei, seine Frau zu streicheln oder oral zu befriedigen. Dass er sich beim Sex am wohlsten fühlte, wenn er betrunken wäre. Armer Kerl!«

»Wie hat Wärter darauf reagiert?«, fragte Kraft.

»Er hat jahrelang auf Sebastian eingeredet. Severin wollte die Erzieherin anzeigen. Außerdem hat er Sebastian eine Therapie ans Herz gelegt. Sebastian hat beides abgelehnt. Aber seit 3pub uns zu reichen Männern gemacht hat, redet Sebastian nicht mehr darüber. Zumindest nicht mit mir.«

Drosten starrte Kümmerling finster an. »Sie sind ein intelligenter Mensch. Ihnen muss in den letzten Tagen der Gedanke gekommen sein, dass Grasser damit zu tun haben kann. Oder Wärter. Haben Sie mit ihnen darüber gesprochen?«

»Natürlich haben Sebastian und ich nach Ihrem Auftauchen geredet. Aber er hat ein Alibi für die Morde in Berlin. Und wenn ich Sie richtig verstanden habe, gehen Sie davon aus, dass alle Taten von einem einzigen Mann begangen wurden. Also ist Sebastian aus dem Schneider.« Er trank wieder einen Schluck Kaffee. »Das ist ein verdammt heikles Thema. Sebastian und ich fädeln momentan wichtige Geschäfte ein, die 3pub noch einmal in ganz andere Sphären katapultieren können. Da reicht es mir, zu wissen, dass er nicht der Mörder ist.«

»Und Wärter?«, fragte Drosten.

»Was soll mit ihm sein?«

»Er ist für uns unauffindbar und ein Verdächtiger. Vielleicht hat er sich im Namen seines Freundes gerächt.«

»Ist das nicht ziemlich weit hergeholt?«

»Haben Sie mit ihm geredet?«

»Zu Severin hab ich seit Jahren keinen engen Kontakt. Die Freundschaft ist abgekühlt, seit der Erfolg von 3pub einsetzte. Severin war der Meinung, er verdiene ein größeres Stück vom Kuchen. Aber ich habe ihn immer fair behandelt. Irgendwann warfen wir uns deswegen böse Sachen an den Kopf. Seitdem habe ich den Kontakt gemieden.«

»Grasser auch?«

»Die beiden stehen weiterhin in Verbindung. Schon allein, um das Geschäftliche zu regeln.«

Drostens Handy empfing eine Nachricht.

Grasser ist noch nicht bei der Arbeit aufgetaucht. Wir warten hier.

»Wissen Sie, wo sich Ihr Stellvertreter gerade aufhält? Unsere Kollegen haben ihn weder zu Hause noch in der Firma angetroffen.«

Kümmerling griff zum Handy. Kurz darauf runzelte er die Stirn. »Sein Handy ist offline. Ungewöhnlich. Was bedeutet das?« Ratlos suchte er Drostens Blick.

»Hat er gestern angekündigt, später zur Arbeit zu erscheinen?«

»Ganz im Gegenteil. Wir haben um dreizehn Uhr ein wichtiges Telefonmeeting. Eigentlich müsste er im Büro den Termin vorbereiten.«

27

»Was steht heute bei dir an?«, fragte Michael Thurm seine Frau.

Ihr Sohn Paul hatte vor einer Viertelstunde das Haus verlassen, der kleine Henry lag im Autoschalensitz und musterte seine Eltern. Er wirkte fast so, als würde er jedes einzelne Wort mitbekommen.

»Nichts Besonderes«, antwortete Ira. »Henry und ich machen es uns gemütlich. Soll ja heute kein so schönes Wetter geben.«

»Ich beneide euch.«

»Warte ab, bis Henry das nächste Mal zahnt. Dann erinnere ich dich daran.«

Michael biss in sein Käsebrot. »Was interessiert mich dann noch mein Geschwätz von heute?« Er schaute zur Küchenuhr. »Mister Nobody hat heute ein Meeting angesetzt. Ich muss eine halbe Stunde früher da sein.«

»Du sollst deinen Chef nicht so nennen«, schimpfte Ira. »Was glaubst du, von wem Paul die Angewohnheit hat, seine Lehrerin Speckmeyer zu nennen? Das hat er sich von dir abgeschaut.«

Demonstrativ lässig schaute sich Michael im Raum um. »Paul? Wo bist du? Ich seh dich nicht. Nimm den Tarnumhang ab.«

»Du bist so witzig.« Ira verdrehte die Augen, konnte jedoch ihr Grinsen nicht unterdrücken.

»Ich weiß. Deswegen liebst du mich ja so.«

***

Severin Wärter saß in dem Mietwagen, den ihm der Concierge des Hotels besorgt hatte. Er wartete. In der nächsten Dreiviertelstunde müsste Michael Thurm das Haus verlassen und zur Arbeit aufbrechen.

Wärter hatte lange mit sich gerungen. Am Ende hatte er sich geschlagen gegeben. Die Morde hatten ihn verändert. Er empfand keine tiefe Befriedigung mehr, wenn er Frauen für den vermeintlich erzwungenen Sex bezahlte. Er wollte echte Panik, Angst und Schmerzen spüren. Die Ehemänner zu erschießen war ein herrliches Vorspiel. Nicht so erregend wie der Vergewaltigungsakt, doch als Ouvertüre absolut geeignet.

Er musste sein Vorhaben in Berlin zu Ende bringen. Sonst würde er für den Rest seines Lebens an Ira Thurm denken und sich vorstellen, wie es gewesen wäre, sie zu zerstören. In sie einzudringen und dabei die Hände um ihren Hals zu legen. Er hatte zu viel Zeit mit der Beschattung der Familie verbracht, um sie nun vom Haken zu lassen. Erst danach würde er Berlin für immer den Rücken kehren. Sein finanzieller Spielraum war groß genug, um in einem gehobenen Umfeld zu leben – egal, für welche Stadt er sich entschied. In seinem neuen Zuhause würde er irgendwann nach Gelegenheiten Ausschau halten. Denn er wollte auf das Jagdgefühl nie wieder verzichten. Er war ein geborener Jäger. Vielleicht würde er sich auf eine andere Beute konzentrieren. Keine Familien, sondern alleinstehende Frauen. Statt sie in die Badewanne zu legen, könnte er ihre Körper in eine Plastiktonne verfrachten und mit Säure bedecken. Oder er ließ ein Feuer verräterische Spuren zerstören. Es gab so viele Möglichkeiten. Heute würde er noch einmal nach der bewährten Methode vorgehen.

Die Haustür öffnete sich, und Michael Thurm trat heraus. Überrascht schaute Wärter zur Uhr. Der Mann brach früher auf als gewöhnlich. Siegessicher lächelte Wärter. Die zusätzliche halbe Stunde könnte er gut gebrauchen.

Er startete den Motor.

***

Sebastian Grasser schaute aus dem Zimmer der Suite, die er gestern Abend bezogen hatte. Doch er nahm den herrlichen Anblick gar nicht wahr. Seine Gedanken steckten in einer Endlosschleife fest. Das alles hatte keinen Sinn mehr. In dem Moment, als der Nachbar gegen die Tür gehämmert hatte, war sein Leben wertlos geworden. Immer wieder hatten ihn andere Menschen animiert, Schlechtes zu tun. Begonnen mit dem Nachbarn, endend mit Severin.

Wie hatte er sich bloß dazu überreden lassen? Jahrelang hatte Wärter ihm geraten, sich an Dellbrügge beziehungsweise Schweiger zu rächen. Dann hatte er herausgefunden, dass die Familie ein Schreikind zur Welt gebracht hatte. Wärter hatte das als göttlichen Fingerzeig bezeichnet. Immer wieder war er aufgetaucht und hatte ihn bearbeitet – bis er selbst Gefallen an der Idee gefunden hatte.

Und Wärters Plan hätte tatsächlich funktionieren können. Er hatte die Waffe besorgt und die Informationen zusammengetragen. Wärter hatte eine Kamera gekauft, die Grasser an jenem verhängnisvollen Vormittag am Kopf getragen hatte. So konnte Wärter Wochen später die Morde exakt kopieren.

Grasser dachte an die Vergewaltigung. Tanjas Bestrafung für das, was sie ihm angetan hatte. Der einzige Teil, der ihm wirklich Spaß gemacht hatte.

Doch trotz all der Vorkehrungen, die sie getroffen hatten, waren ihm die Bullen auf der Spur. Obwohl er ein Alibi für den zweiten Vormittag besaß, verdächtigten sie ihn. In absehbarer Zeit würden sie dahinterkommen, wie die Morde abgelaufen waren.

Grasser mochte sich nicht ausmalen, was er im Knast erdulden müsste. Dagegen wären seine bisherigen Lebenserfahrungen ein Zuckerschlecken.

Außerdem nagte eine kleine Stimme an ihm, die ihm vorwarf, es nicht anders verdient zu haben. Er hätte seinen Bruder nicht töten dürfen. Er hätte die Erzieherin anzeigen können. Er hätte Severin widerstehen müssen.

Nichts davon hatte er getan.

Und war so am Ende in einer Sackgasse gelandet, aus der es kein Entfliehen gab.

Grasser wandte sich vom Fenster ab. Er ging zur Tür und hängte das Bitte-nicht-stören-Schild an den Knauf. Dann schlich er ins Badezimmer, das neben der Dusche auch über eine große Badewanne verfügte.

Grasser drehte den Warmwasserhahn auf. Bestimmt würde es zehn oder fünfzehn Minuten dauern, bis die Wanne gefüllt wäre. Die Zeit wollte er nutzen. Er setzte sich an den Schreibtisch der Suite und nahm ein Blatt Papier zur Hand.

***

Wäre es sinnvoll, dem Mann zu folgen und wichtige Minuten zu verlieren? Zumal Wärter keine Garantie hatte, dass Thurm nicht zufällig einen Parkplatz auf dem Firmengelände fand. Ihm widerstrebte es, die erfolgreiche Routine abzuändern. Er musste zumindest versuchen, Thurm zu töten. Nicht, dass der sich sonst im falschen Moment bei seiner Ehefrau meldete.

Obwohl er bei den Gedanken, was er mit Ira anstellen würde, immer stärkere Vorfreude empfand, zwang sich Wärter, am normalen Ablauf festzuhalten. Auf der

Fahrt zu Thurms Arbeitsstätte ließ er ihm teilweise bis zu zehn Wagenlängen Vorsprung. Je näher sie dem Industriegebiet kamen, desto mehr verkürzte er die Distanz.

Schließlich fuhr der Familienvater aufs Firmengelände. In langsamem Tempo steuerte Wärter den Straßenabschnitt an, in dem Thurm parken müsste, wenn er keinen freien Parkplatz finden würde.

Er wartete.

Es dauerte genau zwei Minuten, bis er Thurms Wagen sah. Die Show konnte beginnen.

Thurm fuhr an Wärters Auto vorbei. Zwanzig Meter weiter die Straße entlang gab es noch genügend freie Plätze. Wärter schob die Pistole in seine Jackentasche und stieg aus. Er würde warten, bis Thurm den Wagen abschloss, ihn ohne Vorwarnung erschießen und dann die Leiche im Kofferraum verstecken.

Mit gesenktem Kopf näherte er sich langsam seinem Opfer. Der stieg in dieser Sekunde aus dem Auto.

»Hey, Michael«, erklang plötzlich eine Stimme hinter Wärters Rücken. »So früh dran heute?«

Wärter beschleunigte seinen Schritt. Ohne Thurm eines Blickes zu würdigen, ging er an ihm vorbei.

»Ja, Mister Nobody hat ein Meeting angesetzt«, antwortete Thurm.

Die beiden Stimmen entfernten sich von Wärter. Er blickte über die Schulter und prüfte, ob sich noch eine Gelegenheit ergab. Doch die Männer liefen im Gleichschritt die Straße entlang.

»Fuck!«, fluchte er leise. Jetzt musste er improvisieren.

***

Sebastian Grasser vollendete den Brief, der hoffentlich alles erklären würde. Er beschwerte ihn mit dem USB-Stick, auf dem sich die Informationen befanden, die er im Brief versprach. Er massierte sich den Nacken. Vor zehn Minuten hatte er das Wasser im Badezimmer abgestellt, da das Schreiben mehr Zeit als erwartet in Anspruch genommen hatte. Er ging wieder ins Bad und ließ heißes Wasser nachlaufen. Nachdenklich entkleidete er sich, faltete alles ordentlich zusammen, brachte das Bündel in den Schlafbereich der Suite und legte es aufs Bett. Dann zog er die Schublade des Nachttisches auf, in den er gestern Abend das neu erworbene Skalpell gelegt hatte. Vorsichtig öffnete er die Schutzverpackung.

***

Wärter erreichte das Wohnviertel der Thurms. Iras Wagen parkte vor der Haustür. Wenn sie nicht gerade mit ihrem Baby spazieren war, stand einer amüsanten Begegnung nichts im Wege.

Er improvisierte nur ungern, trotzdem deutete nichts darauf hin, dass Iras Leben durch einen weiteren dummen Zufall verschont bliebe. Michael Thurm musste wegen einer dienstlichen Besprechung früher als gewöhnlich zur Arbeit. Es sprach viel dafür, dass er nach einem solchen Meeting nicht direkt Feierabend machen würde.

Wärter parkte den Leihwagen vier Grundstücke von Thurms Einfamilienhaus entfernt. Selbst wenn er jemandem auffiele, wäre das unerheblich. Schon morgen würde sich Wärter in einem anderen Teil der Republik aufhalten. Vielleicht sogar in einem Nachbarland.

Er ließ die Pistole im Handschuhfach und steckte dafür den Stromschocker in seine Jackentasche. Dann griff er zu der kleinen Tasche, in der er die Utensilien für Iras Todeskampf aufbewahrte.

Trotz des Rückschlags mit Michael Thurm verließ Wärter gut gelaunt den Wagen. Er pfiff leise eine Melodie. Die Hinrichtung des Ehemanns war nicht der zentrale Bestandteil seiner Fantasie.

***

Sebastian Grasser kletterte zuerst mit dem linken Fuß in die Badewanne. Das rechte Bein zog er vorsichtig nach. Für seinen Geschmack war das Wasser mindestens zwei Grad zu heiß. Doch er hatte sich bewusst für die höhere Temperatur entschieden, weil sie angeblich den Schmerz dämpfte.

Er blieb einen kurzen Moment stehen, ehe er sich in die Wanne setzte. Das Skalpell lag am Wannenrand. Sein Körper glitt ins heiße Wasser, und sofort entspannte sich seine verkrampfte Muskulatur.

Grasser nahm das Skalpell in die Hand. Er dachte an den Abend zurück, der seinen weiteren Lebensweg so schicksalhaft verändert hatte. Wenn es so etwas wie das Jenseits gab, wäre er bald mit Anton vereint.

»Ab sofort kann ich wieder auf dich aufpassen«, flüsterte er. »Besser als früher.«

Er führte die Spitze des Skalpells an seine linke Pulsader. Im heißen Wasser spürte er den Schmerz kaum. Direkt nach dem ersten Schnitt vermischten sich Blut und Wasser.

***

»Hallo?«, erklang Ira Thurms Stimme durch die Gegensprechanlage.

»Frau Thurm, Hauptkommissar Schwarz, guten Tag. Es geht um Ihren Mann Michael. Machen Sie mir bitte dir Tür auf?«

»Was ist mit Michael?«

»Öffnen Sie mir bitte.«

Es dauerte nur ein paar Sekunden, bis ihm die attraktive Frau öffnete. Er setzte ein betroffenes Gesicht auf.

»Hallo, Frau Thurm.«

»Ist Michael etwas passiert?«

»Es hat einen Unfall gegeben.«

»Oh Gott. Ist er schwer verletzt?«

»Besprechen wir das am besten im Haus.«

Sie nickte wie ein Roboter und trat von der Tür weg. Wärter betrat den Flur, schloss die Haustür und griff in seine Jackentasche.

»Sagen Sie schon!«, flehte Ira. »Was ist mit Michael?«

»Ich habe leider sehr schlechte Nachrichten.« Er zog den Stromschocker hervor.

28

Paul Thurm hatte sein Vorhaben perfekt vorbereitet. Das Schulhalbjahr war fast zu Ende, in wenigen Wochen würde es die Sommerzeugnisse geben. An seiner Schule war es einmal pro Halbjahr erlaubt, ohne ein Entschuldigungsschreiben der Eltern den Unterricht vorzeitig zu verlassen, wenn man sich nicht wohlfühlte. Ab dem zweiten Mal mussten die Eltern ein Attest einreichen. Zwar tauchten die Fehlstunden auf dem Zeugnis auf, doch da würde er einfach so tun, als wäre das ein Versehen.

Die letzten vier Schulstunden an jedem Mittwoch waren der reinste Horror. Zuerst Herr Stinker, der im echten Leben Sticker hieß. Den Spitznamen verdankte er der dezenten Schweißnote, die er verströmte. Dann Frau Speckmeyer. Schon am Vortag hatte Paul die Entscheidung getroffen, den Unterricht zu schwänzen. Deshalb hatte er sich am Ende der dritten Stunde vor den Schreibtisch seiner Klassenlehrerin gestellt und eine Leidensmiene aufgesetzt.

»Geht's dir nicht gut?«, hatte sie sofort gefragt.

»Ich hab schlimme Kopfschmerzen«, hatte er geflüstert. »Darf ich nach Hause?«

»Soll ich jemanden anrufen?«

»Nein. Meine Mutter ist auf jeden Fall da. Wegen Henry. Meinem kleinen Bruder. Außerdem habe ich einen Schlüssel.«

»Okay, dann erhol dich gut. Wenn du morgen noch immer Schmerzen hast, gehst du zum Arzt.«

»Danke.«

Er war der geborene Schauspieler. Seinen Eltern gegenüber würde er behaupten, dass auch Herr Sticker erkrankt sei. Dann würde ihm seine Mutter bestimmt eine Extrastunde an der Konsole erlauben. Sie war so mit Henry beschäftigt, dass sie sich gar nicht um ihn kümmern konnte.

Paul trat in die Pedale des Fahrrads. In der Nähe des Schulgebäudes fuhr er langsam – falls ihn ein Lehrer beobachtete. Kaum war er zweimal abgebogen, beschleunigte er. Er wollte den Heimweg in fünfzehn Minuten schaffen.

***

Er hatte Ira nackt ans Bett gefesselt. Aus dem Kinderzimmer drang das Schreien des Babys zu ihnen herüber.

»Ich werde viel Spaß mit dir haben«, sagte Wärter.

»Bitte! Tun Sie mir nichts!«

Er genoss die Angst in den Augen der Frau. Ihr Blick huschte über seinen Körper.

»Schau mir ruhig zu.«

Er entnahm das Kondom der Verpackung und streifte es über. Dann griff er zu den Ohrstöpseln.

»Ich werde von dem Geschrei deines Babys oder von deinem Geflenne nichts mitbekommen. Will mir ja schließlich nicht den Spaß verderben.«

Er drückte sich die Stöpsel in die Ohren. Sofort erstarb jedes Geräusch. Die Lippen der Frau bewegten sich. Das Haus war in Einzellage gebaut, daher würde kein Nachbar ihre Schreie hören.

Genüsslich kletterte Wärter aufs Bett. Er berührte Ira am Fuß, und sie zuckte zusammen. Er grinste. Seine Hände wanderten ihren Körper hinauf. Er kniff fest in ihren Oberschenkel. Ihr Mund öffnete sich zum Schrei. Wie gern hätte er sie oral vergewaltigt, aber er hatte zu große Angst, dass sie zubeißen würde.

»Lasset die Spiele beginnen.«

***

Paul schloss die Haustür auf. Zuallererst nahm er Henrys Geschrei wahr. Paul verdrehte die Augen. Na super! So hatte er sich die zusätzliche Freizeit nicht vorgestellt. Seine Eltern hatten behauptet, die Schreiphase wäre fürs Erste überstanden. Bekam er etwa schon wieder einen neuen Zahn?

Dann vernahm er etwas anderes. Seine Mutter brüllte vor Schmerz.

»Mama?«, rief er besorgt.

»Paul! Hol die Polizei!«

Unsicher ging er zum Schlafzimmer. »Mama?«

»Die Polizei! 110. Ruf da an.«

Von der Diele aus konnte er einen Blick ins Schlafzimmer werfen. Ein nackter Mann hockte zwischen den Beinen seiner Mutter. Er kniff ihr in die Brustwarze.

»Mama!« Ohne nachzudenken, rannte Paul brüllend los. Der Mann zuckte zusammen und riss den Kopf herum, dann erreichte Paul das Bett und versuchte, den Fremden von seiner Mutter zu stoßen. Der Kerl verlor das Gleichgewicht und stürzte vom Bett.

»Die Polizei. 110. Schließ dich in deinem Zimmer ein. Sonst tötet er uns.«

Der Mann griff sich an die Ohren und zog etwas Orangefarbenes hinaus.

»110. Los!«

Paul rannte aus dem Schlafzimmer.

***

Die Mutter forderte ihren Sohn auf, den Notruf zu wählen. Das könnte Wärter wohl nicht mehr verhindern. Der Junge hatte zu viel Vorsprung. Er rappelte sich auf. Hasserfüllt schaute er zu der Frau.

»Ich bring dein Baby um, und du kannst nichts dagegen tun«, zischte er. »Ich knalle den zarten Kopf einfach gegen die Wand.«

»Nein!«, flehte sie. »Verschwinden Sie! Bitte!«

Hastig streifte er das Kondom ab. Diesmal hatte er keine Chance, seine Spuren zu vernichten. Die Bullen würden ihn als Täter identifizieren. Es gab Augenzeugen und DNA-Spuren. Seine Karriere als Vergewaltiger in Berlin war abrupt beendet. Er trat ans Bett und stopfte ihr das Kondom in den Mund. Sie spuckte es gleich wieder aus.

»Schlampe!«, zischte er wütend. Hätte er bloß die Pistole eingesteckt!

Er ging zu seinem Kleiderhaufen und zog sich an. Zuletzt schlüpfte er in die Schuhe. »Sag Lebwohl zu deinem Baby.«

»Nicht!«

Wärter rannte hinaus. Doch er verschwendete keine Sekunde damit, das Baby zu töten. Er musste verschwinden. Den kleinen Vorsprung ausnutzen, den er noch hatte, um zum Hotel zurückzufahren. Dort würde er den Leihwagen abgeben, seine Sachen einstecken und mit dem Sportwagen flüchten. Sobald er ein paar Hundert Kilometer zwischen sich und Berlin gebracht hatte, würde er sich ein neues Fahrzeug organisieren. Wärter riss die Haustür auf.

29

Vom Eintreffen des ersten Streifenwagens bis zur Alarmierung des LKA waren nur vierundzwanzig Minuten vergangen.

Brendel und Kinkel hatten die Wiesbadener informiert und zum Tatort mitgenommen.

Ira Thurm hatte großes Glück gehabt. Durch die frühzeitige Heimkehr ihres Sohns Paul, der die letzten vier Stunden Unterricht geschwänzt hatte, war ihr die schlimmste Tortur erspart geblieben. Zwar hatte der Täter sie mit einem Stromschocker außer Gefecht gesetzt und ans Bett gefesselt, doch viel mehr war nicht passiert. Der Mann hatte sie geschlagen und mehrfach brutal gekniffen, aber er war noch nicht in sie eingedrungen. Auch hatte er ihr noch keine Brandverletzungen zugefügt.

»Wir zeigen Ihnen die Fotos zweier Männer, die wir in ähnlichen Fällen verdächtigen«, sagte Brendel.

»Schauen Sie sich die Bilder genau an. Vielleicht erkennen Sie den Täter wieder.«

»Es gibt ähnliche Fälle?«, fragte Michael Thurm fassungslos. Der Mann war kurz nach dem LKA zu Hause eingetroffen. »Warum schützt uns niemand davor?«

Brendel ignorierte den Einwand und zeigte seiner Frau zunächst ein Foto von Sebastian Grasser.

»Nein«, sagte sie sofort. »Das ist er nicht.«

»Sicher?«

»Hundertprozentig.«

Brendel scrollte im Handy zum Foto von Severin Wärter.

»Mein Gott!«, stieß die Frau aus. »Das ist das Schwein!« Tränen traten ihr in die Augen.

Drosten nickte Brendel zu. Das LKA als ortsansässige Behörde musste die folgenden Schritte in die Wege leiten.

***

Die nächsten Stunden zogen sich quälend langsam hin. Das LKA hatte die notwendigen Beschlüsse besorgt und Wärters Wohnung durchsucht. Von dem Mann fehlte jede Spur. Die Großfahndung brachte bis zum Nachmittag kein Ergebnis.

Als Brendels Telefon klingelte, horchte Drosten auf. Würden sie endlich gute Nachrichten erhalten?

»Brendel!«, meldete sich der Hauptkommissar. Er riss die Augen auf. »Wiederholen Sie das!« Er öffnete den Mund. »Wir sind in fünfzehn Minuten vor Ort.« Brendel trennte die Verbindung.

»Was ist passiert?«, fragte Drosten.

»Man hat Sebastian Grasser gefunden. Er hat Selbstmord begangen. Im Waldorf Astoria. Der Abschiedsbrief, den er hinterlassen hat, enthält wichtige Informationen bezüglich der Morde.«

***

»Der Gast hätte die Suite um zwölf Uhr räumen müssen«, erklärte der Hotelmanager. »Als um dreizehn Uhr noch immer das Bitte-nicht-stören-Schild an der Tür hing, hat unsere Reinigungskraft die Räumlichkeiten betreten.«

»Sie hat nichts verändert?«, vergewisserte sich Drosten.

»Natürlich nicht. Wir haben sofort den Polizeinotruf alarmiert.«

Drosten bedankte sich bei dem Manager und geleitete ihn vor die Tür der Suite. »Wenn wir fertig sind, gebe ich Ihnen Bescheid.«

Der Mann nickte betrübt. »Schreckliche Sache. Ich kannte Herrn Grasser persönlich. Entschuldigen Sie meine Neugier, aber ich habe den Brief überflogen. Kann das sein? Oder hat er das im Wahn geschrieben?«

»Genau das versuchen wir herauszufinden. Reden Sie mit niemandem darüber.«

Drosten kehrte in die Suite zurück. Er setzte sich an den Schreibtisch. Der doppelseitige, sehr eng beschriebene DIN-A4-Zettel steckte mittlerweile in einer Plastikhülle. Die Spurensicherung hatte Fingerabdrücke gesichert. So und mittels einer Handschriftenprobe würde sich zweifelsfrei feststellen lassen, ob Grasser der Verfasser war. Drosten zweifelte allerdings nicht daran.

Hiermit lege ich, Hendrik Sebastian Grasser, geborener Lang, ein Geständnis ab. Ich bin schuldig an dem in Cottbus ausgeführten Doppelmord an Tanja und Ferry Schweiger. Mein Geständnis soll erklären, wie es dazu kommen konnte. Tanja Schweiger, die ich unter dem Namen Dellbrügge im Kinderheim Sonnenstrahl als Pädagogin kennengelernt habe, hat mich im Alter von vierzehn Jahren das erste Mal missbraucht. Sie hat sich nachts zu mir ins Zimmer gelegt und mich gezwungen, sie zu streicheln und mit der Zunge zu befriedigen. In den Monaten darauf wiederholte sich dieser Vorgang in all ihren Nachtschichten. Nach ein paar Monaten vertraute ich mich meinem Freund Viktor Kümmerling an. Viktor hatte die Idee, dem Heimleiter einen anonymen Brief zu schicken. Kaum war der abgeschickt, kam Tanja nachts nicht mehr zu mir. Wochen später wechselte sie den Job. Trotzdem verfolgte mich das Ganze. Als zwei Jahre nach den Vorfällen der Zivi Severin Wärter seinen Dienst im Heim antrat, freundeten wir uns rasch an. Die Freundschaft wuchs im Laufe der Monate und wurde irgendwann so tief, dass ich mich ihm anvertraute. Severin war schockiert. Er fragte, wieso ich sie nicht angezeigt hätte und verstand meine Beweggründe nicht.

Wie oft habe ich es bereut, ihm davon erzählt zu haben. Immer wieder hat er das Thema aufgegriffen. Er hat gesagt, ich hätte jedes Recht auf Rache. Er hat mich mit Informationen über Tanja Schweiger, wie sie seit einiger Zeit hieß, versorgt. Eines Abends kam er zu mir und behauptete, Ferry Schweiger sei ebenfalls ein Kinderschänder. Severin war es angeblich gelungen, sich in Schweigers PC zu hacken, wo er Kinderpornos fand, von denen er Screenshots erstellte. Ich war dumm genug, Severin zu glauben. Als er mir dann auch noch berichtete, Schweigers Baby sei ein Schreikind, war ich endgültig nicht mehr in der Lage, klar zu denken.

Severin arbeitete den Plan aus, besorgte die Pistole und den Stromschocker. Außerdem die Actioncam, die ich bei der Erschießung und der Vergewaltigung trug. So war es Severin möglich, meine Morde zu kopieren. Deswegen glaubt die Polizei, alle vier Morde seien von derselben Person verübt worden. Aber ich versichere, ich habe lediglich Ferry und Tanja Schweiger getötet.

Erst nach den Morden ist mir bewusst geworden, was Severin getan hat. Er hat mich manipuliert und zu einer Tat getrieben, die ich ohne seinen Einfluss niemals ausgeführt hätte. Trotzdem kann ich nicht verschweigen, dass ich die Vergewaltigung genossen habe. In dem Moment war es mir wie göttliche Gerechtigkeit vorgekommen. Es tut mir leid. Meine Ex-Ehefrau Tatjana Grasser wird Sie über meine sexuellen Probleme aufklären können. Der Missbrauch durch

Tanja Dellbrügge hat zu einer sexuellen Störung geführt, die ich hier nicht näher beschreiben möchte.

Hauptschuldiger bin weder ich noch Tanja Schweiger/Dellbrügge. Hauptschuldiger an den Morden ist Severin Wärter. So wie ich ihn kenne, wird er versuchen unterzutauchen. Er ist klug und gerissen. Er verfügt über große finanzielle Möglichkeiten. Um Ihnen ein paar Waffen in die Hand zu geben, gestatten Sie mir einen letzten Gefallen. Auf diesen Abschiedsbrief lege ich einen USB-Stick. Sie finden darin eine Mobilfunknummer, die Severin nutzt, die aber nicht auf seinen Namen registriert ist. So können Sie ihn vielleicht orten, falls er das Handy nicht entsorgt hat. Zuletzt hat er gestern darüber Nachrichten verschickt. Außerdem habe ich auf dem Stick alle Informationen über Severins Depots bei der 3pub zusammengefasst. Auch das sollte Ihnen helfen, meinen sogenannten Freund zu stoppen, denn Sie können seine Geldflüsse nachvollziehen. Zeigen Sie diesen Brief Viktor Kümmerling. Er wird sich gegen eine Zusammenarbeit mit der Polizei nicht verwehren. Ich bin überzeugt, Severin wird weiter morden und vergewaltigen, wenn ihn niemand aufhält.

Es tut mir leid.

Hendrik Sebastian Lang.

Drosten registrierte den Namen, den Grasser in die unterste Zeile gequetscht hatte. Am Ende hatte er das Bedürfnis gehabt, seinen Geburtsnamen zu benutzen.

Trotz der schrecklichen Taten, die er begangen hatte, wünschte Drosten ihm, dass er in den letzten Minuten seinen Frieden gefunden hatte. Das, was er im Leben erlitten hatte, wäre für viele Menschen unerträglich gewesen.

30

»Das Handy ist eingebucht und befindet sich derzeit kurz vor Hamburg«, informierte Sommer seine Kollegen. »Schnappen wir ihn uns.«

Eine halbe Stunde später saß Sommer hinter dem Steuer des Dienstfahrzeugs und jagte über die Autobahn. Zwar funktionierte die Handyortung nicht auf den Zentimeter genau, doch offenbar hatte sich Wärter im Hotel Atlantic Kempinski ein Zimmer genommen. Drosten informierte die Hamburger Polizeibehörde über die Umstände, und sie versprachen ihm, mit zivilen Kräften das Hotel zu beschatten. Allerdings machten sie keinen Hehl daraus, ungefähr zwei Stunden Vorbereitungszeit zu benötigen.

»Bis dahin sind wir ja schon fast selbst da«, fluchte Sommer.

»Wenn du weiter so lahm fährst, eher nicht«, entgegnete Kraft.

Sommer sah im Rückspiegel Drosten grinsen.

»Sehr witzig!«

Die Tachonadel stand bei einhundertneunzig. Trotzdem stachelte ihn der Kommentar an. Dank des mobilen Blaulichts machten die meisten Verkehrsteilnehmer zügig Platz, und Sommer beschleunigte auf zweihundertzehn.

Nach einer Fahrtzeit, die unter drei Stunden lag, kamen sie in der Hansestadt an. Die Kollegen der Hamburger Polizei informierten sie, dass in der letzten Stunde niemand das Hotel verlassen hatte, auf den die Beschreibung des Verdächtigen zutraf. Der Standort des Handys hatte sich seit geraumer Zeit nicht mehr verändert. Ruhte sich Wärter in seinem Hotelzimmer aus, oder hatte er bloß das Telefon ins Zimmer gelegt und war noch vor Beginn der Überwachung verschwunden?

Sommer betrat die eindrucksvolle Lobby. Kraft und Drosten folgten dichtauf. Eine Mitarbeiterin am Empfang erhob sich von ihrem Platz und kam an den Tresen.

»Guten Abend und herzlich willkommen. Was kann ich für Sie tun?«

Die Polizisten zeigten ihre Dienstausweise. »Ein Mordverdächtiger ist in Ihrem Hotel untergekommen. Severin Wärter. Nennen Sie uns bitte seine Zimmernummer«, forderte Sommer.

Hilflos schaute die Frau zu ihrem Bildschirm. »Wann war der Check-in?«

»Innerhalb der letzten drei Stunden.«

Sie tippte den Namen ein. »Tut mir leid. Dieser Gast ist nicht bei uns eingebucht.«

Sommer blickte zu seinen Kollegen. »Also nutzt er einen falschen Namen.« Er wandte sich wieder der Frau zu. »Wir müssen Ihre Gästeliste überprüfen.«

»Ich bringe Sie zu unserem Direktor.«

Der Hoteldirektor empfing sie in seinem Büro.

»Meine Kollegin hat mir Ihren Wunsch weitergetragen. Darf ich Ihren Gerichtsbeschluss sehen?«

»Es ist Gefahr im Verzug«, sagte Sommer. »In solchen Fällen benötigen wir keine richterliche Genehmigung.« Er berichtete in der gebotenen Kürze, was in Berlin passiert war. »Vermutlich ist Wärter ohne Reservierung bei Ihnen aufgetaucht, oder er hat heute von unterwegs ein Zimmer gebucht.«

»Der Verdächtige ist absolut skrupellos«, fügte Kraft hinzu. »Bis wir ihn verhaftet haben, schweben Ihre Mitarbeiter und Gäste in Gefahr.«

»Schon gut«, murmelte der Direktor. Er wandte sich seinem PC zu. Mit flinken Fingern tippte er auf der Tastatur. »Zwei Gäste kommen infrage. Heute Morgen um neun Uhr hat ein gewisser Frank Sollmann ein Zimmer über ein Hotelbuchungssystem reserviert und um siebzehn Uhr eingecheckt.«

»Das passt nicht«, sagte Sommer. »Um neun Uhr wusste Wärter noch nicht, wie sein Tag verlaufen würde.«

»Ein paar Minuten nach ihm hat ein Gast namens Christopher Gentner einen Superior Room mit

Alsterblick für zwei Nächte bezogen. Er hatte keine Reservierung.«

»Welche Adressdaten hat er angegeben?«, fragte Sommer.

»Eine Anschrift in Berlin.«

»Haben Ihre Mitarbeiter den Ausweis kontrolliert?«

»Bei einem Gast, der noch nie zuvor bei uns übernachtet hat und kein Mitglied unseres Treueprogramms ist, gehört das zum Standardvorgehen.«

»Halten sich Ihre Mitarbeiter daran?«

»Vermutlich.«

»Ein gefälschter Personalausweis«, folgerte Drosten.

»Dann hat er wohl schon vor längerer Zeit die Flucht als Option eingeplant«, vermutete Kraft.

»Ich sehe gerade, er hat seinen Wagen parken lassen. Ein Tesla mit Berliner Kennzeichen.«

»Das ist er. Wir brauchen die Zimmernummer und einen Zugangsschlüssel«, sagte Sommer.

Der Hoteldirektor nickte.

Der Gast hatte ein Zimmer im vierten Stock zugewiesen bekommen. Der Hoteldirektor wies seine Mitarbeiter an, sich aus der Etage zurückzuziehen. Als er Sommer grünes Licht gab, teilten sich die Polizisten auf. Drosten und Kraft fuhren mit den zwei Fahrstühlen nach oben, Sommer nutzte das Treppenhaus.

Langsam gingen sie in der vierten Etage auf Zimmer 421 zu. Bevor Sommer den Zugangsschlüssel benutzte, lauschte er an der Tür, hörte allerdings nichts.

»Seid ihr bereit?«, flüsterte er.

Drosten und Kraft zogen ihre Waffen und richteten die Läufe zu Boden. Sommer hielt die Schlüsselkarte vor das Magnetfeld. Das System entriegelte die Tür, und Sommer stieß sie auf. Wortlos huschte er in den Raum. Der Fernseher und alle Lichter waren ausgeschaltet. Auf dem Bett lag niemand. Sommer ging ins ebenfalls leere Badezimmer.

»Er ist nicht da.«

»Sein Handy lädt!«, sagte Kraft. Sie deutete zum Schreibtisch. Das Gerät war mit einer Steckdose verbunden.

»Also kommt er vermutlich wieder«, folgerte Drosten. »Schnell raus. Wir sammeln uns unten und organisieren uns neu.«

Zehn Minuten später saßen sie an drei verschiedenen Tischen in der großzügigen Hotelbar, von denen sie die Aufzüge und teilweise auch den Eingang überwachen konnten. Zur Wahrung des Scheins standen jeweils Getränke und Knabbereien vor ihnen auf dem Tisch.

Wärter würde irgendwann ins Hotel zurückkehren. Die Frage war bloß, wie lange sie auf ihn warten mussten.

***

Er war in aller Ruhe einmal um die Außenalster geschlendert. Für den knapp acht Kilometer langen

Rundweg hatte Wärter über zwei Stunden benötigt – inklusive einiger Pausen.

Hamburg war nur eine Zwischenstation. Den heutigen Tag nutzte er, um Kraft zu tanken. Morgen würde er sich mit den gefälschten Ausweispapieren, zu denen auch ein Führerschein gehörte, einen Mietwagen leihen. Danach ginge es weiter. Übers Rheinland in die Niederlande, vielleicht sogar bis nach Belgien. Von dort würde er andere Verkehrsmittel wählen, um seine Spuren zu verwischen. Als erste längere Zufluchtsregion hatte er sich das Ruhrgebiet ausgesucht. Bochum, Essen, Oberhausen. Irgendwo dorthin. In diesem Ballungsraum lebten so viele Menschen, dass es leicht sein würde, mindestens zweimal dem dunklen Trieb nachzugehen. Frühestens nach zwei vom bisherigen Muster abweichenden Morden könnten die Bullen ein neues Schema erkennen. Dann wäre er bereits nach Süddeutschland weitergezogen. Für ihn gab es keinen Zweifel. Stellte man sich klug genug an, konnte man jahrelang ungestört morden. Er hatte in Berlin den Fehler begangen, zu lange vor Ort geblieben zu sein. Kombiniert mit dem Pech, dass der blöde Bengel zu früh nach Hause gekommen war, hatte ihn das in die jetzige Lage gebracht. Im Ruhrgebiet würde er sich auf Alleinstehende konzentrieren und maximal zwei Frauen wochenlang ausspionieren. Denn er war zu den Thurms bloß aufgebrochen, weil er so viele Informationen über sie zusammengetragen hatte, die er nicht einfach ungenutzt lassen wollte. Ein bedauerlicher Fehler, den er nicht wiederholen würde.

Die Fußgängerampel sprang auf Grün. Wärter überquerte die Straße und näherte sich dem Hotel. Ein Mitarbeiter in Hoteluniform half einer älteren Dame, ins wartende Taxi einzusteigen. Trotzdem achtete er auf seine Umgebung und grüßte ihn freundlich. Wärter erwiderte den Gruß. Er ging die Stufen zur Drehtür hoch und betrat die Lobby. Links von ihm stieg jemand aus dem Fahrstuhl. Er eilte dorthin, um nach oben in sein Zimmer zu gelangen.

***

Sommer entdeckte ihn zuerst. Sofort erhob er sich, doch Wärter betrat bereits die Kabine. Um ihn nicht vorzuwarnen, rannte Sommer nicht los. Er winkte Drosten und Kraft zu sich. Kraft und Sommer betraten die zweite Fahrstuhlkabine, die in diesem Moment ebenfalls unten ankam. Drosten wartete in der Lobby.

***

Wärter schlenderte über den schön gestalteten Hotelflur. Er liebte ein solches Ambiente. In die Wände waren Schaukästen eingelassen, in denen man nautische Objekte wie Schiffskompasse bewundern konnte. Das Hotel hatte ungeheuren Charme. In Hamburg gab es modernere Unterkünfte, die mehr Luxus boten, doch trotz des Drucks, der auf ihm lastete, hatte er sich hier sofort wohlgefühlt. Außerdem war er ein großer Udo-

Lindenberg-Fan, der dauerhaft im Kempinski lebte. Ob er ihn am Abend an der Hotelbar antreffen würde?

Unvermittelt hörte Wärter in seinem Rücken schnelle Schritte. Zugleich öffnete sich rechts von ihm eine Zimmertür. Er schaute über die Schulter. Ein Mann und eine Frau rannten auf ihn zu. Das konnten nur Bullen sein. Er reagierte instinktiv. Aus dem Zimmer trat eine Frau. Er ging zu ihr und stieß sie in den Raum zurück. Sie schrie erschrocken auf, verlor das Gleichgewicht und stürzte zu Boden. Wärter drückte die Tür von innen zu. Hektisch schaute er sich um. An einem Haken hing der hoteleigene Bademantel. Er zog den Bindegürtel aus den Schlaufen. Die Frau rappelte sich auf und starrte ihn angsterfüllt an. Ehe sie reagieren konnte, trat er zu ihr und schlang ihr den Gürtel um den Hals.

»Wehr dich nicht, wenn du das überleben willst.«

Er stellte sich mit dem Rücken zum Fenster und benutzte die Frau als Schutzschild. Sie röchelte.

***

Sommer hielt die Schlüsselkarte vor das Zugangsfeld. Er drückte die Tür auf.

»Bleiben Sie stehen!«, schrie Wärter. »Sonst stirbt sie!«

Sommer erfasste das Szenario. Der Verdächtige hatte den Bindegürtel eines Bademantels um den Hals einer Mittdreißigerin geschlungen.

Schwerer Fehler!, dachte Sommer. *An deiner Stelle hätte ich ein Weinglas genommen und zerbrochen.*

Die Blicke der Männer trafen sich. Wärter wich zurück, bis er mit dem Rücken am Fenster stand. Die Frau taumelte nach hinten. Mit ihren Fingern nestelte sie an dem Stoffgürtel herum.

Sommer preschte vor. Zum Glück war die Frau einen halben Kopf kleiner als Wärter. Der Hauptkommissar prallte gegen die beiden und schlug mit der Linken zu. Er erwischte Wärter am Wangenknochen. Der Mörder stöhnte. Der Gürtel entglitt ihm. Sommer stieß die Frau zum Bett. Diesen Moment der Ablenkung nutzte Wärter, um seinerseits zuzuschlagen. Er traf seinen Angreifer im Bauch. Doch in letzter Sekunde konnte Sommer die Muskeln anspannen und dem Schlag einen Teil der Kraft rauben. Umgehend konterte er. Mit einem Treffer am Kinn und einem weiteren auf den Solarplexus schickte er Wärter zu Boden.

»Severin Wärter, wir verhaften Sie wegen dringenden Mordverdachts.«

Kraft wandte sich der Frau zu. »Geht's Ihnen gut?«

»Ja«, erwiderte sie. »Wer ist der Irre?«

Sommer packte Wärter an den Armen und riss ihn hoch. Dann legte er ihm einen Kabelbinder um die Handgelenke.

»Wir werfen ihm einen Doppelmord, Anstiftung zum Mord und Mordversuch vor«, sagte er. Sommer führte Wärter aus dem Raum.

31

»Sie stellen die falschen Fragen«, sagte Wärter arrogant.

Er saß den Polizisten in einem Vernehmungszimmer des Hamburger LKA gegenüber. Auf das Recht, einen Anwalt einzuschalten, hatte er verzichtet. Die Vernehmung dauerte mittlerweile gut zwanzig Minuten, ohne dass ihnen Wärter Neuigkeiten mitgeteilt hätte.

»Was sind denn die richtigen Fragen?«, wollte Sommer wissen.

Demonstrativ verdrehte Wärter die Augen. »Sie sind alle so dumm.« Er griff zu dem halbvollen Plastikbecher und trank einen Schluck Wasser.

»Erhellen Sie uns«, bat Drosten ihn.

»Warum fragen Sie mich nicht, woher der Hass kommt?«

»Woher kommt der Hass?«, nahm Sommer den Ball auf.

Wärter applaudierte höhnisch. »Ich sollte Sie spekulieren lassen. Allerdings wird das wohl nichts bei Ihrer eingeschränkten Intelligenz.« Er trank einen weiteren Schluck. »Meine Mutter hat mich missbraucht. Da war ich zwölf. Mein Vater war eine absolute Witzfigur, der unter ihrem Pantoffel stand. Ich war als Jugendlicher ein ansehnlicher Kerl. Da hat sich das Miststück lieber an mich gewandt. Es war so ekelhaft. Die eigene Mutter an diesen ganz besonderen Stellen küssen zu müssen.« Er schüttelte sich leicht. »Kaum war ich volljährig, bin ich zu Hause ausgezogen. Ich lernte Sebastian und Viktor kennen. Wir freundeten uns an. Sebastian vertraute sich mir an. So kam der Stein ins Rollen.«

»Herr Grasser wirft Ihnen in seinem Abschiedsbrief vor, ihn bedrängt und überredet zu haben. Unter anderem mit Falschinformationen über Ferry Schweiger.«

»Alte Petze.« Wärter grinste. »Ja, es stimmt. Ich musste den armen Ferry als Kinderschänder hinstellen. Sebastian war so wankelmütig. Und so leichtgläubig. Das war meine große Chance. Diese Fantasien schlummern schon seit Jahren in mir, aber ich hatte immer Angst, genauso zu enden. Jahrelang habe ich Nutten für rauen Sex bezahlt. Je öfter ich das machte, desto härter wurde mein Verlangen. Die Professionellen waren keine Dauerlösung. In einem Partner sah ich die ideale Lösung. Jemand, der genug zu verlieren hatte, um nicht zu den Bullen zu rennen. Ich würde mir ein Alibi zulegen, wenn er zuschlug, und er könnte sich umgekehrt ein Alibi besorgen, wenn ich mich austobte. Das klappte alles perfekt. Er trug die Kamera, und ich konnte seine Taten nachstellen. Aber eins hätte ich nicht für möglich gehalten.«

»Was denn?«, fragte Sommer.

»Der Idiot schlug einen Tag zu früh zu. Ich hatte kein Alibi! Er rechtfertigte sich und meinte, er hätte die Fahrt zu den Glascontainern ausnutzen müssen, dabei hätte es am nächsten Tag eine noch bessere Gelegenheit gegeben. Schließlich kannte ich Schweigers Angewohnheiten. Dumm gelaufen für mich, aber wenigstens überließ er mir wie vereinbart die Videos. So konnte ich mich aufgeilen und seine Tat genießen. Bis ich selbst an der Reihe war.« Er trank das Wasser aus. »Wissen Sie, was ich seltsam fand? Um meine Mutter zu verstehen, habe ich viel Fachliteratur gelesen. Der Grundtenor lautet, Missbrauchstätern würde es meistens gar nicht um den Sex gehen, sondern um Dominanz. Bullshit. Meine Mutter hat es genossen, die Dellbrügge hat es vermutlich auch genossen und ich ebenfalls. Der Sex war in meinem ganzen Leben nicht so gut wie im Haus der Lilienthals.«

»Wieso mussten die Männer sterben?«, fragte Sommer.

»Weil unsere Väter Versager waren«, antwortete Wärter. »Meiner wusste von dem Missbrauch, hat aber nichts dagegen getan. Und Sebastians Vater wollte seinen Sohn gar nicht ins Heim abschieben. Trotzdem hat er sich dem Wunsch seiner Frau gebeugt.«

»Schwachsinn!«, widersprach Sommer. »Ich sehe die Parallele zu Schweiger und Lilienthal nicht.«

Wärter grinste. »Sebastian hat meine Argumentation nicht infrage gestellt.«

»Sie wollten lediglich potenzielle Risikofaktoren ausschalten«, sagte Sommer.

»Nein, das war mehr. Es war der Beginn des Abenteuers. Die Ouvertüre. Was ist ein gutes Musikstück ohne Ouvertüre? Es gehörte zu meiner Fantasie dazu. Deswegen musste ich Lügen über Schweiger verbreiten.«

»Wieso die Lilienthals?«

»Weil ich in der Buchhandlung mitbekommen habe, dass ihr Baby ein Schreikind ist. Außerdem fand ich Simona sexy.«

»Und die Thurms?«

»Aus demselben Grund.«

»Da waren Ihre Recherchen schlecht«, sagte Drosten. »Henry Thurm ist kein Schreikind.«

»Quatsch!«, widersprach Wärter. »Ich hab ihn schreien gehört. Und selbst wenn. Was ändert das?«

»Ilona Heitz hat kein kleines Kind mehr«, fügte Sommer hinzu.

»Ich weiß! Herrje! Mir ging es um die Weiber. Sonst nichts! Sie sollten etwas an sich haben, was mich anspricht, weil sie ...« Wärter hielt inne. »Suchen Sie nach Bildern meiner Mutter in jungen Jahren. Dann werden Sie es verstehen.« Er schlug die Augen nieder. »Beenden wir das Ganze für heute. Ich bin müde!«

***

Sommers Telefon klingelte und übertrug Eva Hallers Rufnummer.

»Hallo, Frau Haller«, begrüßte er sie. »Danke für das Belegexemplar. Die Zeitung lag am Erscheinungstag bei uns im Briefkasten.«

»Keine Ursache. Jakob Anhalt hat mich gestern angerufen.«

Der Name des Journalisten, der Haller wegen Informationen über die KEG kontaktiert hatte, beschleunigte Sommers Pulsschlag. »Was wollte er diesmal?«

»Mich beschimpfen und mir zu dem gelungenen Artikel gratulieren. Die Beschimpfung hat er allerdings nicht böse gemeint. Er vermutet, ich hätte gute Chancen auf einen der zahlreichen Journalistenpreise.«

»Nicht Ihr Ernst!«

»Keine Sorge. Ich reiche den Artikel nirgendwo ein und würde Auszeichnungen ablehnen. Jedenfalls hat Anhalt frustriert eingestanden, dass sich mit meiner Publikation seine Recherchen über die KEG erledigt hätten.«

»Das höre ich gern. Klang er glaubwürdig?«

»Absolut. Ich denke, in nächster Zeit wird es keine Berichterstattung über die KEG geben. Es sei denn, Sie inhaftieren bei Gelegenheit wieder einen Prominenten.«

»Hoffen wir das Beste!« Die beiden plauderten noch ein paar Minuten, ehe sie sich gegenseitig für die Zukunft alles Gute wünschten und sich verabschiedeten.

So sympathisch Sommer die Kölner Journalistin auch fand, hoffte er trotzdem, nie wieder von ihr zu hören. Denn in seinem Leben bedeuteten Journalisten meistens nur Ärger.

Er legte das Telefon beiseite. Aus Jeremias' Zimmer drang amüsiertes Gekicher. Der Junge hatte nach der Schule seine Freundin Annika mitgebracht. Für einen Moment war Sommer versucht, bei seinem Sohn anzuklopfen, um ihn ein wenig zu ärgern. Er unterdrückte den Impuls und ging stattdessen ins Schlafzimmer, wo er sich Sportkleidung anzog.

Fünfzehn Minuten später lief er in hohem Tempo einen Feldweg entlang. Seine Gedanken schweiften ab. Er dachte an Sebastian Grasser und die vielen anderen Mörder, die er im Laufe der Zeit verhaftet hatte. Einige von ihnen hatten schreckliche Dinge erlebt, bevor sie sich selbst zu Schrecklichem hatten hinreißen lassen. Doch die meisten von ihnen waren Bestien. Sommer würde sie bis zum letzten Atemzug jagen und zur Strecke bringen.

Er beschleunigte sein Tempo und zog an einer Gruppe Freizeitsportler vorbei. Als einer von ihnen die Titelmelodie aus den Rocky-Filmen anstimmte, grinste er. Sommer drehte sich um, lief ein paar Meter rückwärts und riss jubelnd die Arme hoch. Die Sportler lachten und applaudierten ihm.

Das Leben war schön und würde es hoffentlich noch sehr lange bleiben. Sommer rannte weiter. Vielleicht würde es ihm ja gelingen, der dunklen Phase seiner Vergangenheit für immer zu entkommen. Sie durfte ihn niemals einholen. Schon allein Jennifer und Jeremias zuliebe. Doch falls jemals alte Dämonen in der

Gegenwart auftauchten, wäre Sommer bereit, seine Familie bis aufs Blut zu verteidigen.

Nachwort

Liebe Leserinnen und Leser,

ich gehöre zu den Menschen, die gern regelmäßig für eine mindestens halbstündige Auszeit in die Badewanne steigen. Dabei höre ich meistens Musik. Manchmal orchestrale Filmmusik, manchmal Rockmusik. Nun fragen Sie sich eventuell, warum ich Ihnen das erzähle. Der Grund ist einfach: Die vorliegende Geschichte hätte es ohne diese Angewohnheit vielleicht gar nicht gegeben. Vor ein paar Monaten lag ich wieder einmal im heißen Badewasser und hörte eine von Spotify vorgeschlagene Rockplaylist. Bei einem Song kamen die Worte "Gekreisch" und "Kindheit" vor. Plötzlich hatte ich den Titel *Schreikind* im Kopf. Noch während des Bads spielte sich in meiner Fantasie die Handlung des Thrillers ab, den Sie nun zu Ende gelesen haben. Vollbäder wirken für mich ganz oft inspirierend. Nur Spaziergänge am Meer haben einen noch besseren Effekt auf meine Kreativität. Im Juli bekommen Sie den zweiten Till-Buchinger-Roman zu lesen, dessen Idee ich zum größten Teil am Strand von Dubai hatte (ebenso wie die Grundideen zu Teil 3 und 4, die ich 2021 veröffentlichen will). Im September folgt der nächste Roman über die KEG, und den in meinem Kopf bereits fertigen Showdown sah ich bildlich ebenfalls bei einem Bad vor mir.

Wenn Ihnen der Roman *Schreikind* gefallen hat und Sie mich unterstützen wollen, nehmen Sie sich doch bitte ein paar Minuten Zeit und hinterlassen eine Bewertung auf der Produktseite meines Buches bei Amazon. Neben Rezensionen freue ich mich auch über persönliches Feedback von Ihnen, sei es per Mail oder per Facebook. Ich bemühe mich stets, darauf zu antworten. Das klappt meistens, aber leider nicht immer. Sehen Sie mir das bitte nach. Auch wenn Sie weitere Anregungen oder Bitten haben, lese ich mir das stets sehr gerne durch.

Per E-Mail kontaktieren Sie mich unter:
marcushuennebeck@outlook.de

Per Facebook erreichen Sie mich wie folgt: www.facebook.com/MarcusHuennebeck

Wollen Sie immer zeitnah informiert werden, wenn es etwas Neues von mir gibt? Dann tragen Sie sich doch in meinen Newsletter ein:
www.huennebeck.eu/newsletter

Alle neuen Empfänger erhalten die Kurzgeschichte *Die Namen des Todes – Die Jagd beginnt* als Dankeschön geschenkt.

Vielen Dank und herzliche Grüße
Marcus Hünnebeck

Lesetipps

Die Todestherapie

Gero Ruppert kennt sich aus mit Trauer und Verzweiflung. Der Psychologe betreut Eltern, die ihre Kinder auf schmerzliche Weise verloren haben. Als ein 17-jähriges Mädchen brutal missbraucht und ermordet wird, kontaktiert Ruppert die verwaiste Mutter und bietet ihr an, sie psychologisch zu behandeln.

Drei weitere junge Frauen sterben, und Ruppert kümmert sich um die trauernden Hinterbliebenen. Für die Soko rund um die Kommissare Drosten und Sommer steht trotz wasserdichter Alibis der Hauptverdächtige fest: Der Mörder kann nur Gero Ruppert selbst sein. Hat er einen Helfer? Spielt er ein falsches Spiel mit traumatisierten Eltern? Doch die Polizisten ahnen nicht, dass der Psychologe bedroht wird. Er muss den Anweisungen eines Erpressers folgen, um nicht seine eigene Tochter zu verlieren. Je näher die Soko den wahren Hintergründen kommt, desto stärker gefährdet sie das Leben des Mädchens – wogegen Ruppert mit allen Mitteln kämpft.

Der Wundennäher

Anonyme Anrufe, Blumen auf der Fußmatte, spätabends ein Klopfen an der Tür. Svenja hat Angst vor einem unheimlichen Verehrer und verkriecht sich. Trotzdem geschieht das Unvorstellbare, als sie eines Tages einem Nachbarn die Tür öffnet. Sie wird zur Gefangenen in ihrer eigenen Wohnung und erleidet grausame Qualen. Svenjas einzige Chance ist ihre Freundin Irina, der sie von den unheimlichen Vorkommnissen erzählt hat. Als Irina endlich versteht, warum sie ihre Freundin nicht mehr erreicht, hängt auch ihr Leben am seidenen Faden.

Robert Drosten und Lukas Sommer jagen den besonders brutalen Serienmörder, doch der scheint ihnen immer einen Schritt voraus zu sein. Es gelingt ihm sogar, die Polizei in eine tödliche Falle zu locken. Aber dann wendet sich das Blatt und der Mörder gerät unter Zugzwang. Den Polizisten bleibt nicht viel Zeit, um das Schlimmste zu verhindern.

Der Schädelbrecher

Vanessa kennt sich aus mit Gewalt. Ihre Mutter ist Kriminalkommissarin, ihr Vater war Profiler beim LKA. Die Studentin berichtet in den sozialen Medien über Schwerverbrechen und hat unzählige Fans. Als eine ehemalige Schulfreundin niedergemetzelt wird, erweckt dies großes Interesse auf Vanessas Kanälen. Kurz darauf bekommt sie einen blutverschmierten Würfel zugespielt und beschließt, auf eigene Faust zu recherchieren.

Weitere Morde geschehen. Lukas Sommer und Robert Drosten übernehmen die Ermittlungen, ahnen jedoch nicht, dass die junge Frau wichtige Hinweise zurückhält. Denn sie will endlich aus dem Schatten ihrer Eltern treten und den Schuldigen eigenmächtig überführen. Doch genau darauf hat der Mörder spekuliert.

Blut und Zorn

Marko denkt sich zunächst nichts dabei, als er eine Person aus seiner Vergangenheit zufällig wiedertrifft. Doch am nächsten Abend steht sie unerwartet vor seiner Tür. Sekunden später ist Marko tot. Niedergemetzelt in rasender Wut. Aber das ist erst der Beginn eines Strudels der Gewalt: Wochen später stirbt ein zweites Opfer auf die gleiche Weise.

Lukas Sommer und Robert Drosten finden heraus, dass die beiden Toten Jahre zuvor für dieselbe Firma gearbeitet haben. Was hat beim Täter den Wunsch nach Vergeltung ausgelöst? Ist ein ehemaliger Mitarbeiter der Mörder? Sommer und Drosten bleibt nicht viel Zeit, um die Hintergründe aufzuklären, denn der Rachedurst des Täters ist noch lange nicht gestillt.

Die TodesApp

Alexandra starrt fassungslos auf den Bildschirm ihres Laptops. Aus dem Lautsprecher erklingt eine Stimme, auf dem eingefrorenen Bildschirm erscheint ein Totenkopfsymbol. Alle Versuche, den Virus zu entfernen, scheitern. Der Hacker verlangt für die Freigabe des Computers kein Geld, sondern lediglich einen Gefallen. Zögerlich geht sie darauf ein.

Robert Drosten und Lukas Sommer stoßen auf eine bizarre Mordserie an drei jungen Frauen, die sich mit einem Unbekannten an verlassenen Orten getroffen haben. Aus ihrem Besitz fehlen jeweils Handy und Laptop. Als die Polizisten die Nachforschungen vorantreiben, nimmt der Täter das nächste Opfer ins Visier. Unterdessen finden Drosten und Sommer heraus, dass die Ermordeten das Programm einer kleinen Softwarefirma benutzt haben. Können sie den Wahnsinn stoppen, bevor weitere Morde geschehen?

Muttertränen

Melanie Drosten läuft besorgt übers Schulgelände und ruft Danas Namen. Doch sie entdeckt ihre Pflegetochter nirgendwo. Dabei hatte sie das Mädchen nur kurz unbeobachtet gelassen, um mit einer Lehrerin zu reden. Ihr Mann Robert stößt hinzu, aber auch nach einer intensiven Suche finden sie keine Spur. Niemand hat etwas gesehen. Ist Dana verschwunden, weil sie wegen des Lehrergesprächs Ärger befürchtet hat? Zu Hause erfahren die Drostens die grausame Wahrheit. Ein Mann hat das Mädchen verschleppt und stellt seine Forderungen. Sie werden zu Gefangenen im eigenen Haus. Der Entführer zwingt sie, neun Tage ohne Kontakt zur Außenwelt durchzuhalten. Danach verspricht er ihnen die wohlbehaltene Rückkehr des Kindes. Robert ahnt jedoch, dass der Unbekannte ein viel schrecklicheres Ziel verfolgt. Er sieht nur eine Chance, seine Familie zu retten. Dank einer List schickt er Lukas Sommer heimlich eine Nachricht. Während Sommer im Alleingang das Schlimmste verhindern will, spielt der Entführer die Ehepartner brutal gegeneinander aus. Und die Zeit, die für ihre Rettung bleibt, tickt erbarmungslos herunter

Todesschimmer

Lukas Sommer und Robert Drosten jagen einen Mörder, der seine Opfer erwürgt und ihre Haut mit einem Stern verziert. Als ein junges Paar dem Verbrecher zufällig in die Quere kommt, flieht der Mann Hals über Kopf. Die Polizisten identifizieren anhand der zurückgelassenen Beweise den berühmten Schauspieler Leander Hell als Verdächtigen. Bevor sie ihn verhaften können, verschwindet der Prominente spektakulär von der Bildfläche. Von nun an kennt er nur noch ein Ziel: Er will sich an seinen Verfolgern rächen. Während Hell ein Massaker vorbereitet, läuft den Polizisten die Zeit davon. Beobachtet von der Öffentlichkeit fragen sich Sommer und Drosten, wie man einen Mann fängt, den seine Fans bedingungslos unterstützen – selbst wenn das am Ende ihren eigenen Tod bedeutet.

Vaters Rache

Lautlos dringt der Mörder in die Wohnung ein und horcht. Schlafzimmer oder Kinderzimmer? Wo soll er zuerst zuschlagen? Er bringt den Tod über die friedlich schlafende Familie.
Robert Drosten und Lukas Sommer ermitteln in einer grausamen Mordserie und werden von ihrer neuen Kollegin Verena Kraft bei der Aufklärung unterstützt. Verena kämpft zur gleichen Zeit gegen Dämonen aus der Vergangenheit, denn ihr Ex-Partner akzeptiert die Trennung nicht. Mit allen Mitteln versucht er, sie zurückzugewinnen. Als sich die Ereignisse dramatisch zuspitzen, teilt sich das Team auf, um unterschiedlichen Spuren zu folgen. Jeder auf sich allein gestellt, schweben die Polizisten selbst in höchster Gefahr. Können sie die nächste Blutnacht noch rechtzeitig stoppen?

Rachekrieger

Wenige Tage nach seinem Gefängnisausbruch entführt ein Serienmörder die frisch verheiratete Frau des Leipziger Hauptkommissars Maik Keller. Er zerrt sie in seinem Unterschlupf vor eine Kamera, drückt ihr eine Pistole an den Kopf und schießt. Dann stoppt das Video abrupt.

Der im Internet veröffentlichte Film verbreitet sich rasend schnell. Währenddessen stellt sich der Polizei die quälende Frage: Wurde die Braut wirklich getötet, oder handelt es sich um einen raffinierten Trick?

Lukas Sommer und Robert Drosten versuchen mit ihren Leipziger Kollegen, das Versteck des Mörders aufzuspüren. Doch der greift auf ein Netzwerk an Helfern zurück und kann sich dem massiven Fahndungsdruck entziehen. Sein Rachedurst ist durch die Entführung noch lange nicht gestillt. Er will all jene Menschen bestrafen, die ihn hinter Gitter gebracht haben. Und er ist dafür bereit, erbarmungslos über Leichen zu gehen.

Der Geisterfahrer

Ohne Vorwarnung verwandelt sich das Leben einer Familie in einen Albtraum, als ein Maskierter in ihr Haus eindringt. Er überwältigt seine Opfer und quält sie erbarmungslos. Am Ende der Tortur stellt er den Vater vor die Wahl: Entweder tötet er sich selbst durch einen Geisterfahrerunfall, oder er sieht hilflos bei der Hinrichtung seiner Frau und seiner Kinder zu.
Lukas Sommer und Robert Drosten jagen den skrupellosen Serientäter. Ein überlebender Familienvater versorgt sie mit wichtigen Informationen. So stoßen die Polizisten auf eine Gemeinsamkeit bei den Opfern, die zwei Jahre zurückliegt. Unterdessen beobachtet der Täter die nächste Familie, um in der Nacht über sie herzufallen und eine tödliche Entscheidung zu verlangen. Schaffen es die Ermittler rechtzeitig, den Wahnsinn zu stoppen?

Nesthäkchens Schrei

Ein unerwarteter Besuch vor Lukas Sommers Haustür wühlt den Hauptkommissar und seine Familie auf. Carla Holtzmann, die ihn vor einigen Jahren beinahe getötet hat, steht vor ihm und hegt einen schrecklichen Verdacht: Ein skrupelloser Täter verschleppt alleinerziehende Mütter und deren kleine Kinder, um die Frauen zu versklaven. Die Unversehrtheit der Kinder dient ihm dabei als Druckmittel.

Obwohl die Vermisstenfälle bislang wegen mangelnder Beweise für ein Verbrechen ohne Priorität behandelt werden, vertraut Sommer dem Instinkt der jungen Frau, die als Teenager ein ähnliches Schicksal erlitten hat.

Sommer und seine Kollegen nehmen die Fährte des Entführers auf. Als der Täter in den Fokus der Fahndung gerät, werden die in seiner Gewalt befindlichen Opfer zum Ballast. Die Zeit arbeitet erbarmungslos gegen die Polizisten. Gelingt es ihnen, das Schlimmste zu verhindern, oder müssen die Entführten sterben?

Bittere Brut

Jule entspannt sich nach einem anstrengenden Tag in der Badewanne, als sie ein beängstigendes Geräusch wahrnimmt. Jemand ist in ihre Wohnung eingebrochen. Sie steigt leise aus der Wanne und schleicht zur Tür, doch sie kann den Maskierten nicht mehr aussperren. Grausam richtet er sie hin.

Das Team um Robert Drosten und Lukas Sommer ermittelt in einer bizarren Mordserie. Drei junge Frauen sind von demselben Täter getötet worden. Die Opfer teilen eine Gemeinsamkeit: Jahre zuvor haben sie den Kontakt zu ihren Eltern abgebrochen. Ihre Mütter und Väter geben sich in einer Selbsthilfegruppe gegenseitig Halt. Liegt hier der Schlüssel für die Aufklärung?

Ein vierter Mord geschieht und verändert alles.
Den Polizisten bleibt kaum Zeit, das Geheimnis hinter den Taten aufzudecken, denn der Mörder plant bereits den nächsten Schritt.

Tödlicher Fake

Die Journalistin Eva Haller wird am Telefon Zeugin eines Überfalls auf einen befreundeten Kollegen. Sie alarmiert Robert Drosten und Lukas Sommer. Sofort rast Hauptkommissar Sommer zur nahegelegenen Wohnung des Mannes, kann aber trotz der schnellen Reaktion das Schlimmste nicht verhindern. Der Ermordete war genau wie Haller an der Veröffentlichung eines Enthüllungsskandals beteiligt und hatte in den Wochen zuvor anonyme Drohungen erhalten. Ein zweiter blutiger Mord rückt den Skandal um gefälschte Zeitschriftenartikel in den Mittelpunkt der Ermittlungen. Will der Täter alle Personen bestrafen, die an der Enthüllung beteiligt waren? Als es dem Mörder gelingt, sich Zutritt ins Haus von Eva Haller zu verschaffen, bestätigt sich die Befürchtung. Stoppen ihn die Polizisten noch rechtzeitig, oder fordert seine Abrechnung weitere unschuldige Opfer?

So tief der Schmerz

Eine traumatisierte Psychologin sinnt auf Rache. Jahre zuvor ist sie geschändet worden; nun bestraft sie nahestehende Personen ihrer Peiniger mit dem Tod. Als die Polizei durchschaut, nach welchem Muster die Opfer ausgewählt werden, verhindert sie im letzten Moment einen weiteren Mord. Doch der Täterin gelingt während des Zugriffs die Flucht, und sie taucht spurlos unter.
Hauptkommissar Krumm bittet den Personenfahnder Till Buchinger um Unterstützung. Buchinger kennt die Tricks, mit denen Menschen von der Bildfläche verschwinden. Obwohl er Krumm nicht vertraut, erklärt er sich mit der Zusammenarbeit einverstanden, denn die Mörderin hat auch einen seiner engsten Freunde brutal umgebracht. Aber seine Suche nach der skrupellosen Psychologin löst eine Kettenreaktion aus, die sein Leben und das vieler anderer Unschuldiger gefährdet.

Printed in Germany
by Amazon Distribution
GmbH, Leipzig

18200660R00186